| 金英夏作品集 4 | 長篇小說

光之帝國

빛의 제국

金英夏 著
김영하
盧鴻金 譯

獻給恩穗

《光之帝國》媒體評論

某一天，似乎永遠不會執行的歸建命令突然下達，這究竟是怎麼回事？是誰、為什麼、而且偏偏是現在召喚情報員金基榮？這個問題從根本上讓人聯想到人類生活中固有的荒謬，同時也對毫無根據和正當性、盲目束縛人類的必然性枷鎖提出抗辯。

《光之帝國》小說在去除了間諜活動描寫的情況下，突顯出主角所處的悲劇情境，讓人想起熟悉體裁的同時，又巧妙地顛覆了這些寫作慣例。《光之帝國》是現代改編的典型例子，可以說是希臘悲劇的間諜小說版。

——申秀晶（文化評論家）

對於外國人來說，南、北韓的分裂主要體現在地緣政治的威脅層面。但對於韓國人來說，這是個總以特殊形式出現的身分危機問題。這正是韓國小說家金英夏文學作品《光之帝國》的主題，完美體現了卡夫卡式的超現實主義和諷刺性。

小說中的人物們意識到，以為是自己自由選擇的許多東西，實際上根本不自由。他們感覺被困住，受到混亂、後悔、無盡的渴望和極度孤立的折磨。所有人都是被個人、歷史、存在論的力量所挾持的人質，這些力量是他們無法掌控或完全理解的。

——約翰．鮑爾斯（John Powers），全國公共廣播電台（NPR）

金英夏曾在某個代替「作者的話」的採訪中提到：「某一天，他對人生的感受達到頂點，覺得圍繞在自己周遭的一切都顯得不同和陌生，而且突然意識到自己每天都過著無感的生活。因此，那個歸返命令也算是喚醒了他沉睡的精神狀態。」

書名《光之帝國》取自比利時畫家雷內．馬格利特的著名系列作品。這讓人想起了金基榮的存在，他一直生活在「獨自在黑暗中或獨自在白晝那樣的世界」。雖然小說很厚，但從翻開第一頁起就無法放手，直到看完最後一頁，然後突然感到頭痛，也就是突然從「沉睡的精神狀態」中轉醒，到底是誰深夜裡下達召喚命令，讓人感到不安，同時周圍的事物也變得陌生。

——姜正（詩人），《東亞日報》

一九八九年共產主義垮台後，韓國作家面對「去意識形態」社會的道德混亂，開始關注個人的自我探求。二〇〇六年出版的金英夏長篇小說《光之帝國》在真實性敘事方面十分出色。站在回歸北韓和歸順南韓的十字路口上，金基榮這個間諜的故事對「如何在共產主義的幻滅和資本主義的誘惑之間尋找自我」的提問，進行了真摯、有趣、具挑戰性的回答。

——黃宗延（文化評論家）

金英夏以自由自在的想像力和顛覆性的文體，厚實地建構起只屬於自己的文學領地，《光之帝國》是他「投注所有心力所寫成的作品」。

——《首爾新聞》

《光之帝國》蘊含了人類存在的懦弱，以及對其產生的憐憫，以堅實的敘事結構和有力的文采，吸引了廣大讀者。

——《文化日報》

浪漫主義相信，藝術要不是能夠使陌生的變熟悉，就是能讓熟悉的變陌生。我們這就看到有人同時達到了這兩者。金英夏就像他筆下的人物，是個間諜。他偵測著人性，而他提供的祕密訊息是無價的。

——艾加．凱磊（Etgar Keret），《忽然一陣敲門聲》作者

太精采了！金英夏必然是值得留意的作家。《光之帝國》這部韓國小說意圖超越他人。透過一日之中發生事件的迷人描述，作家帶領我們深入現代韓國的心魂，告訴我們在一個充滿界線的世界，人性的意義究竟為何。

——維卡斯．史瓦盧普（Vikas Swarup），《平民百萬富翁》電影原著作者

這並不是個間諜故事，而是從個人角度來描繪活在分裂國家之下的處境，而人民的心理狀態隨之扭曲。這不僅僅是屬於基榮一人的故事，也不關乎他那疏離的妻子瑪麗的自我追尋之旅，至於全然不知父母憂慮的女兒賢美，則是掙扎於面對男孩、學校、成長的問題。金英夏仔細安排、渾然天成的文句讀來很迷人。他筆下的角色是讀者百分百可投射的，他寫下的這些故事也是具啟發性的。金英夏是一個值得觀察的作家，他的作品當然必讀。

——美國小說家凱爾・格拉夫（Keir Graff）

《光之帝國》是部難得之作，能夠同時兼具懸疑性與思索，引人探詢自由、義務和必然性的意義。高度緊張的情節讓我花了上半夜翻完全書，下半夜則是清醒地瞪著天花板，不斷反芻其中的故事。

——美國小說家迪恩・巴科普洛斯（Dean Bakopoulos）

在平凡的生活中某一天，一個南韓電影製片人竟然踏上充滿意外的旅程，因為他的身分被人揭露是個北韓臥底間諜。金英夏的敘述呈現出毫不畏縮的誠實與精彩的懸疑性，交代了他的英雄偉大的抉擇。《光之帝國》是部徹底引人入勝的作品。

——美國小說家＆評論家萊菈・菈樂蜜（Laila Lalami）

韓國最受歡迎的作家交出的一部充滿野心之作。關於在危險的時空裡尋找歸屬感，這個衝擊性的難題讓整本小說充滿張力。這可能是截至目前最有吸引力、也最成熟的韓文小說英譯之作。

——《科克斯評論》

極為迷人，結合了間諜活動的迷人情節，與人類行為的敏銳觀察。

——《出版人週刊》

既是關於平凡人生和內心欲望的贊歌，也是難以抗拒的小說。

——法國《世界報》

【推薦序】

將命運變成偶然的一日——讀金英夏《光之帝國》

曹馭博（作家）

初讀《光之帝國》讓我想到三個重點詞彙：「存在危機」、「幸福」、「操控他人命運」。本作的結構與愛爾蘭小說家喬伊斯（James Joyce）的巨作《尤利西斯》（*Ulysses*）相似，主角都是卑微的父親或丈夫，在一天之內呈現內心所有矛盾與苦痛，而每個章節也以一個小時為單位，以大量細節、回憶、意識流表現限定時間之內發生的故事。

《光之帝國》同樣是以每小時作為單位，講述一個四十多歲，從事電影進口業務的男人金基榮，在當了二十年「被遺忘」的間諜之後，一大早收到祖國北韓發出的緊急召回命令；與喬伊斯相似的是，金基榮也是一個陷入中年，妻子正在紅杏出牆，存在危機降臨在主人公身上的孤獨者，讀者也藉由腳色心靈的投射，側面看到這個國家極度諷刺不堪的一面。

但與喬伊斯不同的是，除了主角是間諜出身並非真正的平凡人，以及回憶中有許多在平壤的想法與衝突之外，我在裡頭讀到了一絲絲舊俄小說的經典氣息——例如，妻子的特殊性外遇，女兒介入他者情感後的敏銳，以及主角與蘇智的複雜關係——幸福即是製作生命的權力；不論是暗通款曲或是捉弄異性，人們好像必須從裂痕之中去製造出什麼閃亮的東西，才能去映照出幸福的局部。

也許讀者可以在〈口琴公寓〉這章，尋找到金英夏在這本小說中埋藏的思考過程。這個章節的時間剛好是正午，是西方哲學與神學中討論存在與神學的重要時刻——正午毫無陰影的狀態，是人類去思考自身存在的時刻，是審美的停頓時刻，甚至是永恆的狀態。而我們也可以從這短暫的一瞬間中發現時間。時間的終結，時間的瞬間，時間的永恆；正午是一個間歇的傷停時間，開始與第二自我對話，也開啟對自我的辯證。

接續著上一章節基榮在地鐵車廂內的閃躲，他站在月台上，心裡不斷想著上一位似瘋似正常的乘客的詢問：「你信永生嗎？」宗教在基榮的人生歷程與此刻都不可靠，但與之對立的是人的自由意志——基榮內心開啟的辯證已經朝向了自己。意識不斷將他帶回到當年在平壤的記憶：半瘋自戕的母親，清醒卻無力的父親，可靠但成為脫北者的女孩貞姬——多年之後，在漢江上疾駛的地鐵車廂內，與貞姬的對視與問話之中，一種操控他人命運的偶然迸發——貞姬誤以為基榮是抓她歸北的特務，匆忙下車，撤隱乾淨。那微小卻失能的恐懼生命，好像能給予基榮一瞬間的幸福。

於是，一場存在危機正式展開。如同沙特所言，人只有在「企圖成為什麼時才取得存在」。意即人必須意識自己的存在，才能進一步定義本質，而本質又是由行為與選擇構成：在歧路的路口，我該選擇什麼樣的人生？當人類意識到自己存在時，人才能夠「真正存在」，但與之而來的是焦慮。因為，真正建構存在的是社會規則之中的疏離、恐懼、荒謬，甚至是個體的死亡命運。

小說最後的結局，是基榮放手一搏的心態轉變，將命運變成偶然的一日。古希臘的哲學家常常會討論，一個人的命運也許是大規模的偶然；而現世微小的偶然，其實是龐大必然的局部。在基榮與妻子的攤牌與告白之中，他發現自己只能同情妻子：告訴她真相，而不能怪罪。因為在這龐大的光影分界點——讀著們可以想像，資本社會是過曝的光芒，極權社會是過早的黑暗——基榮就站在中間，沒有人能理解這份矛盾。為什麼基榮不生氣？因為，妻子的出軌行為，比起即將歸返祖國的死境，好像太過純淨。

「光之帝國」的隱喻不但來自雷內．馬格利特的畫作，更是人類一體兩面的具象，表面乾淨但包藏禍心，看似平庸卻隱藏巨殤。所有角色的境遇就如同安娜．卡列尼娜所說，我盼望你終生不用理解我：「因為要了解我，就要了解我的創傷，而明瞭創傷，對幸福沒有什麼好處。」

比起意識形態，金英夏似乎更想討論，不論光與暗的形式如何，他們在本質上，都是另一種無形操控他人的手。若讀者看完這本精彩的小說，正感慨陽光回來之際，萬物又歸為平常，不如再次細品妻子瑪麗的父親與摔角選手之間，寂寞對照後的結論：「啊，人生如歌。」以及父親過世前的一句話——竟不是希望子嗣安康等善言，而是：「……要小心稅金……」其實，凡是死亡的聲音，都足夠至誠。力道山悲壯的命運，與父親一輩子與金錢鬥爭的形象是一種雙股螺旋，大命運與小人生，組成了一把特殊的鑰匙，一把足夠讓讀者介入基榮一家人特殊生命的鑰匙：那些看似絕對的偶然，其實也是所有人一生的必然。

目錄

【推薦序】將命運變成偶然的一日——讀金英夏《光之帝國》 008
AM 07:00 奔馬馳騁 …… 013
AM 08:00 做夢的章魚陶罐 …… 029
AM 09:00 太早到來的鄉愁 …… 047
AM 10:00 倦怠的重量 …… 068
AM 11:00 巴特・辛普森和切・格瓦拉 …… 083
PM 12:00 口琴公寓 …… 095
PM 01:00 平壤的希爾頓酒店 …… 140
PM 02:00 三個國家 …… 171
PM 03:00 鎖骨切痕 …… 189
PM 04:00 保齡球與殺人 …… 191

PM 05:00 獵狼 232
PM 06:00 往日時光 239
PM 07:00 正如初次 265
PM 08:00 波希米亞旅館 283
PM 09:00 職業捧角 300
PM 10:00 像似老狗的噩夢 308
PM 11:00 開心果 337
AM 03:00 光之帝國 349
AM 05:00 變態 352
AM 07:00 新的一天 354
【譯後記】 光明與黑暗的共存 357
【新版作者的話】 361

AM 07:00

1 奔馬馳騁

他睜開眼睛，只覺身體沉重，嘴裡還散發出口臭。隨著意識逐漸清醒，一個詞彙慢慢浮現，正如穿過濃霧走來的陌生人一般。「頭痛」。因為他活到現在從未經歷過頭痛，如果有人宣稱那就是頭痛，他也只好接受。但是向他嚴襲而來的這種微妙且生硬的疼痛，若僅以「頭痛」這兩個令人洩氣的字來表現，實屬不當。這個始於昨晚的疼痛，讓他對於除了這張床以外的世界即將發生的所有事情，都產生不祥的預感，在那一瞬間，他突然對自己的肉體感到憎惡。鎖骨下方沉睡已久的肉身，彷彿突然從睡夢中轉醒，發現了它上方沉重而權威的存在，繼而咚咚地粗魯敲門抗議。肉體的苦痛和精神的不快巧妙混合在頭痛中，因之從未經歷過這種感覺的他，終究不知道應該如何駕馭。

在他思索頭痛這個問題的時候，疼痛感愈發嚴重，就好像有人用細小的針連續猛刺著他後腦勺的右側。他決定將這個陌生的疼痛視為客人，如此一想，似乎比一開始要好受多了。

他伸出手撫摸躺在身旁的妻子的骨盆，妻子用鼻音嬌哼一聲，縮回屁股。妻子用含糊的聲音問他：

「不出門嗎？」

「什麼？」

「我問你不出門嗎？」

「妳呢？」

「餵蝴蝶吃早餐。」

她把臉埋進枕頭裡。他掀開棉被，慢慢地下床。一如既往，蝴蝶走上前來，用牠的臉頰磨蹭著他的腳背。他用不銹鋼湯匙將飼料盛進牠的飯碗裡，三色貓蝴蝶非常幸福地咯吱咯吱嚼著乾飼料，雜亂生長的棕色、黑色和白色毛有如世界地圖。他輕輕撫摸蝴蝶的脖子後走進浴室，將咬在嘴裡的牙套拿出來，放進杯子裡。「你如果不管它的話，可能馬上就要裝假牙了。」去年冬天，牙科醫師如此警告磨牙十分嚴重的他，從那以後，他每天晚上都咬著訂製的牙套睡覺。

他把漱口水的蓋子打開，將藍色的液體倒進放入牙套的杯子裡，然後在牙刷上擠上牙膏，機械性地刷牙，思考著進入腦裡的細針。他愈想忘記細針，其存在就愈發明顯。此刻，這支細針正如同一根想要疏通堵塞排水管的鐵絲，執拗地攻擊某一處地方，他雖用左手輕輕敲著後腦勺，但也沒有什麼效果。

「爸！」

鏡子裡出現女兒的身影，他嘴裡咬著牙刷，與女兒四目相對。

「你哪裡不舒服？」

「嗚嗯嗚嗚。」

他原本想說「沒什麼啦！」但聲音沒能清楚發出。女兒賢美用食指戳他的後背，嘴一撇。

十五歲的賢美身穿粉紅色米老鼠圖案睡衣，邁著八字腳走向餐桌。她把家樂氏燕麥片倒進碗裡，打開冰箱的門，拿出鮮奶。牛奶與燕麥片在碗裡咕嚕嚕混合。賢美咯吱咯吱地嚼著浸濕的燕麥片。蝴蝶用臉頰在她的腳背上磨蹭後走開了。賢美感覺那不是貓，彷彿是蟒蛇經過。「喵……」不知是不是察覺出她的想法，蝴蝶發出抗議似的聲音。基榮漱口後，從浴室走出來，突然一把抱起蝴蝶。這時妻子瑪麗才從臥室裡走出來，全身上下只穿著內褲，連胸罩都沒戴，乳頭附近的紫青色靜脈讓她顯得很冷的樣子。她用打著石膏的左手搔著肚臍下方，右手捂住打呵欠的嘴。她走到餐桌旁，用搔過肚臍的手輕撫著正在吃燕麥片的女兒的頭髮。

「我的乖女兒，睡得好嗎？」

賢美搖搖頭，沒回答。她不喜歡媽媽在家裡不穿衣服的行為，每當媽媽脫光的時候，她甚至連瞧都不瞧一眼。基榮輕輕用手指按著太陽穴說道：

「我頭痛。」

「你不是從來不會頭痛？」

「可能現在開始了吧。」

瑪麗走進浴室前，心不在焉地回了一句：

「瘋了嗎？」

「什麼叫瘋了？」

「啊，對不起，我隨便說的。是偏頭痛嗎？只有一邊痛嗎？」

「感覺好像有根針在腦子裡轉來轉去。石膏什麼時候可以拆掉？」

她打開水龍頭，水聲淹沒了他的問題。

「什麼？」

瑪麗微微皺眉。

「我說妳的手，石膏。」

「啊，醫生要我下星期去看看。癢死了，裡面好像有螞蟻在爬。」

「也許真的有也不一定。」

瑪麗把浴室的門關上。手腕骨裂開是發生在兩週前，百貨公司的手扶梯突然停下，她被人群推倒在地，左手因而骨折。

「你聽聽倉本裕基的音樂。」

賢美把碗放進洗碗槽裡，向基榮說道。

「什麼裕基？」

「日本的鋼琴家，聽說對治療頭痛有效。」

「不可能吧？」

「爸，你也覺得小孩只會說蠢話嗎？」

賢美直盯著他問道。

「不是。」

「試試看吧，就當作是被騙一次。」

不過須臾，賢美的手上已經拿著倉本裕基的專輯。他接過來放進包裡，那一瞬間，基榮突然有種飄飄欲仙的感覺，像是後腳跟都要翹起來的幸福心情。雖然無法置信，但在接過倉本裕基專輯的那一刻，頭痛好像已經在逐漸消失。他認為自己應該是從女兒擔心父親的表情中得到某種安慰，而不是託日本新世代鋼琴家之福。心情好起來的他向賢美說道：

「好像已經開始好轉了。」

「看吧，我就說嘛。」

賢美把房門關上，看樣子是在換衣服。浴室裡傳來瑪麗沖馬桶的聲音。他進去主臥室的廁所開始洗臉和刮鬍子，水溫正好，泡沫很柔軟。他用乾毛巾擦掉臉上的水，開始想一天的日程。這一天應該不會太忙，下午雖然要和戲院核算收入，但因為那也只是例行公事，只要打一通電話就能結束。

他穿上新襯衫，繫上青灰色的絲質領帶，襯衫外面再披上深藍色的外套，就算完成了上班的準備。他拿起文件資料，輕輕敲了妻子所在浴室的門。

「今天會早點回來嗎？」

「什麼？」

瑪麗打開浴室的門，探出臉來。

「你說什麼？」

「我問妳今天會不會早點回來。」

她想了一下，搖了搖頭。

「我也不知道，你呢？」

「這個嘛，我也不知道，雖然還沒有什麼特別的事情。」

賢美繫著校服襯衫的扣子，走出房間，然後穿上彪馬休閒運動鞋，用力打開玄關的門。基榮跟在後面。

「那晚餐就各自解決吧！」

瑪麗出來關上浴室的門，說道。

「好，晚上見！」

他向妻子道別。

「嗯！」

瑪麗走向玄關，向賢美嘮叨著：

「賢美呀，妳一下課就會直接回家吧？」

「我回來幹嘛？反正家裡也沒人。」

「那妳要去哪裡？」

「不知道。」

砰的一聲，賢美關上玄關的門。瑪麗又略微打開大門，用嚴肅的臉向賢美說：

「爸爸媽媽是因為工作而忙碌，妳又不上補習班，到底想去哪裡呀？」

「我哪裡都不想去。」

這次瑪麗不接話，把玄關門關上。站在電梯前的父女陷入短暫的沉默。過了一會，電梯來了，兩人一起走了進去。

「爸！」

「嗯？」

「我有時覺得你們真的很奇怪，好像希望我真的出什麼事一樣。我就是那種不能讓你們放心的孩子嗎？」

「不是啦，只是……這個社會實在太亂了。」

「你們不用擔心啦！」

賢美噘著嘴。電梯停在一樓，門一開，父女倆依序走出電梯。賢美對想走向地下停車場的基榮說：

「爸，我去上學了。」

「嗯，晚上見！」

和女兒分開後，他原本想走向地下室，卻察覺到暫時平靜的頭痛又開始了。腦子裡的細針再次蠢蠢欲動，而且這次不只一根。

2

賢美走在公寓社區的小路上，經過一〇四棟前面的時候，她暫時停下腳步，拿出手機確認時間，早晨七點四十二分。她輕輕皺起眉頭，這時有人從後面將手搭上她的肩膀。她一轉頭，食指正等著她。那隻食指重重地戳中她的臉頰。

「幹嘛？」

她轉頭一看，朋友雅英正笑著。

「每天都上當耶？」

「妳找死啊！」

賢美用右腳輕輕踢了雅英的小腿。雅英就像漫畫裡的人物一樣，雙手向天高舉，開玩笑似的啊啊大叫。兩個身高相仿、髮型也一樣的少女，開始慢悠悠的走向學校。雅英問道：

「妳那個作業做完了嗎？」

「哪個？」

「蝮蛇的。」

「啊，數學！還沒。」

「妳怎麼辦？」

「去學校再做就好了。」

兩個少女嘻嘻哈哈地走著，出了公寓社區，走上大路，從櫻花樹下經過。在便利商店前的斑馬線上，賢美向雅英說道：

「雅英，我告訴妳一個祕密，妳能幫我保守這個祕密嗎？」

「什麼？」

「這真的是祕密，絕對不能告訴任何人。」

「好啦，知道了，到底是什麼事？」

賢美極其嚴肅地說道：

「我媽媽，事實上是後母。」

「啊？」

「我說我媽媽是後母。」

「瘋子！」

雅英大吃一驚。

「真的啦！」

「怎麼可能？」

雅英噘著嘴，似乎覺得不可能。

「我無所謂啦，知道了以後，反而覺得是一件好事。」

「妳是怎麼知道的？」

綠燈一亮，兩人開始越過斑馬線。

「其實我很早以前就知道了，只是沒說過而已。」

「妳外婆不是非常疼妳嗎？」

「她是為了想掩飾後母的事才故意那麼做的，都是在做秀！」

賢美停下腳步，看著雅英的眼睛。

「妳……不相信吧？哼！」

「不，我相信。」

「才不是，我覺得妳不相信。」

「啊，我說我相信嘛！」

兩人越過斑馬線時，其他孩子的身影開始逐漸增加了。雅英挽著賢美的手臂。賢美問雅英：

「雅英，妳覺得人生的目的是什麼？」

「妳怎麼了？一大清早的。」

「你覺得人毫無意義地活著，然後死去，這像話嗎？」

「不能那樣啊。」

雅英回答得很敷衍。

「是吧？我要當修女。」

「妳以為妳是德蕾莎修女啊？」

「哦，妳怎麼知道？我昨天才讀過她的傳記，雅英，妳真是天才！」

「我知道的修女只有德蕾莎修女，考試不也考過？反正妳的問題就出在妳讀了太多東西，妳上星期不是說妳要當居禮夫人？」

「修女不能學物理嗎？李海仁修女還寫詩呢！」

「說點正經話吧，妳這死丫頭，詩和物理一樣嗎？」

「反正我短期之內只想尋找人生的意義。」

「妳好好找吧！」

「妳不要只會嘲笑我！」

「知道了。」

賢美深深嘆了一口氣。

「建立家庭好像太沒有意義了，不管怎麼說，女人太受家庭的束縛了，不是嗎？」

雅英突然鬆開賢美的手臂，接著問道：

「對了，妳完全放棄圍棋了嗎？」

「……我總是輸給男孩子。他們好像機器一樣。對坐下棋的時候，我感覺他們就像沒有任何感情的機器人。」

「可是如果贏了，不是可以賺大錢嗎？」

「那種人沒有幾個。妳看起來好像很喜歡錢啊？」

「不，我討厭錢，可是……啊，如果我是妳的話就好了，可以不用上學，只要下圍棋就好了。我為什麼沒有像樣的本事？」

校門就在眼前，學生也越來越多。女學生像鳥群一樣，唧唧喳喳地步入校門，小快步走向教室。男學生看起來就像畫錯的素描一樣，身體比例完全不對。幾個男學生瞄著雅英，走過她的身旁。

「他們還是那樣嗎？」

賢美用責備的眼光怒視著那些孩子。一進入校門，雅英很明顯畏縮了起來，然後小聲嘟囔著：

「別理他們，讓他們去死吧！」

賢美好像要保護雅英似的走在前面。

「啊，真倒霉，一大早的就要這樣嗎？」

賢美好像是故意說給雅英聽的。雅英避開他們的視線走開了。雅英在和男朋友視訊聊天時，讓他看了自己的胸部，那個男孩側錄下來，用簡訊四處傳送。這雖已是去年秋天的事情了，孩子們還是沒有忘記。不只沒有忘記，其他的惡意傳聞如泡沫一樣層出不窮。如果不是有優秀的賢美做伴，恐怕雅英會更難承受。其他孩子都覺得賢美不好惹。下圍棋的時候，她就已經很出名了，放棄圍棋後，她的成績也很出色。賢美和一般女生不同，個性有強勢的一面，因此頗受關注。她在女同學中間比在男生之間更受歡迎。

兩人走進了教室。一進教室，雅英深深嘆了一口氣，在教室後方自己的位子上坐下；賢美則走向窗戶旁邊自己的位子，並悄悄回頭看了一下雅英。她始終無法相信像雅英這麼害羞內向的孩子，怎麼會這麼大膽地對著鏡頭展露自己的胸部？感覺就像猛然偷窺到黑暗而陰險的人生背面。我的身體裡會不會也存在著我不知道的東西，就像異形一樣隱藏著，等待時機出現。

賢美親眼目睹了醜聞擴散的過程，亦即如何將一個人變為代罪羔羊的過程。至於雅英，那所中學的所有成員，從校長到大門的守衛，他們記住的只有「胸部」而已。她過去是露出胸部的女孩，現在也是，未來也會是這樣。

剛開始，賢美也像其他孩子一樣，心想雅英當然會轉學，她甚至已經寫好要給雅英的送別卡片，可是雅英的父母並沒有如此做。她的父母有相當獨特的世界觀，他們相信現世的永生。因為生命科學和複製技術的發展，人類將會獲得永生，那是許久之前來到地球上的外星人預備好的計劃。正因為他們是這樣的人，對於年幼的女兒受到同齡朋友的羞辱，自然不覺得很嚴重。他們認為馬上就會得到永生，對於暫時的羞辱難道不能忍受嗎？和永生比起來，中學三年只不過是剎那而已。「永生」所需要的並非摯交，而是戒律。他們總是吃著粗茶淡飯，也不買車，禁食肉類，生吃蔬菜，大多數日子幾乎都待在聖殿，所以雅英經常都是在空無一人的房子裡，獨自吃著泡麵。

「那些都是不重要的。」

雅英的媽媽總是這麼說。總之她沒能離開學校。她最討厭必須跑步的體育課。她認為自己在奔跑的時候，同學都看著自己的胸部，那在某種程度上也是事實。她不想去運動場，要求獨自留在教室，對此體育老師總是露出詭異的微笑，彷彿在做善事似的，也不問理由就同意了。

賢美看了看錶，離早晨八點還剩下十分鐘，這個時間數學作業很容易就可以做完。她從書包裡拿出筆記本翻開，卻無法很快進入狀況。她托著下巴想著，雅英長大以後會變成什麼樣的女人？

3

紅燈。基榮輕輕踩著煞車，不知是不是托倉本裕基之福，頭痛在不知不覺中逐漸平息。他將CD轉換為電影《樂士浮生錄》的音軌，頓時車裡開始充滿古巴音樂的歡快旋律。他那輛中型轎車內部似乎無法承載古巴音樂兼容鋼琴、吉他、小喇叭和歌手的大型樂團演奏。叭叭，叭叭叭，叭叭，叭叭叭，嗒啦啦啦啦，嗒啦啦啦啦。他跟著旋律哼唱，嘴角露出微笑。到了這個境界，人生也算是精彩了。他眺望著遠處隱約升起的太陽，輕輕踩下油門，車子強勁有力地衝上斜坡，加勒比海的大樂團歡快高歌，頭痛瞬間為之消失，好像打了嗎啡，一種恍惚的幸福感迎面襲來。以一天的開始而言，完全沒有什麼可挑剔的：跟往常一樣準時起床；聰明的女兒愛著爸爸；事業也穩定發展，沒有什麼意外；身體健康，眼睛也很明亮。

綠燈一亮，停在車旁的摩托車一同疾馳。一輛一二五ＣＣ的本田摩托車緊緊貼在駕駛座旁。他瞟了眼戴著安全帽的騎士，對方也看著基榮，兩人的視線在虛空中短暫交會然後分開。隨著轟隆的排氣聲，摩托車加速超越了他的車，逐漸遠去。基榮調高車內音響的音量。叭，叭，叭，古巴老爺爺使盡全力，開始吹起管樂器。他同時加速，變換車道超越了四輛車，往前駛去。

4

丈夫和女兒出門後，瑪麗從浴室出來，臉上已毫無進去時的睡意。她從包裡拿出手機，用右手的大拇指飛快打著簡訊。

「午餐？」

不一會，手機畫面上出現回訊。

「好啊！在哪裡？」

她再次用大拇指打著。

「拿波里，十二點？」

「！！」

她把手機丟進包裡，然後坐在梳妝檯前開始吹頭髮。如果好奇女人面無表情是什麼樣子的話，只要看看此時的她們就能知道，吹頭髮、化妝時的臉孔不帶絲毫情感。瑪麗也是那些女人之一。她如同機器人一樣，無意識地拍粉底、畫眼線，然後起身，依序穿上昨晚已經準備好的衣服。她穿衣服的時候，打了一個呵欠，將絲襪拉長後穿上，並把化妝包丟進包裡，走到玄關前。蝴蝶跟過來，「喵」了一聲。她怕貓的毛沾上黑色絲襪，穿鞋的時候，輕輕避開蝴蝶。

「蝴蝶啊，媽媽走了！」

她打開玄關門，蝴蝶還一直抬頭看著她。

5

朴哲秀躺在床上，慢慢伸手去拿床頭櫃上的皮夾，裡面有三十萬元左右的現金。放下皮夾後，他拿起遙控器打開電視，電視機右上方顯示著時間，七點四十七分。他緩緩起身。他的身體非常結實而緊繃，從脖子到腳跟沒有絲毫贅肉。他好像做仰臥起坐似的，下半身完全不動，僅利用腹部肌肉撐起身體。他將視線轉向電視，一匹身形修長的黑馬在江北江邊道路上疾馳。在將這些馬運送到元塘馬場的途中，有四匹馬從卡車上脫逃，導致江北江邊道路的上班車輛動彈不得、大排長龍。緊急出動的一一九隊員正在設法靠近馬匹，試圖抓住繮繩。他莞爾一笑，觀看市中心發生的這場騷動。比起那些來回奔躍的馬匹，坐在車裡的汽車駕駛人看起來就像侏儒一樣矮小。他們坐在駕駛座上，馬匹經過自己身邊時，都不自覺地把身體蜷縮起來。雄馬偉岸的生殖器搖晃而過，正好與他們受驚嚇的眼珠處於同一高度。

進入下一條新聞後，他走進隱約泛出水腥味的廁所，站著小便。沖完馬桶之後，他在洗臉臺裡裝滿水。為了不讓水濺到外面，他輕輕地洗完臉，用毛巾擦乾水滴。不知不覺中，他開始哼起Crying Nut 龐克樂團的〈奔馬馳騁〉。奔馬馳騁，奔馬馳騁，奔馬馳騁，奔馬馳騁。

AM 08:00 做夢的章魚陶罐

6

瑪麗打開福斯Golf的車門，上了車。不知是不是前一天下雨的緣故，感覺針織坐墊黏糊糊地貼在身上。她降下車窗通風。在熱車的期間，她拉下遮陽板，照著鏡子。也許是光線稍暗的緣故，眼角的細紋看起來很深。她放回遮陽板後，將打著石膏的左手置於方向盤和胸部之間，用右手按下手煞車。噗勒勒。車子向前飛奔而去，伴隨著像是用湯匙敲鐵發出的聲音。

因為左手不能使用，她開車的時候，不得不比平時更加小心，正如同剛學會開車那陣子一樣。第一次握住方向盤是在什麼時候？那是在前所未有的酷熱席捲韓半島的一九九四年夏天。以為會永遠活著的金日成，也在那年夏天死亡。只要一坐上沒有冷氣的教練車，流下來的汗水就會進入眼裡。她開始回想起自己人生所有的第一次。第一次騎腳踏車的那天是在小學三年級的初夏，男孩子排成一列騎車，好像沙漠的商隊一般。她坐在個子最高的孩子後座上，搖搖欲墜。一到溪邊，那個載她來的男孩就教她騎腳踏車的方法。她花了整整三十分鐘，才能控制住這個搖搖晃晃、任意前行的兩輪怪物；當她終於能獨自騎在狹窄的溪邊小路上時，那些男孩在遠處吹著口哨、拍手。一回到折返點，之前抓著腳踏車的後座為她推車的孩子，掏出香菸遞給因為過度興奮、氣喘吁吁的她。

真的嗎？她問自己。那些孩子真的聚在一起抽菸？這個記憶令她懷疑，因為所謂記憶，或多或少都會出錯，可是很奇怪的是，那個場面太過清楚而鮮明。她接過點著的香菸，一口都還沒吸完就咳了起來，倒不是她被煙氣給嗆到，而是她覺得似乎應該如此才對。男孩都咯咯笑起來，好像很高興的樣子。他們一起使勁抽完菸後，將菸蒂丟進骯髒的水溝裡，然後騎上腳踏車回家。

她突然渴望抽菸，懷著僥倖的心理打開置物箱，但沒有香菸。要是有一根就好了。她後悔沒有先買好香菸。

前方汽車的煞車燈亮起紅光，開始塞車了。她將頭探出車窗外，一輛科蘭多休旅車停在路肩，保險桿凹進去，拖吊車和警車如同群鴉蜂擁而至，正尋求解決辦法。看樣子可能是科蘭多偏離車道，撞上江邊的護欄。

她按下警示閃燈，將車子開往路肩，停在警車的後方，然後下車，走向正在測量煞車痕跡長度的警察。跪在地上的警察腰圍看起來足有五噸卡車的輪胎那麼粗，好不容易才直起身來。

「妳是哪家保險公司的？來得可真快。」

「人死了嗎？」

警察直盯著她的臉和打上石膏的左手，露出意識到她不是保險公司職員的表情。一個男人擠進她和警察之間。男人穿著老舊的皮夾克，滿臉漲得通紅，稍微有些跛腳，看來可能是駕駛人。

「妳在說什麼？什麼死不死人的？妳是誰啊？從哪裡來的？」

瑪麗微微轉過頭去。

「沒什麼。」

「妳是保險公司的人嗎？」

「不是。」

男人彷彿剛受責備的孩子一樣，滿臉通紅。

「那妳到底是誰？」

「我不是說過沒什麼嗎？」

她向正打算要再次彎下腰的胖警察問道：

「能不能跟你要一根菸？」

出人意料的是，警察乖乖從口袋裡拿出菸盒遞給她。警察抽的是SALEM。她抽出兩根，像是尋求同意似的對著他笑。警察輕輕點了點頭，哂笑道：

「妳喜歡嗆的吧？」

「謝謝！」

警察點燃打火機伸過去，但她婉拒了。她回到車裡，坐上駕駛座，用車上的點菸器點燃香菸，慢慢地吸了一口。如果左手正常，自然可以邊開車邊抽菸，但因為打著石膏，沒有辦法那麼做。在尼古丁到達肺部黏膜之前，大腦已經開始有所反應。緊張為之緩解，眼前的世界看起來也開始更加充滿希望。她吐出煙霧，睜開眼睛。警察和肇事車輛駕駛人，正凝視著貼膜的車窗之間閃爍的小小火光。煙氣有如細粉絲，從開啟的天窗竄出。她又想起另一個第一次。第一次知道人會死，是在幾歲的時候？

一束菊花放在桌上，有個位子空了。一位超過六十歲的老教師，用手帕捂住發紅的鼻子，孩子們都在不斷抽噎。她剛好坐在放置菊花的位子正後方，感覺到老師和同學都在監視著自己，看自己有多悲傷。同學真的都在偷覷哭不出來的她，所以她用雙手掩住自己的臉孔，卻又覺得這樣不太公平。她的年紀還不足以瞭解什麼是悲傷。穿著粉紅色洋裝的同桌告訴她，那個位子的主人遭壞人欺騙、誘拐，過了幾天才在洗衣店前廢棄的旅行袋裡被發現。她不懂誘拐是什麼意思，可是裝進旅行袋裡的朋友臉孔卻始終揮之不去。那孩子究竟為什麼跑進旅行袋裡，讓大家如此悲傷？以捉迷藏來說，實在是太過分了。她怒視著那張空桌子。那個孩子常坐的位子給菊花占據了，位子雖然空了出來，但再也無法出席的事實支配了其他人。那個孩子活著的時候，並沒獲得任何關注，但因為消失了，反而獲取了所有人的情感。真的永遠不能回來了嗎？她當時對於死亡的不可逆還抱有一絲懷疑，可是死去的孩子終究沒能回來。有好一陣子，值日生每天早晨都會放上新的菊花，但很快的，連這也不了了之。她對於死亡這件事隱約有了自己的定義：死亡，首先必須消失，消失以後也得支配剩餘的人。如果真的是這樣，那就太棒了。她決定模仿死亡。

從學校回家後，她拎著鞋子，靜靜躲進外婆的壁櫥裡。剛開始，誰也不知道她不見了。真是太無聊了，但是她忍耐等著，還連連打起瞌睡。遭誘拐的孩子也是在消失了幾天以後才引起注意，這種程度應該得忍耐。她腦子一沉，昏昏睡去。再醒來的時候，如她所盼望，家裡亂成一團，並且散發出一股陌生的氣味。她從壁櫥的縫隙間看到警察的藏青色制服，這個制服也曾經出現在學校。她還看到了一臉嚴峻的外公。不知是哪個急性子的人已經開始抽泣起來，一定是小阿姨。如此的騷亂持續多時，受託照看孩子的外婆，打電話給去了首爾的媽媽。只有消失半天，卻引起軒然大波，大概是受到不久前發生的誘拐事件影響。自己區區的惡作劇卻造成如此騷亂，她大為驚嚇，甚至希望自己真的死掉。如果真的死掉，變成天使一樣，任何人都看不見，在天地間悠悠飄蕩該有多好？那麼她就不會讓外婆、阿姨和媽媽失望了吧？悲傷要比失望來得好。她試圖掐住自己的脖子，因而喘不過氣來。她不自覺地用腳踹壁櫥的門，不知道是什麼東西啪的一聲摔落在地，那時外婆極其疼愛的吉娃娃——名字是潔利嗎？——對著壁櫥開始狂吠。外婆猛然起身，迅即拉開壁櫥的門。外婆身高超過一百七十公分，力氣大如壯漢，一把揪住她的頭髮，將她拖了出來。她連同被褥一起滾在房間的地板上，身體沒有任何一處摔斷實屬萬幸。

她的 Golf 緩緩地進入公司的立體停車場。穿著邋遢制服的警衛看到她，立刻跑出來，攔住她的車。她踩下煞車。警衛來到駕駛座一側，打開車門。

「手臂都這樣子了，怎麼開車？快下來吧！」

她裝出不情願的表情下了車。警衛上了車，嗖的一聲，一次就把車開進停車升降梯裡。聽說他女兒今年考上了大學。她向他致謝，整理好衣著後，走進展示廳內。裡頭閃閃發亮的新車就像自然史博物館的恐龍模型，在寬敞的空間裡各就其位。她穿過展示廳，進入辦公室，愉快地向已經先到辦公室的分公司經理道早安，然後坐到自己的位子上。她看了一眼整理得乾乾淨淨的書桌，打開右邊的大抽屜，將手提包放進去。她非常喜歡這一瞬間，也非常喜愛開門走進展示廳的時候，鞋跟接觸堅硬大理石的感覺。家裡和公司相較，就像是無法駕馭的怪物。洗碗槽裡經常有陌生的東西，不知道是什麼時候買的醬料和來路不明的香草茶，僅僅因為尚未腐壞，那些東西就無止境的占著空間。至於清理冰箱，更是連想都不敢想。女兒的房間經常就像放養著幾條豬一樣亂七八糟。此外還有心思仍然難以捉摸的丈夫，以及長得越大就和母親漸行漸遠的女兒。家裡發生的任何問題都不簡單，只要一想起來，就令她頭痛。

電腦開機完畢。與此同時，訊息立即出現。發訊的是分公司經理。即便就坐在正後方，他總是用通訊軟體傳話。

「請報告上午的日程。」

她打字回覆道：

「上午有客人要來試乘 Passat，下午我想透過電子郵件群組寄發汽車展的邀請函。」

她轉頭看著後方，經理正專注地看著電腦螢幕，然後開始打起字來。一會兒之後，她的螢幕上出現經理發來的訊息。

「張組長，妳不是說妳戒菸了嗎？」

她舉起袖子，稍微聞了一下味道，薄荷香和煙臭味混合在一起。她拿出放在抽屜裡的噴霧式纖維芳香劑，走向洗手間。經理有著一頭捲髮，戴著玳瑁框眼鏡，雖然埋頭於電腦螢幕，但對於分公司裡發生的事情瞭若指掌。這個大麻癮君子是在嘮叨什麼啊？瑪麗太清楚他為什麼對於燒菸草的味道特別敏感。他的暴發戶父親為他開了一家進口服裝店，那店裡除了 Gucci 和 Ferragamo 以外，還販賣大麻。他身為老闆，自然也引領期盼貨品到達。只要去找他，肯定有「草」的消息一傳開，歌手、演員、年輕富豪都蜂擁而至。他二十多歲的青春就在輾轉於各家飯店抽大麻和吸食古柯鹼中流逝，歌手和演員接連不斷被逮捕時，他從未落網。他靠著提供購買大麻的名人名單給毒品緝私小組而存活下來。瑪麗不能理解的是，為何那些因為他告密而被捕的歌手和演員，在獲釋後又再次來找他，並維持一定的關係？上癮是那麼可怕的事嗎？還是他具有能夠吸引人的特別魅力？她曾偷偷地觀察過經理。外表看起來，他只是一個平凡的中年男性，身高大概只有一百七十公分，臉孔也不是美男類型。雖然因為他以前做過服裝生意，是個懂得穿著帥氣衣服和鞋子的男人，但絕難超越先天的外貌限制。瑪麗跟他共事已有五年，但從未在他身上發現男性的魅力。從他和模特兒出身的女人再婚後，身邊依舊桃花不斷的情況來看，他一定具有她所不知道的魅力。

他以前供應大麻時的人脈，目前為止依然還在。偶爾會有聲音沙啞的退休搖滾歌手來分公司，和他一起出去試乘。他們雖然都一致對外宣稱已經戒掉大麻，但這種宣示也無法當真。不過分公司經理的話還是具有可信度的，他說自己在接受耶穌基督為救主之後，完全戒掉了大麻。他受到戒斷反應嚴襲的時期，偶然見到了中學同學，那個朋友喚醒了他很久以前的記憶。他突然懷念起十多歲的時候經歷過的說方言的無我之境[1]，於是又再度去了那個教會。他領悟到自己即便不依賴藥物，也能放棄和放下自我的事實。他每週三和主日都會上教會，連喜歡抽的香菸也戒了。他雖然說他信奉耶穌基督，但他所倚靠的究竟是神，還是恍惚之境，其實並不分明。

7

1　基督教信徒在禱告到某一境界時，嘴裡會說出別人聽不懂的話，《聖經》裡稱之為方言。

八點三十分。基榮到了公司，比平時稍微早了點。唯一的職員魏成坤已經先到了。他雖然只有三十出頭，但頭髮幾乎都已經掉光。他說自己從二十多歲開始掉頭髮，大學畢業後，曾在浦項的鋼鐵公司短暫上過班，但很快就辭掉工作，之後輾轉於各個電影學校。他的夢想雖然是當導演，但隨著時間流逝，終究來到了這裡。他為了替以發明為興趣的父親擔保債務，也跟著變成信用不良的人。為了防止銀行扣押薪水，基榮還得另外為他準備現金。

「今天這麼早就來了？」

「嗯。成坤，你平常吃早飯嗎？」

「這個嘛，我努力這麼做。」

「我聽廣播節目說，早飯要吃，頭腦才會轉得快。」

「每天都那麼說。社長，您吃早飯嗎？」

「不吃。」

魏成坤將視線轉向電腦螢幕，大聲說道：

「啊！聽說《綠蔭之下》有些困難。」

「是嗎？那就放棄吧！那個太貴了吧？伯格曼怎麼樣？」

「好像能找到拷貝片，但是沒有適合放映的地方。」

「再打聽看看吧？」

「好啊。」

「其他的怎麼樣？」

「都在順利進行中。今天沒有特別的行程嗎？」

「沒什麼特別的。」

基榮坐到角落裡自己的位子上，按下按鈕，開啟電腦。魏成坤再次把臉轉向電腦，好像在打什麼內容。剛開始的時候，魏成坤的電腦螢幕是朝向基榮能看見的地方，不知從何時起，他將顯示器的方向稍微做了調整，現在只能看到液晶顯示器的背面。但無論是誰，只要和他相處幾天，就能知道他是個無可救藥的A片中毒者。基榮錄用過女職員，但她們只要發現他偷偷在看A片，就會立刻辭職。禿頭的A片中毒者，而且又信用不良，也許他正具備現代年輕女性最討厭的所有條件也未可知。

「就好像有人喜歡收集刀，有人只喜歡搞笑的電影一樣，當然也會有人收集A片，對吧？」

他有一次為自己辯解的時候，基榮默默地表示同意。

「就是嘛！」

基榮不是一個會和別人討論的人。

基榮把視線從他身上收回，小心地打開抽屜。三個空的三十五公釐底片筒在抽屜裡滾動。分明有人動了抽屜，原本立放著的空底片筒是他喜歡使用的圈套。他偷瞄了魏成坤，雖然不無可能，但或許不是他。基榮摸著底片筒，已經是第二次了。在莫斯科美國大使館從事間諜工作的CIA，曾制定所謂「莫斯科守則」，其中有這樣的規定：「一次是巧合，兩次是偶然，三次就是間諜。」那麼，還剩下最後一次。

他使勁用手指壓住太陽穴，頭痛又開始發作了。究竟是誰在夜裡打開抽屜？那裡面沒有什麼重要的東西，只是一些電影進口業者都會有的文件和文具而已。要不要裝設閉路電視？那或許能防範祕密滲透，但無法找到別人窺探自己的痕跡。如果是專家，一定不會進到裝有閉路電視的房間；如果是小混混，也沒有必要用這種方式來抓。當然也可以偷偷設置針孔攝影機，但經由電波探測，也可迅速被偵測出來裝設與否。不祥的預感暗暗搔著他的鼻尖。

電話鈴響。成坤拿著話筒。

「社長，請您接電話。」

基榮拿起話筒。

「您是金基榮先生嗎？」

「有什麼事？」

「我寄給您一封電子郵件，可是您還沒有確認。」

「您是哪位？」

打電話來的男人停頓了一下。

「我是您安城叔叔的朋友，最近開始做起高利貸生意，如果您的生意急需用錢，請跟我聯絡。」

「什麼？您說您是誰？」

打來電話的人沒再出聲，掛斷了電話。

「喂？喂？」

基榮皺著眉頭，放下話筒。眼前顯示器的背景畫面是喜瑪拉雅的雪山。他焦慮地咬著指甲，一下四處張望，一下又用拳頭輕輕敲打書桌。猶豫了一下之後，他把滑鼠的游標移至 Outlook Express 的圖示上方。但他再次猶豫，沒有立刻連按兩下。雖然是極小的圖示，但沒有任何人知道從那裡面會跳出什麼來。他終於點擊了兩下，隨著硬碟嗡嗡嗡的運轉聲，電子郵件的程式開啟了。他按下「收件匣」，打開視窗。首先映入眼簾的，是秋天釜山電影節上簽約的伊朗電影拷貝本，即將通過釜山海關的消息；還有大學同學會將舉行慈善活動的消息，以及電影代理商介紹幾部版權較便宜之電影的郵件。除此以外，大部分都是垃圾郵件。他仔細察看了數十封電郵的主旨，然後將垃圾郵件一封一封刪除，雖然也可以設定過濾功能，一次刪除郵件，但他並沒有那麼做。後來在看到某一封郵件的時候，他突然停下了游標。電子郵件的主旨如此寫著：「（廣告）信用卡付款，上班族、公務員，不需擔保，立即貸款。」

他環顧四周。成坤剛好要從位子上起身，與他四目相對。

「需要什麼嗎？」

「不用。」

「要不要喝杯咖啡？」

「有沒有煮好的？」

「沒有。要不要我去煮？」

「那麻煩給我一杯。」

成坤哼著歌去煮咖啡的時候，他打開了那封高利貸業者的廣告郵件。一打開郵件，各種字體花俏、顏色繽紛的廣告文句閃爍不已。他仔細讀完郵件後，看到「如果您需要貸款估價，請按這裡。」的句子，於是按下另外用紅色標示的「這裡」，新的視窗隨之開啟，在那裡又按下一個單字，又出現一個視窗……如此反覆幾次，他終於接近目標。來到最後一個階段的時候，他又再次環視周圍。咖啡機正嘶嘶地噴出最後的熱氣，成坤抽出咖啡壺，拿著杯子走向基榮。基榮悄悄將電腦畫面轉換為google首頁。

「請喝咖啡吧！」

成坤將馬克杯放在桌上，斟上咖啡。

「謝謝，啊！那部伊朗電影即將要通關了。」

「啊！太好了，那部片進來以後，又要開始忙了。」

「應該是吧。」

基榮確認成坤回到自己的座位上後，再次打開Outlook，他將之前開啟的視窗全部關掉，只留下最後一個視窗，最具決定性的訊息終於出現。

章魚陶罐啊

做著虛無的夢

夏天的月亮高掛在天上

基榮嚥了口唾液。與其說是真的唾液，還不如說他是把「嚥了口唾液」這幾個字的音節，一個接一個吞進喉嚨裡更為恰當。他將滑鼠旁邊即將涼掉的咖啡一飲而盡。如果他沒記錯，這個俳句絕對就是四號命令的暗號。他轉身從書架上抽出民音社《世界詩人選》第五十三卷，第六十七頁裡正收錄著那首松尾芭蕉的俳句。他的手掌心開始冒汗。他將拳頭握緊後又鬆開，藉以消除緊張。「六十七」減掉自己的出生年「六十三」，答案是四。雖然二十年來從未接到過，這個四號命令此刻卻不容置疑。

這首俳句還附有題為「夜宿明石」的序文。明石是以捕獲章魚知名的地方，漁夫利用章魚喜歡洞穴的習性，每到夜晚就將陶罐放進海裡，早上再把罐子拉上來，以此捕獲章魚。章魚在那裡面做著生命中最後一場夢。

基榮翻閱著詩集。八〇年代，隸屬三十五號室的李相赫重新發現了利用詩和書籍做古典暗號的效果。根本不需要亂數表和短波收音機，只要有幾本書和背誦能力就足夠了。符合四號命令的詩有好幾首，有帕布羅·聶魯達（Pablo Neruda）的情詩，還有卡里·紀伯倫（Khalil Gibran）的箴言。其中，那首俳句因為命令的意義和詩句本來的意思相近，反而有種不太真實的感覺。是的，那首松尾芭蕉的俳句如同一次方程式般，正確對應著四號命令。基榮手上的十七世紀托鉢僧俳句，有如走過巨大沙漠後的駱駝，乾癟而瘦弱，豐富的韻味消失了，僅存一個意思：

「結束一切，立即回歸。此命令不會撤銷。」

他一直以為這個命令在他有生之年不會下達。不，不只這個命令。他一直相信所有命令都會永遠推延，但是竟然出現了。至於是誰？為什麼？為何偏偏在現在下達這個命令，他毫無頭緒。他用手指輕輕敲打著桌面，整理思緒。李相赫遭到整肅以後，在過去十年間，沒有任何人下命令；幾乎所有李相赫布下的組織都被裁撤得支離破碎，不知道彼此的存在，不，應說是避開彼此，僅謀求自己的生存。

也許這是失誤或誰的惡作劇也說不定。也有可能是原本要發給別的傢伙，可是因為某人的失誤而發給自己；或者原本想以後才下令的，可是卻提早發出來了。不，剛才打電話來的人分明說出我的名字，李相赫是不是又回到一三〇聯絡所？所以開始要恢復過去自己布下的組織？基榮陷入了極度的混亂，彷彿成了一早醒來發現昨夜的夢境成為現實、因而懷疑起那場夢境真實性的人。為了得知命令的細節，例如何時、經由何處、如何回歸等事，還需要進行幾個步驟，但他反而從位子上起身。他想出去外面，腳卻被置放於走道的塑膠垃圾桶給絆了一下。垃圾桶傾倒，發出嘈雜的聲響。垃圾桶放在那裡已經好多年了，但他從未撞到過。裡頭的紙杯和衛生紙散落一地。成坤從位子上站起來。

「啊，還好吧？」

「嗯，還好。」

他把垃圾桶再次放好，想收拾垃圾，右手食指卻被柳橙汁鋁罐的拉環劃破。他臉色一沉，突然猛地站起來，大力踢垃圾桶。桶子飛得老遠，哐的一聲撞到桌側。

「幹！怎麼會有這些東西？」

成坤嚇了一跳。

「有受傷嗎？」

他平撫自己急促的呼吸，把劃傷的食指放進嘴裡。

「成坤，對不起。」

「……我來整理吧！」

成坤看了看他的眼神，拿過垃圾桶，把垃圾裝進去。他靜靜地站著，俯視成坤清理地面。頭痛又再次嚴重復發，他完全想不起來該做什麼。基榮在某一瞬間也忘記了自己原本要外出的事實，再次坐回位子上，然後拿起電話撥號，但是只傳來手機關機、請稍後再撥的留言。基榮思索片刻，走出辦公室，然後用手機打電話。

「喂？啊，是教務處嗎？我想找蘇智賢老師。啊，是，她在上課，什麼時候下課呢？欸，是的，我是學生家長，我想和她討論一下孩子的問題……我知道了，請您留一下便條紙，我是金賢美的爸爸。是，是，請轉告她，我十點會去見她……謝謝！」

他看看手錶，整理好弄亂的衣服。他走了幾步，雖然有點暈眩，但隨即恢復正常。遠處隱約傳來救護車的警笛聲。

8

化妝室裡，張瑪麗的心裡湧起強烈的衝動。她想撕開石膏，用力去抓即將結痂的肌膚，直到流血為止，但那是成熟的大人不可能做的事。她在衣服上灑上噴霧式芳香劑，薄荷的香氣和氨水的味道混在一起。她打開向外開啟的窗戶，窗臺前面有菸灰掉落，這是大樓女職員抽菸的痕跡。據她所知，約有三人在這裡抽菸。雖然分屬於不同的公司或業者，但她們就像認識已久的老朋友一樣，只要一見面，就互相勸菸、閒扯。

她用肥皂洗完手，回到座位上，經理不知去了哪裡，不見蹤影。直到那時為止，她完全不知道這一整天會怎麼度過。她只希望能順利把車賣給來試乘車子的客人。

她掏出手冊，確認是否有忘記的行程。手冊的日曆上，寫著後天是父親的忌日。父親去世到現在只不過兩年，卻已經被徹底忘記了，這讓她感到輕微的罪惡感。她的父親張益德出生於一九二五年十一月十四日，和傳奇般的職業摔角選手力道山同一天出生。國語運動家李五德雖也出生在同一天，但父親對國語運動毫無關心，卻對一輩子從未見過的力道山極為關注，甚至還曾遠赴日本，花費巨資從一位日本僑胞企業家手裡買下力道山擦過汗水的毛巾。一九六三年十二月十五日，軍事政變的主角朴正熙少將以平民身分就任第三共和國總統的兩天前，當時三十九歲的酒類批發商在全羅道光州忠壯路與好友暢飲時，突然感到下腹部劇烈疼痛。他冷汗直流，重達一百公斤的龐大身軀倒在地上發出砰然巨響。酒店老闆和其他朋友背著他跑向醫院。

是急性盲腸炎。他在急診室接受值班醫師的短暫診斷，旁邊躺著吃下河豚企圖自殺的一家五口。那一家子已有一人死亡，其他人也性命垂危。他們的故事傳遍整個急診室，所有話題都離不開那一家人。只不過得了盲腸炎的他，不得不排在後面。過了好一陣子之後，他才被移到手術室，冷汗流滿整個額頭。手術室裡，醫師和護士開始準備手術。他因為極度疼痛，已陷入半昏迷狀態，耳中聽到不知從哪裡傳來的廣播聲音。手術室角落的收音機突然停止播放音樂，插播緊急新聞。醫生拿著裝滿麻醉劑的針筒向他走來，即便在極其疼痛的情況下，他仍然舉起手，制止走過來的醫師。醫師用手指彈了彈沿著針頭滴下來的麻醉液。他停止呻吟，用手指著收音機，那臺新型電晶體收音機裡，流瀉出一星期前被黑道用刀刺傷的力道山，最終死亡的新聞。

「根據日本共同通信社報導，日本職業摔角界的巨星力道山，十五日晚間十點在東京山王醫院接受下腹部的傷口手術時，因為併發腹膜炎死亡。八日晚間，力道山在赤阪夜總會與名為村田勝志的黑道青年發生口角，被該青年用刀刺傷下腹部，之後送往前述醫院治療。」

他流下眼淚，劇烈的疼痛又再次襲擊他的下腹部。失去精神上之兄弟——力道山的悲傷，讓他因盲腸炎引起的痛苦，昇華為完全不同性質的感受。日後，他認為當天的急性盲腸炎，是離開人世的力道山特別留給自己的共同意識和靈魂依靠，並為此感到自豪。平時對職業摔角不屑一顧的光州外科醫師將收音機關掉，在他的手臂注入麻醉劑。他的臉上淚水泛濫，很快就失去了意識，開始接受手術。

他後來回憶說，那一瞬間他夢到力道山向自己走來。他在夢中看到穿著帥氣西裝的力道山。他一從麻醉狀態醒來，就用日語對聚集在周圍的家人說道：「啊！人生如歌。」他主張那句話是力道山留給自己的遺言。這是光復以後的十八年來，他第一次用日語說話，家人無不驚訝萬分。

從那以後，他經常把這句話掛在嘴邊，正如同法國人常說「這就是人生啊！」（C'est la vie）。他臨終之時，家人也暗自期待他會這麼說，倒不是說有多喜歡那句話，而是適合他的死亡，是一種熟稔的、廣告詞般的存在。

但是他並未輕易開口，只有布滿眼屎的雙眼如牛眼般閃爍著光芒。不一會兒，他吃力地歪過頭，瞥了家人一眼。不用醫師說明，家人都已知道最後的瞬間已經到來。他叫喚站在床尾的二兒子仁碩走上前來。仁碩躊躇地走向父親，卻被母親擋住，只得杵在父親的腰部。張益德點點頭，讓仁碩再走近點，母親不得不讓出位置。仁碩好不容易才能將自己的耳朵貼近父親的嘴邊。父親乾燥的嘴唇上下掀動，用若有似無的聲音向兒子交待最後的遺言。仁碩用沉重陰暗的表情點點頭，傾聽最後的遺言。不久之後，就像電視連續劇一樣，父親的心臟停止跳動。因為是早有預期的死亡，家人並沒有撲上死者的身體、大聲叫喊。母親問兒子：

「嗯，你父親說了什麼？」

仁碩滿臉不自在，不想開口。

「沒關係啦，他已經過世了。」

「以後再告訴您吧！他沒說什麼重要的話。」

越是這樣，家人越是好奇。瑪麗也一樣。

「哥，爸爸說了什麼？」

「沒什麼。」

「沒什麼？」

母親又再次催促他。外面已經開始準備移動屍體。父親漲大如氣球的肚子裡，已經開始冒出濕襪子的味道。仁碩終於開口說道：

「……要小心稅金……」

雖然是從仁碩嘴裡說出的話，但在她聽來似乎是張益德親自開口的聲音。

「稅金？」

「是的，父親說要當心稅金。」

果然是酒類批發商的最後遺言。稅金可說是他畢生的敵手。

AM 09:00

9　太早到來的鄉愁

教室的門打開了，喧囂的聲音立即停止。蘇智將點名簿丟到桌上。她的本名雖是蘇智賢，但學生都叫她蘇智，她也習慣了這個外號。因為她還是學生的時候，就和一個叫孟智宣的同學一起被叫孟智、蘇智，她還認為比起智賢這種平凡的名字，蘇智還比較好。她擔任國語科老師，但並沒有當班導。

四處跑跳的孩子都坐回自己的位子。如果是晴朗的日子，飄浮在教室裡的灰塵會讓所有的孩子眉頭緊蹙。蘇智將目光轉向窗外，天陰，好像還在下小雨。班長從座位上起身。立正、敬禮。口令強而有力，不像一般的女孩子。蘇智看著賢美。賢美與老師目光相遇，不覺睜大了眼睛。她長得雖不算漂亮，但是個能引起好感的孩子。賢美一年級的時候，蘇智也教她國語，她的文章理解力和語感相當傑出。學生也像戀人一樣，分成許多種類。有的孩子會讓你想跟她去可口的餐廳一起吃飯，還有一些學生會讓你想和她到美術館之類的地方邊逛邊聊天。賢美是那種如果一起玩桌遊會很愉快的孩子。她笑容燦爛，還有點懂得體貼他人，甚至會讓人覺得，光坐在她前面都會變得聰明。**喂，蘇智，別再胡思亂想了，妳現在狀況不太好**。她突然百感交集，於是閉上雙眼深呼吸。她睜開眼睛，打開點名簿。

「今天星期幾？」

「星期二。」

學生用高亢的聲音回答。

「幾號？」

「三月十五號。」

蘇智在點名簿上寫下日期。她稍微環視一下班裡，看來似乎沒有缺席的孩子。開始上課了。打開課本、問孩子問題、叫醒打瞌睡的孩子、交待作業。再也沒有別的科目像國語一樣，這麼難以向孩子說明學習的必要性。學生無法理解為何還得學習已經說得這麼流利的韓國話。

提示課堂結束的鐘聲響起，蘇智拿起點名簿和教材走出教室。從她身邊走過的幾個學生向她問好。她走向教務處的腳步突然停頓下來，就像原本上緊的發條完全鬆開的發條娃娃一樣，就那樣站在走廊的正中央。幾個學生原本想向她問好，但還是一臉尷尬的逕自離去。大概過了一分鐘，兩個男學生在走廊上看到她，竊笑道：

「又來了。喂，蘇智這樣的時候，打她一下，她也不知道吧？」

「那你過去打她一下看看，我給你一千塊。」

「真的？你要是不給我就揍死你。」

「王八蛋，你根本就不敢。」

「我真的去喔！」

「去啊！誰攔你了？」

話一說完，男孩就邁著誇張的步伐走向蘇智身邊，但是在他碰觸蘇智的背部之前，她突然回神了。她眨了幾下眼睛，輕輕左右搖晃一下頭部，然後又開始向前走去。

「喂，好像又來電了！」

男孩們笑嘻嘻地散開了。不一會兒，蘇智走進了教務處。提醒第二節課開始的鈴聲〈給愛麗絲〉響起。

10

學校位於陡峭的山坡上。由於到處都設置緊密的黃色減速丘，基榮開的車出現幾次劇烈的搖晃。上學時間嘈雜不已的文具店，正悠閒地準備下午的生意。這是太過典型的學校風景，反而充滿不現實的感覺。有兩個未及就學年齡的小男孩，坐在文具店門口置放的小遊戲機前，像下著象棋的老人一樣，傾身凝視著畫面。

通過校門之後，車子很快地進入學校。打溼車窗的毛毛雨已經停了。初老的警衛皺起眉頭，與駕駛座上的基榮四目相對，但很快又將視線轉回先前讀的體育報紙。身穿運動服的女學生正在運動場上打排球，一個人用雙手丟球，站在網前的舉球員把球托了起來，女學生踏著有節奏的步伐衝到網前，像青蛙一樣挺著肚子跳起，試圖進行蹩腳的殺球。大部分人都打偏了，有的則乾脆沒碰到球。排球無力地落在網前各處。坐在裁判席的老師嘴裡咬著哨子，露出一副厭世的表情，俯視著孩子們。基榮把車停在教室前方的空地上，抽出車鑰匙放進口袋裡。他砰的一聲將車門關上，再次望著運動場那邊。女孩子的身體太過沉重，以不自然的姿勢跑上前去，進行吃力的扣殺，然後再次回到出發點，等待下一輪。發球、跑向前、跳起來叩擊落下的球、隨後調整衣著。他好像在看卓別林的電影《摩登時代》。輪到自己的時候，那些孩子依序做完該做的事情，然後又回到原來的位置。

基榮看著那景象出神，卻感受到心裡的某個角落湧上陣陣酸楚。如果我們能將每一種感情都貼上標籤的話，一定會有人將他那一瞬間的感情命名為「太早到來的鄉愁」。對於突然接獲回歸命令的他而言，從此刻起用不同的方式去感受這世界也是必然的。乍看之下，這與長途旅人整理行李相似。在精神上，他們已然屬於旅行的目的地，唯有如此，他們才會想到在該處需要的東西。正如他們收拾洗髮精、內衣、眼罩和指甲刀一樣，基榮也在收集這個世界的形象、聲音和味道，因為這些東西都是為了日後在消費「鄉愁」這個奢侈品時，所需要的材料。

「太極旗迎風飄揚。」經過司令臺時，基榮也不自覺地哼起歌曲來。他學這首歌是在他已經二十歲的時候。連流鼻涕的孩子都會唱的歌，他這麼晚才學，可說是無可避免的移民者的命運。他走過水蠟樹和琴柱草栽植成列的花壇，也行經獎盃、獎牌如同碑石排列的走廊，然後走進教務處。剛下課的老師陸續走進教務處，幾位老師在自動販賣機前邊買咖啡邊交談著。

他根據多年來的習慣，一進入室內，就開始掌握人數和位置。總共有十三名老師在教務室裡，男老師四位，女老師九位。他向穿著黑色羊毛衫的女老師詢問道：

「我想找蘇智賢老師。」

在那位女老師回答之前，後方已經傳來聲音。

「是賢美的爸爸吧？」

兩人相視片刻，蘇智點頭向他問好，基榮也向她回禮。蘇智打破短暫的沉默說道：

「那個……我們去諮商室吧！」

蘇智在前方帶路，基榮緊跟在後。諮商室在走廊的尾端，離教務處約莫四十公尺左右。走過去的時候，因為水泥建築特有的寒氣，他覺得冷颼颼的。諮商室裡的擺設很簡單，甚至有點像審訊室，如同沒有主人的房間一樣毫無感情；房間裡只有長桌、開始顯得破舊的三人用沙發和幾張鐵製椅子而已，牆上掛著幾幅詩畫展的作品。

「怎麼回事？這麼突然？」

蘇智拉過鐵椅坐下，椅子發出令人不愉快的聲音。基榮換了一個比較舒服的坐姿。她用手肘托著下巴看著他。

「有什麼事啊？我接到留言時嚇了一跳。」

「在電話裡說有些不方便。」

蘇智嗤嗤一笑，橫了他一眼。

「什麼嘛？跟瑪麗姐姐吵架了？」

「不是。」

「對了，你說你是家長。真大膽。真是的！」

「我是家長啊！妳不是教賢美國語？」

「賢美的級任導師如果知道的話，一定會覺得很奇怪的。」

「管他的。」

「你到底有什麼事？」

基榮將椅子拉過來，感覺襯衫的領子將脖子勒得太緊，從早上開始在腦袋裡蠢蠢欲動的細針，又開始活動起來。他又想起四號命令，抬頭一看，蘇智還在盯著自己。

「我沒什麼時間，下節還有課。」

基榮用手掌搓了搓臉，避開她的視線。

「我以前讓妳保管的東西……」

「什麼？」

「以前我不是有東西讓妳保管一下？」

「啊！那個，怎麼了？」

蘇智瞇起眼睛。

「妳得把它還給我。」

「在家裡呢！」

「不是不太遠嗎？」

「可是今天真的沒有回去的時間。今天一定要嗎？我明天用快遞寄給你不行嗎？」

「今天就需要。」

「你來這裡就是為了說這件事嗎？打電話不就好了？」

「正好經過這裡，我就來了。」

「那裡面到底裝了什麼？我不能知道嗎？」

他悄悄看了牆上的鐘，紅色液晶數位時鐘正指著九點二十一分。蘇智沒有忽略他的目光。

「你好像真的很忙的樣子。這樣吧，我四點半下班以後趕快回家拿出來。我們在哪裡見？」

「在那之前不行嗎？」

「真的很抱歉，今天課太多，那之前真的抽不出時間。」

她看了看基榮的臉色。

「那六點左右可以嗎？」

「當然可以。」

「那個東西放在家裡，沒錯吧？」

對於他的問題，蘇智的說詞有些含糊。

「搬來的時候還看見過，如果沒人沒扔掉的話，應該是放在什麼地方的……」

「那就好。」

他緊閉雙唇，暗自計算時間。就算是晚上六點才能拿到，也似乎不會有什麼問題。他想趕快回公司確認命令的具體事項，無論回不回去，該知道的不是一定得知道嗎？悔意油然而生，應該看完再出來的，為什麼只是想逃避呢？那是一三〇聯絡所出身的他能做的事情嗎？

「那麼，我該走了。待會兒見！」

基榮雖然起身了，但坐在他前面的蘇智，表情沒有絲毫變化，似乎有些埋怨，又好像是魂遊天外。

「……妳怎麼不說話？」

基榮仔細地看著她。他的臉孔雖然移動了，但她的視線沒有跟隨。他用右手在她面前晃，等待她回神。過了一會兒，她的眼珠又出現光彩。她用雙手摸著自己的臉頰，慢慢地恢復過來。

「啊，我又來了。」

「嗯，最近經常那樣？」基榮小心地問道。

「變得越來越頻繁了，因為上次說的那個長篇的緣故。最近經常熬夜，如果累的話，好像變得更嚴重。沒關係啦，一下就好了。時間持續了多久？」

「大概三分鐘吧！可是，妳真的失去意識了嗎？」

「不，不是的。我以前也說過吧，我聽得到聲音，只是沒有辦法做出反應而已。好像是癲癇的一種。」

「就像打電話的時候，明明對方已經掛斷電話，自己不知道，還喋喋不休了好一陣子，就像那樣。」

「啊……你不是說你很忙嗎？」

「妳真的聽見了啊？」

「那你得走了吧？」

「沒關係，沒有忙到那種程度。」

他身體的緊張稍微放鬆。

「再待一會兒也行嗎？我們喝杯咖啡怎麼樣？」

「好啊！」

蘇智打開門走了出去。基榮聽到硬幣掉落的聲音、紙杯落下的聲音，然後她拿著兩杯自動販賣機的咖啡進來。

「我咖啡上癮了，在家裡也要這樣泡來喝。」

她遞給他一杯。他接過來喝了，只覺得有點甜，卻感受不到其他味道。

「大哥，上個週末我在家裡閒著沒事，看到電視正在播放《東方不敗》。」

一九九二年四月，他們兩人在鍾路的一家電影院一起看了林青霞和李連杰主演的《東方不敗》。在電影中，林青霞扮演在修煉武功的過程中逐漸變得女性化的武林高手，他閉上眼睛，然後說道：

「你誰也不相信。這是你自己造成的。誰還留在你的身邊？」

「你說什麼？」

聽到他這莫名其妙的話，她睜大了眼睛。

「李連杰不是那樣對林青霞說過嗎？《東方不敗》電影裡。」

「有嗎？你還記得那段臺詞啊？你確定嗎？」

「我也不知道，突然想起來的。妳不是上星期才看過嗎？不記得了嗎？」

看來她是真的想不起來了。一九九二年的那天，兩人從電影院出來，去了樂園商街一樓的餐廳吃飯。電視裡播放洛杉磯黑人暴動的新聞快報。暴徒進入商店裡，掠奪電子產品。電視上反覆播放羅德尼．金（Rodney King）開著現代 EXCEL 汽車，遭警察毒打的畫面，接下來是槍戰和縱火，天使的城市洛杉磯變成了毫無法紀的都市。韓裔移民者拿著槍，守護著商店和街道。

「那天發生了洛杉磯暴動。」

「那個我記得，可是那個祕笈的名字是……」

「葵花寶典。」

「啊……」

她輕輕嘆了口氣。

「大哥，你真的是記得所有事情的男人啊！我是上個星期看過那部電影的人嗎？」

他也許記得所有事情的想法，讓她覺得有些不自在。她好像很疲倦似的，用手掠了一下頭髮。

「那你還記得那天我說過的話？」

他緩緩地點點頭。她的父親是國稅廳公務員。小時候，她認為公務員是世界上最富有的職業，父親的財產每時每刻都在增加，只能用不可思議四字來形容。家裡隨處可見高級洋酒，冰庫裡冷凍排骨下方壓著包在塑膠袋裡的成捆美金。直到上了高中之後，她才知道積蓄這些財物的祕密。她的心裡很不舒服，學校裡學的道德標準和家裡的道德標準完全不同。父親偶爾會像打禪語一樣對她說「因為可以，所以可以。」那和支配殖民地、殺害原住民的帝國主義者的論調類似——「我們之所以這樣做，是因為可以這樣做，這是連神也允諾的。」成為大學生以後，她以父親為恥，連面對面一起吃飯都很痛苦。父親是社會罪惡的化身，也是腐敗的獨裁政權本身。她丟棄了拜倫和華滋華斯，拿起了馬克思和恩格斯，並且在精神上和物質上與父親訣別。在那時期，這樣的子女並非少數，大家都不當回事。也許還有一些朋友羨慕她，因為她擁有生來窮困的學生無法享有的精神上的奢侈，那種丟棄富有、不道德之父母的奢侈。那些窮人家的孩子本能地知道，那些父母總有一天會為子女使用自己的財富和權力。這是她身邊的人都知道的事情。

可是他們看《東方不敗》的那天，在米腸湯店裡喝醉的她，對基榮說了不曾告訴任何人的事情。接下來就像某種交易似的，他們發生了肉體關係。正如同既然聽了祕密，做愛也是必然。她以深刻而激烈的熱吻擊潰了猶豫中的基榮。一九九二年四月三十日，很恰巧地，那天正是大學生要求全面再次調查財閥逃漏稅的情況，並占領國稅廳的日子。她和基榮熱烈做愛的時刻，她的父親正咂著舌頭，在鍾路區壽松洞的國稅廳建築裡，閱讀著闖入的學生散發的傳單。

那年一月，她在朋友的租屋處睡覺的時候，被突然闖進來的首爾警察局刑警帶走。當時她正遭到通緝。她被推進貨車裡，載往拘留所的時候，只想著一件事。她不是什麼重要角色，刑罰應該不會太重，可是絕對不能讓父親得知這事。因為她無法忍受父親運用金錢和權力將自己救出來之後，趾高氣揚地訓誡自己的模樣。無論用什麼方法，她只想阻止這樣的事情發生。她甚至還後悔沒有犯下違反國家保安法的重罪，好讓父親無從營救起。她的願望自然沒人當一回事。因為警察已經知道她的身分，而且沒有理由不馬上通知她的家人。

她在審訊室裡低著頭，等候即將到來的命運時，在她身上竟然發生了小小的奇跡。一個路過審訊室的首爾警察局幹部認出她是誰。那人慢慢地走進審訊室裡，刑警立即起身向他敬禮。

「妳不是智賢嗎？」

蘇智抬起頭。那個男人接過年輕刑警整理的調查紀錄，心不在焉地隨手翻閱著。他和父親是同鄉，也是高中同學，蘇智從小叫他叔叔。父親和他保持一定的來往，逢年過節都會送他洋酒和金錢。他偶爾會去蘇智的家下圍棋，回去的時候都會拿著來路不明的購物袋。蘇智緊緊閉上眼睛說道：

「請不要告訴我父親。我不是未成年人。」

男人將調查文件放在桌上，低頭凝視著她。

「妳……長大了。」

然後他嗤笑了一聲。奇怪的是，那個笑容裡帶有一絲卑屈的味道，是那種一大早因為需要緊急貸款而進入銀行的人，臉上可以看到的表情。男人交代刑警，如果調查報告都整理好的話，立即將文件送來給自己，然後又向她說道：

「我不會跟妳爸爸說的，不用擔心。」

他沒有說那些不要示威的陳腔濫調，旋即離開了審訊室。刑警的態度也為之改變，溫和而有禮，還提供她熱咖啡和香菸。到了晚上，刑警們帶蘇智去見他。她坐在柔軟的沙發上，抽著男人遞過來的香菸。

「已經犯下的罪行是不能消除的。妳大概會被處以暫緩起訴或暫緩執行，因為妳沒有丟火焰瓶，也沒有違反國家保安法，不會有大問題的。檢察官大概會傳訊妳一、兩次。妳一定得去，知道了嗎？」

她無言地抽著菸。抽完菸，他帶她出去，在有包廂的韓定食餐廳裡，她生平第一次吃到入味的斑鰩。男人親切地告訴她每一道菜的名字，並要她多吃。她雖然很累，但還是比平時吃得更多，也喝了幾杯他遞過來的酒，於是滿臉通紅。男人說道：

「每個人都有夢想吧？」

她回答是的。

「可是到了我這個年紀，夢想就消失了……要怎麼說呢？取而代之的就是慾望了，妳知道我在說什麼嗎？」

她用「我很清楚你要說什麼」的表情瞪著他。男人似乎很焦躁似的咬著指甲。

「我不是在說做愛。只是每個人都有自己想要的東西，如果不能實現，積壓在心裡的話就會生病，知道了嗎？」

「不知道！」

她頂撞回去。

「叔叔按照妳要求的做了，我希望妳也成全我的願望。每個人想要的東西都不同，所以互相交換，互相獲取利益，這就是資本主義社會。也許當時不願意，可是隨著時間過去，對所有人來說都是獲利。那與社會主義不同，社會主義不知道每個人想要的都不相同。」

男人避開她的目光，舉起酒杯，潤了潤嘴唇。她緊閉雙唇，沒說一句話。不久之後，他們雙雙走進市區的觀光飯店。男人脫了衣服，躺在浴室的地上。他的身體微微發抖，雙眼緊閉。她站在那男人的臉上小便。她熱乎乎的尿液弄溼了公安搜查專門警官的臉，流到地面，然後流進了排水孔。在韓定食餐廳喝的啤酒，彷彿全部都傾瀉出來了。她排泄完，男人張開眼睛，再次露出卑屈的笑容，又閉上眼睛。她在那張臉上吐口水，越是這樣，男人越發滿足。為了在可愛的尿液從臉上流盡之前達到高潮，他粗魯地撫弄著自己的生殖器。她哭著離開浴室，用毛巾擦拭下體。但是不可否認，在象徵公權力的高階警官臉上小便，帶給她最原始的快感。那個快感是戲劇性的。擁有權力和力量的男人一絲不掛，溫順如孩童，與此相反，身為嫌疑犯的女學生像女神一樣，站在上面侮辱著男人。她是演員，同時也是觀眾。這麼一想，現實感消失，她只覺得安心。男人會遵守約定，將案件悄悄了結。她沉浸在小混混剛被黑道家族接納的感覺之中。她似乎長大了，得以窺視世界如何運轉的祕密。世界不僅是不同權力互相碰撞的地方，更是交換演技之所在。

躺在地上自慰的男人淋浴完，將浴室的地板清洗乾淨後，走到外面來穿上衣服。

「謝謝！」

兩人毫無疑問都會守住彼此的祕密。她回到拘留所，兩天後得到檢察官免拘禁的命令，被釋放出來。洛杉磯失火的那天，她把這些事情的來龍去脈都告訴了基榮。兩人就像交往已久的戀人一樣，很自然地走向旅館。基榮腦中掠過他是否要像那個男人一樣，躺在浴室地板上的念頭。又或者她內心期待的是否正是如此？但完全不是。對她而言，她只是需要一個能傾聽她的人。是因為這些隱祕的告白讓她興奮起來，這時剛好在她旁邊的男人只有基榮一人而已。

「後來那個叔叔還偶爾來我家。沒再見過幾次面，但我反而感覺高高在上。他會避開我的目光……我想到爸爸什麼都不知道，還覺得那個叔叔有點可憐。就是有種幸災樂禍的感覺。」

「是啊！妳是那麼跟我說的。」

「我連那個都說了？」

「嗯，我聽過。」

他點點頭。

「可是有件事情我沒告訴你。」

「是什麼？」

「那個叔叔，他死了。」

「怎麼死的？」

「在木浦，飛機失事。」

「啊！是從首爾起飛的韓亞航飛機吧？」

「你真的太厲害了，記憶力太好了。那是我在美國的時候，媽媽打電話告訴我的，說在木浦發生飛機失事。我剛開始還以為是爸爸死了。可是就在飛機墜落的那天，我做了夢，那個叔叔出現在夢裡。他穿著白色的衣服，笑嘻嘻地坐在我的床尾。」

「……」

「……」

「他應該死後也不得安息。」

「或許吧！」

蘇智用右手拂了拂頭髮，兩人無精打采地笑著。

「大哥，你到底發生了什麼事？臉色很不好呢。」

「我看起來臉色很不好嗎？」

「嗯！」

「我有點頭痛。」

「你不是從來都不會頭痛的嗎？」

「是啊！可是今天早上突然頭痛，以後我大概就是會偶爾頭痛的人吧？人生在世，很多事情都會改變。」

「是啊，我們等一下在哪裡見面？」

他深思了一會兒，說道：

「朝鮮酒店的日本餐廳怎麼樣？」

她瞥了基榮一眼。

「噢噢，真奇怪啊！那個包裡是不是裝了毒品之類的東西？」

「我突然想吃那裡的壽司。」

「好吃嗎？」

「我沒跟妳去過嗎？那裡的燉鱈魚頭也很好吃。」

「你只帶我去便宜的地方。」

她笑嘻嘻地說道。

「今天我請妳吃好吃的。」

「謝謝！那六點我們在大廳見面，一起進去。」

「嗯，那我先走了。」

基榮在踏出諮商室門口之前，停下腳步說：

「我們先約好六點在那裡見，如果有什麼事的話，我會聯絡妳。」

出了諮商室，走廊一片寂靜。他點頭致意，她也立即回禮。他走向透入光線的中央門廊，她則走在離他數步之後。擴音器響起提示下課的鈴聲，這次是舒伯特的〈鱒魚〉。學校這個龐然大物以此為信號，開始翻轉身軀，地面就像發生輕微地震一樣鳴響，中學生尖銳的聲音如同黏液一般，相互糾纏，緩緩地擴大。由上方開始的震動和噪音慢慢湧向一樓，他又再次走過擺滿獎盃和獎牌的陰暗走廊，來到外面。身體和頭都非常沉重。結束體育課的學生嘰嘰喳喳地走過他的身邊，跑上樓梯。一股介於腥臭味和汗味中間，但是並不讓人覺得不快的味道，鑽進他的鼻孔。聞到這股味道，他突然生出力量。時間也許沒剩多少，但他暗自下定決心。他的人生絕不會乖乖的任人宰割。他上車、發動引擎。蘇智站在主樓門廊前，出神地看著基榮的車消失在校門之外。

11

賢美不是每到下課就到處閒逛的孩子，她比較喜歡趴在窗戶旁邊俯視運動場。在上完體育課的孩子一窩蜂回到教室之前，下一節是體育課的性急男學生早就跑出去打起籃球。一個中年男子快步走過籃球場附近，朝停車場走去，無論是腳步還是背影都很眼熟。賢美伸長脖子仔細一看，分明是爸爸。爸爸究竟為什麼來學校？如果是媽媽的話，還說得過去。是不是去找級任導師？那為什麼級任導師沒有提前告知？賢美心想要不要打開窗戶大叫，但旋即放棄，只是靜靜地凝視爸爸的背影。賢美還是第一次在這個角度俯視爸爸。不知道是不是因為角度和距離的因素，爸爸看起來特別矮小而憔悴。在家裡，她覺得爸爸高大而健壯，可是在學校又不同。爸爸只是諸多開著索娜塔車、穿著西裝的人其中之一，從這點看來，他與那個最討厭的物理老師並無不同。還是春寒料峭時節，孩子蜷縮著身體緩緩走出教室。爸爸微微看了教室一眼，毫不猶豫地鑽進汽車裡。一個女人遠遠地站在爸爸的後方，是國語老師蘇智。因為她的髮型像日本職業婦女一樣，剪成尖翹的短髮，很容易和其他女老師區分。蘇智明顯是在目送爸爸。不，為什麼不是級任導師，而是蘇智呢？爸爸的車緩緩地通過校門，駛下斜坡。

雅英走過來，坐在賢美的身旁。她原本的同桌跑去福利社，不在教室裡。

「在看什麼？」

「沒什麼。」

雅英的小眼珠轉了轉，問道：

「妳等下會去嗎？」

「去哪裡？」

她假裝做別的事，躲避雅英的目光。雅英在她耳邊悄悄說道：

「振國他家啊……妳不去嗎？」

「喔……」

雅英瞥了她一眼。

「妳還真會裝蒜啊！」

「……我得去對吧？」

「妳不是想去嗎？」

賢美用不太高興的表情咬著指甲。

「我啊，跟他不太熟。」

「哪有什麼熟不熟的？喜歡就是喜歡。」

「這個嘛，我也不太確定。」

「今天不是他的生日嗎？我們得去打他幾下啊！」

「妳也要去啊？」

「我可以去嗎？我會不會因為跟妳一起去，變成一個大電燈泡啊？」

「我一個人是不會去的。我瘋了嗎？」

「聽說他爸媽離婚了。」

「不會吧？其實我也不知道。」

「有那個傳聞。妳也沒去過他家吧？」

「嗯。」

雅英嘟著嘴，開始用筆在練習本上畫著漫畫人物，是個眼睛很大、腿很長的女孩。

「那妳自己去好了，我不想去。」

「為什麼？」

「不知道，妳看著辦吧！」

雅英咧嘴一笑，回到自己的位子上。去了福利社或隔壁班的孩子也都回來了。她微微瞄了一下剛從後門進來的振國。兩人的目光相遇，振國立刻避開她的視線，轉過頭去。她也低下了頭，在筆記本的空欄寫著毫無意義的字，並思索著自己究竟為什麼會突然被一個同學所吸引。學期剛開始的時候，她甚至不知道有這樣的孩子存在，可是不到兩個星期就變成這樣。他的成績不是很出色，長得也不怎麼樣。有一次，數學老師說：「你們可能不知道，以前有種叫火腿電台的東西，是指業餘無線電……」幾個學生指著振國說：「現在也有啊。」她這才注意到他的存在。那位外號叫金剛的老師非常高興，走向振國，但他只是吞吞吐吐地說道：「爸爸做過的，我只是……」老師稍加追問，才得知他已經持有業餘無線電技師三級的證照，而且在SNS和網路聊天的時代，他竟然知道摩斯密碼。光憑這個，她就覺得振國非常神祕。他擁有自己的呼叫信號，那並不是任何人都可以輕易申請的MSN用戶ID。曾是圍棋神童的賢美，和沉浸於無線電的振國，在此層面上有著某種相通的地方。

12

說好要試駕Passat的男人，直到將近十點才打開展示廳的大門。如同鞋店的店員會注視來往行人的鞋子一樣，瑪麗隔著巨大的落地窗打量他開來的車，那是二〇〇三年款銀色的Grandeur。他應該不是領死薪水，而是經營自己小規模事業的人。他雖然希望聽別人說自己很有品位，但卻沒什麼冒險精神。他應該是更換福斯汽車的適當顧客，福斯的顧客可以說與賓士或BMW等其他德國車的顧客不同，他們是低調的精打細算型自營作業者。雖不是黑道或詐騙集團，但男性魅力稍嫌不足。他們也覺得自己略懂汽車。

男人向著瑪麗直直走來，腳步聲極為堅實，好像從小到大都沒被人打過一樣。他沒有一絲輕浮之氣，端正而俐落，從頭到腳透出微微的緊張感。黑色條紋西裝的布料雖然不是非常昂貴，但腰部剪裁貼身得體。張瑪麗微笑起身。

「您是……？」

「是，我昨天打過電話給您。我叫朴哲秀。」

「啊！好的。」

她從桌上的名片盒裡拿出名片。因為太過匆忙，名片盒的蓋子從桌上滑落。男人留心看著她的動作，十分敏捷地彎腰抓住落地的蓋子，遞交給她。

「謝謝！」

他們互相交換了名片。

「試乘的車輛已經準備好了嗎？」

「是的，在外面。」

他低頭看著瑪麗的左手臂。

「手臂受傷了？」

「是啊！」

她就像對待已經認識多年的人一樣，臉上露出燦然的笑容，跟經理打過招呼以後，和朴哲秀一起走出展示廳外。

AM 10:00

13 倦怠的重量

朴哲秀和瑪麗依序上了車。朴哲秀坐在駕駛座，瑪麗坐在副駕駛座。他仔細查看了儀表板、煞車和後視鏡等，她也在旁邊給予幾句建議，但他似乎不太需要任何協助。Passat 經過良才大道，進入開往盆唐的高速公路。他用力踩油門，體驗車子的反應速度。他也用Z字形在道路上穿梭，超越其他車輛。男人的表情雖沒有變化，但身體似乎已和車子合而為一、共同呼吸，甚至能讓瑪麗感受到從他的腦髓裡湧出的腎上腺素。這個就坐在身邊的男人節制卻又敏捷，冷靜卻又放任自己受強大的外力主宰。她不由自主地將身體靠向車窗，與他保持距離。如此看來，試乘也是極其危險的事情。因為是第一次開的車，所以所有駕駛人都與新手沒有兩樣。他們因為找不到需要的控制桿而突然慌張；因為不清楚煞車的敏感度，導致車身搖晃；偶爾還因為按捺不住衝動而猛踩油門，導致車子失去重心，搖晃不已。如果是自己車子的話，絕對不會將油門踩到底。在試乘的時候，卻會毫不猶豫地嘗試。有人還會將 RPM 轉速表加速到紅色區域，好像有人將他往後拉扯一樣，背部貼緊座位。有一段時間，她還曾認真地思考男人是不是在聞到新車味道的瞬間，就會開始發情？坐上試乘車，腳放上油門的那一剎那，他們就開始興奮，呼吸也變得急促。上身前傾，變為攻擊姿態，身體開始分泌出汗液，和早上擦的爽膚水混合。不知是不是因為在密閉空間的原因，他們身上散發出強烈的男性體味，甚至忘記瑪麗就坐在旁邊，開口閉口都是粗話，突然嗤嗤地笑了起來。是的，他們在那一瞬間都變成少年。在一個只要張開雙臂就可以碰觸到對方的距離當中，一對男女之間流瀉著奇怪的緊張感。男人對了解汽車的她產生好感，她則偶爾因為老男孩而感到渾身發熱。但是男人回到展示廳，把車鑰匙交給她的那一瞬間，又再次轉變成誠懇、有禮貌的中年男性。不知怎麼回事，臉上露出尷尬的表情，匆匆離開。他們在頭腦裡快速計算自己的經濟能力，即便如此，又裝著一副好像決定要把車買下來的表情，說幾句大話，然後坐上自己的車，佝僂著身軀離去。

朴哲秀改變了排檔方式，從自排改為手排。手排檔向下拉了一段，車子猛然向前衝。

「車子的馬力很棒！」

他說道。

「不只是馬力，扭力也很出色。」

他瞥了一眼後視鏡，從超車道衝了出去。

「小時候我家有一輛叫 Mark 5 的車子，妳聽過嗎？」

「沒有。」

「那是福特和現代合作生產的車，也是我們家的第一輛車。每當我父親在公寓停車場擦那輛車的時候，其他孩子都會來參觀。」

「那個年頭車子不多見。」

「不是因為車子，而是因為我父親的緣故。他是喜劇演員。孩子圍上前來，模仿父親。但是我父親和電視裡不同，是個話不多、而且很內向的人。因為父親沒有反應，他們講話開始不客氣，不再用敬語，叫著父親的外號。」

「他忍住了嗎？還是……」

「什麼？」

「您父親，我問說他那時是不是默默忍受了？」

他微微一笑。

「聽說孩子在動物園裡對猴子丟石頭，在寵物店用拳頭拍打展示櫥窗，嚇唬小狗的原因，事實上是想和牠們對話。因為沒有反應，孩子才用他們自己的方式，和這些動物交流。」

她無言地點點頭。

「父親聽到那些孩子如此執著地叫喚他，於是把擦車的抹布放在引擎蓋上，突然轉過身來開懷大笑，開始跳起扭腿舞來。他們哈哈大笑，也跟著跳起來。轉眼間，整個社區裡都是跳著扭腿舞的孩子。然後他又轉身，默默地擦車。回到家以後，他將卡拉揚的唱片放進轉盤，躺在沙發上，緊閉著雙唇聆聽。我看著這個光景，心想喜劇演員這個職業真不是隨便什麼人都能幹的。」

「哦……」

「隔天我在電視上，又看見哈哈大笑，跳著扭腿舞的父親。啊，怎麼會說到這裡來了？對不起！」

「沒關係，故事很有意思。」

他的臉上突然為之一僵。

「那個故事很有趣嗎？」

她急忙辯解。

「不，抱歉讓您誤會了。我的意思是……」

他的嘴角微微上翹。

「不，沒關係，別人的故事通常都是很有意思的。」

一陣短暫的沉默。

「那個，這裡是速限八十公里的區域。」

她用手指著懸吊在空中的速限標誌。銀色的超速監控照相機在空中閃爍著，他的右腳踩下煞車踏板。

14

基榮把車停在公司前面的停車場，關上車門後，又再次回頭看了看車子。我還能再開那輛車嗎？他迅速觀察了一下周遭，然後穿過陰暗的走道和樓梯，走進辦公室。成坤戴著耳機觀看日本女人演的A片，此時才急忙把視窗關上。

「這麼快就回來了？」

「這麼快？」

成坤看了一下牆上的時鐘。

「哇，已經這個時間了？」

「放映的地方打聽了嗎？」

「對方該打電話來了。」

「那個……成坤，很抱歉，你能不能去幫我買一個鍵盤？機械式的。這個按鍵已經不太聽話，可能是快要故障了。我回來的路上忘了買了。」

「只要一個按鍵不聽話，就會覺得很煩吧？我去買吧！不過可能會需要一些時間。」

「沒關係，吃完飯以後再回來。」

「好的。」

他從皮夾裡掏出幾張一萬元的紙幣交給成坤。成坤打了招呼以後出去了。他出去後，基榮打開他的書桌抽屜，裡面塞滿雜亂的文件、五顏六色的便條紙、耳機和釘書機，四散的名片和幾條用途不明的電線、作為贈品的文鎮，以及包裝用膠帶。他雖仔細觀察，但沒有令他疑心的東西。他把一一拿出的東西按照相反順序再放回去，關上抽屜後回到自己的座位上。電腦螢幕就像草食動物的眼睛一樣，在螢幕保護狀態下閃爍著。他一觸碰鍵盤，電腦就從睡夢中醒來，進入待機狀態。他再次順著下達四號命令的路徑前進，收集了許多完全沒有詩意美感的奇怪隱喻，集合起來就變成這個句子：

「三月十六日夜間三點，在座標 3674828 處接頭。」

他看了看錶，只剩不到二十四小時了。他拿出地圖查看，確認了座標的地點，是在泰安半島。他用指甲按了按太陽穴。以自己的程度，完全可以經由第三國安全回去，為什麼一定要選擇這麼費功夫的路徑？對此，他百思不解。他首先想起兩種情況，第一是研判他的存在可能已經被南邊的情報機構知曉，如果不是的話，也有可能是在考驗他是否和以前一樣忠誠。無論是哪一種情況，對基榮而言都是非常棘手的。

基榮旋轉螺絲，打開電腦主機的蓋子，裡面滾動著灰塵毛屑。他用十字起子小心地分離硬碟，拿進廁所裡，放在洗臉臺上，打開水龍頭。硬碟一浸入水裡，內部就開始冒出氣泡。相處了這麼久，怎麼就只是幾個氣泡呢？這種感覺就好像親眼目睹腦部的特定額葉切除過程。氣泡停止聲息後，他將硬碟從水裡拿出來甩乾，帶回辦公室。之後他只要拿到外面，丟進地鐵站廁所的垃圾桶就可以了。他把外殼蓋回內臟掏空的電腦，旋緊四個角落的螺絲，然後將書桌抽屜裡的所有東西拿出來翻看。名片、筆、迴紋針、釘書機和膠水等全部倒出來，蓋住了書桌上的膠板。他一一檢視名片，有些人想得起來，有些人則完全想不起來。反正不久之後，他們會對這個突然消失的電影業者議論紛紛。他沒有把這些名片丟掉，而是再次放回抽屜，好讓人們可以立刻找到，其餘的東西也再次掃進抽屜裡。他站起來，走到書架前面，就像即將去渡假的上班族一樣，緩緩地撫過每一本書。有沒有可以帶走的書？剩下的時間還能悠閒地閱讀這些書嗎？按照四號命令歸建之後，還能否閱讀從這裡帶回去的書？大概是不可能的，他覺悟到自己將從充滿書的世界去到一個圍牆環繞的世界。他首先抽出賽門．辛（Simon Singh）的《費馬最後定理》，因為是數學書，無論哪邊也許都不是問題。在他回去之前，或許還有可能下達其他命令，所以他也準備好解釋命令所需的詩集。歐洛伊科夫的小說《某個士兵之死》，過去雖然想讀，卻總是拖著沒看，在猶豫良久之後，也放進了他的包裡。

他也收好了儲存有兩千多首音頻檔案的 IPod MP3 播放器，像香菸盒大小的白色四方形裡畫有兩個同心圓。以後還能聽幾首？為了裝滿這麼多的曲子，花費了多長時間？他短暫回想起那些歲月。剛南下的時候，他也用錄音帶聽音樂。他看到唱片行的牆壁上擺滿了ＣＤ和錄音帶，連塞進一根牙籤的空間都沒預留，不由得失去信心，無法相信這個世界上同時存在那麼多的音樂。他是一個從進行曲的國度來的人。在他的祖國，音樂不可以獨自欣賞，而是必須一起齊唱，是從街道上的喇叭裡響徹雲霄的。他一到南邊來，最先購買的電子產品是日本新力隨身聽。他將錄音帶放進裡面，聽了趙容弼、李文世和披頭四的歌，其中最晚接觸到的披頭四撼動了他的靈魂。在沒有其他人的自己房間裡，用隨身聽聽著〈Hey Jude〉或〈Michelle〉，獨自品嘗被禁止的東西，那正是在平壤無法享受的全新愉悅。後來有了自己安定的住處，他最先做的事情正是購買附有ＣＤ播放器的小型音響。隨著歲月流逝，他也換了音質更好的高傳真音響，對於音樂的愛好自然也轉變為古典音樂和爵士樂。等他再回過神來，ＣＤ的時代竟已逝去，用檔案聆聽音樂的時代到來。他雖曾熱衷於將ＣＤ音樂轉換為檔案儲存，但終究不像以前那麼熱中沉迷在音樂之中。

仔細回想，也不只有他產生變化，世界的改變也極大。他在沒有所謂個人電腦的時期南下，與南韓人一起震驚於那些神奇的發明，並且被吸引進那個世界裡。他也熟悉了 Fortran 或 Basic 等程式語言，並用寶石字形[2]等程式進入文字處理系統的世界；然後從 DOS 進入 Windows、從數據通訊進入到網路的世界。也許他比普遍的南韓四十多歲中年人要適應得更好，因為他扮演「移植

2　一九八五年韓國三寶電腦最先研發、上市的韓文文書軟體。

人」的角色，適應能力是最優先的課題。他自然沒有拒絕或放棄變化的自信和勇氣，那種特權只屬於土生土長的當地住民。

他摘下腕錶，從抽屜裡拿出 Suunto 潛水用手錶，將原本戴的手錶放置於該處。抽屜裡的手錶是結婚禮物，鑲有十四 K 的金箔，現在看來是極為俗氣的設計。俗氣？自己的這種感覺，這種毫不留情的美學判斷讓他十分陌生。因為在他離開的國度，個人評判美與醜的行為毋寧是最冒險的事。如同做過再生處理的機器人一般，他的眼睛、心臟和硬碟已經在不知不覺中變為這個世界的東西。也許有人趁著自己熟睡的時候，將自己麻醉，然後將這些東西都完全轉換也未可知，就像老硬碟浸入水裡一樣……噗嚕噗嚕。

他一九六三年出生於平壤，但是南派的時候，他被賦予六七年生金基榮的名字與身分。真正在一九六七的首爾出生的孤兒金基榮，十七歲離開孤兒院之後失蹤了，住民紀錄遂遭注銷。借給他外皮的金基榮到哪兒去了呢？偶爾他會夢見真正的金基榮突然出現，臉孔被抹去的男人站在他的床頭，雖然什麼話都沒有說，可是能知道他是真正的金基榮。一九八五年春天，他在龍山的一個戶政事務所恢復注銷的住民紀錄，照下十個手指的指紋，用從未謀面的男人金基榮的名字，拿到新的身分證。在戶政事務所工作的臥底間諜是一個渾身疲憊的中年男人，與他原先預期會是充滿革命熱情的青年相距甚遠。在辦完所有手續之後，他和事務所的職員在走道用紙杯喝咖啡。那人說話的語氣，就像節日前夕進入緊急警戒狀態的警察一樣。

「我還以為已經忘了我了，沒想到還真的找來了。」

他似乎不太歡迎突然出現的基榮，而且講話還不太客氣。

「您說忘了？」

「……已經很久沒看到客人來了。」

即便如此，男人還是悄悄地觀察基榮的臉色。他把抽完的菸蒂揉進泥土裡。

「啊，本來應該要上去看看的，實在抽不出時間。」

「上面還有人嗎？」

「當然有啊！」

「誰？」

「母親住在平壤的順安地區，舅舅大概在清津。」

「啊，如果是這樣的話，該找個時間……」

那人往菸灰缸裡咳了一聲，吐了口痰。

「現在回去的話，我能過得好嗎？可以嗎？」

「什麼？」

男人以一副你這毛頭小孩懂什麼的表情，嘴角扭曲一笑。

「唉，沒什麼，總之你得小心啊！」

男人將左手握住的紙杯捏皺，丟進垃圾桶，然後又走進事務所裡。他看起來像是失去了所有夢想和希望，只是以燃料桶底部的幾滴憤世嫉俗當作燃料，苟且偷生。他每踏出一步，倦怠感似乎都沿著褲管滴滴滑落。那時基榮剛離開金正日政治軍事大學的情報員班，就是經常被稱為一三〇聯絡所的地方，對於他的虛無主義態度驚訝不已。在這種敵國，在這片全斗煥逆賊大白天在光州屠殺數千民眾的土地上，怎麼可以活得如此沒有警覺、毫無同仇敵愾之心？但是現在回想起來，倦怠與虛無正是這個社會的特質。倦怠毫無差別地蔓延開來。基榮雖知道倦怠為何，但還是首次實際親眼目睹。在他離開的社會裡，倦怠是批判資本主義時出現的抽象概念，當然在那裡也有倦怠，但社會主義社會的倦怠是幾近於無聊的概念。換句話說，那可說是缺乏適當動機的狀態，因此只要給予某種刺激，這輕微、虛妄的現象就會立即消失。但他初次見到的資本主義的倦怠，是有重量和質量的。那就像壓榨、窒息生命的毒氣，即便只是單純地存在於身邊，也會令人心生畏懼。偶爾，有些人會讓看到他的人立即產生最基本的警惕之心，心想「啊，我可不希望像他一樣活著」。不知從何管道吸收進來的那位事務所職員正是這種人。他身上混合著倦怠、憂鬱、虛無、憤世嫉俗、寒酸的服裝和毫無魅力的容貌，哪怕只是和他相處片刻，都會令人覺得不舒服。

可是經過多年以後，基榮和他又在一個令人意想不到的場合碰到。一九九九年夏天，他穿著紅色的披風，爬到清涼里車站內的小木櫃上，高聲大喊。披風上綉有黑色的十字架，周圍滾了金邊，遠看就像大學啦啦隊長的服裝。他的額頭和臉頰不斷流下汗水，黑色和綠色的蒼蠅嗡嗡地在他頭部周圍盤旋。基榮看了他許久。他的變化太大了，比以前更瘦，目光更加炯炯有神。他用清朗的聲音喊著末日即將到來，渾身倦怠的臥底間諜如何成為了末世論者？他真的成為末世論者了嗎？基榮站在妓女、警察、大學生和勞工交織的廣場，看著成為瘋狂信徒的間諜。但是他似乎認不出基榮。基榮一靠近他，他用一副冷漠的臉孔將小冊子遞給基榮，那上面節選了約翰〈啟示錄〉的章節內容。基榮問道：

「您不認識我了嗎？」

男人瞪視著基榮，沒有回答，將身子轉向其他人。基榮輕輕抓住他的手臂，他用一副不耐煩的表情轉頭瞪著基榮。

「怎麼了？我像瘋子嗎？」

「不是，以前我在東部二村洞見過您。」

男人的臉色有點緊張。

「那又有什麼用？都沒有用的，你看那本冊子吧，我們馬上就要被高舉了，那天已經不遠了。」

基榮有點被遺棄的感覺，正想離開廣場，男人用急促的腳步追上來。

「我的確知道你是誰。」

基榮停下腳步。

「可是沒有關係，因為我已經知道了這個世界的祕密。以前我只覺得活在這個世界上十分煩悶，而且沒有目標，但在我迎接聖靈的那一瞬間，我明白了。過去的人生都是空虛，都是被欺騙了，都是愚蠢的。你看看從這個廣場經過的人，有沒有一張幸福的臉？都是奮力掙扎，像豬一樣度過每一天，因為他們不知道這個世界為何存在，因為不知道，所以才這樣走來走去，如果知道了的話，就沒有必要再彷徨了，只要照著我們主的教誨去行走就好了。」

他的長篇大論似乎沒有結束的跡象，基榮問道：

「今年結束以前，人們真的會被高舉嗎？他們所開的車會像失去駕駛人一樣，墜入高架橋下面，剩下的人會生不如死，在苦痛中痛哭流涕嗎？」

「他們會後悔生而為人的。」

「又沒有經驗過，如何能夠事先知道呢？」

穿著紅色披風的男人指著自己的耳朵，那是一對小而難看的耳朵。

「你一定要眼見才能相信嗎？我的耳朵聽得一清二楚，主已經告訴我了，你也側耳傾聽吧！我們的主只對願意傾聽的人說話。」

男人又站到箱子上，清了清喉嚨。基榮離開了廣場。那年年底，當然沒有任何人被高舉，世界如前。三十三位市民敲響普信閣的大鐘，迎來了新年。沒有因為年度標示方式改變為四位數的緣故而導致飛機墜毀，也沒有火車脫軌的情況發生。他看著全國一百六十六個教會舉行祈禱末日到來禮拜的新聞，想起那個穿著紅色披風的男人。被革命和末日背叛的男人，以及聚集在全國一百六十六個教會的人現在過得如何？末日並未到來已經如此明確，為什麼沒有任何人自殺？末日這麼輕易就推遲了嗎？他突然覺得好奇。但那也已經是許久以前的事了，大家都已經忘記當時光化門的每一棟大型建築都掛著「完美因應Y2K問題」的布條，也忘了準備家用發電機和生活必需品、足不出戶的人，在全世界有數百萬人之多。沒有任何核能發電廠運轉中斷，也沒有因為人造衛星故障，導致核彈發射的事情。當然，託這場混亂之福，賺錢的人大有人在，光南韓就投入了一兆韓幣，美國或歐洲就更不用說了。

基本上，基榮認為左右人類的兩種心理因素是恐懼和欲望，世紀末絕對是恐懼壓倒欲望的時期。這種恐懼的來源既非戰爭、傳染病，也不是暴動，而是出自於生平首次面對的記號。以2作為開始的四位數字，經由我們未能事先預測的某種抽象機制，將世界搞得烏煙瘴氣，乍聽之下似乎很科學，但這種奇異的恐懼卻近乎於薩滿教。這種恐懼完全沒有影響到基榮，莫非是因為他使用別人的資料偽裝身分，抑或他生活在有複雜暗號的世界？又或者是他成長於一個與基督教的世界觀無關的環境？總之，如果真有災難和破壞之神的話，絕對不會以這種方式出現；絕對不會造成各種混亂後，在預定的日子閃耀登場，舉行令人沮喪的慶典。他認為真正的災難會超越人類的想像力，正如同攻擊馬克白之城堡的巴納姆森林一樣；又好像今天早上突然出現在他飛利浦液晶顯示器畫面上的松尾芭蕉俳句一樣。

基榮將書桌上的東西全部掃進黑色新秀麗公事包裡。成坤還沒有回來。他從座位上起身，大步走向門口，開門離開辦公室。辦公室的門在身後發出嗶的聲音，自動鎖上。他往後看，小綠燈在密碼輸入板上閃爍，旁邊貼著的大型保全公司標誌如同神經網，以尖銳的稜角密密麻麻的連結。

他下了樓梯，大步走向地鐵站，在大樓與大樓之間、在都市的皺褶之間，烏雲蜂擁而至。基榮的車就像愚鈍的草食動物一樣，蜷縮著凝視他的背影。愈靠近地鐵站，來往的人群也越來越多。沒有人注意他，他也不是能輕易引人矚目的人。李相赫如此教導他：「要把自我抹除到一個地步；雖然別人能看到你，但不會留下任何印象；去除魅力，成為乏味之人；常保謙虛，不要與人爭辯，尤其是對於宗教和政治……那類對話會徒然樹敵。你的存在會漸漸模糊。你的心裡會不以為然，覺得我何須如此？你必須練習再練習，直到這些疑問不再出現為止。」他說間諜經由有意識的反覆練習，能達到抹去自我的境界。這與高爾夫球的揮桿相似，肩膀放鬆，減少不必要的動作，讓揮桿變得更加輕柔有效率。間諜的精神和行動也可以這種方式來修正。他在這些層面上，可說是巴夫洛夫和史金納[3]的後裔。

「什麼會留在人們記憶當中？就是礙眼。繫華麗的領帶、戴奇怪的飾品或者做出誇張的動作，都會引人矚目。老情報員不容易被發現，如果有搜查官找來，即便是一起住了很久的鄰居也記不太清楚。就算畫合成圖片，也只會留下平凡臉孔的模糊輪廓。他們猶如幽靈，哪怕是在街頭行走時跳著踢踏舞，或者在室內游泳池游蝶式，別人也記不得他們。」

這樣的修煉與禪僧的世界有些類似，必須拋開「我想」。

民眾對於情報員有扭曲的印象，瑪塔・哈里（Mata Hari）、美人計、臥底與脫逃、微型相機、收買與懷柔、威脅。可是他們取得的大部分情報都是已經公開的，就像剪報似的，而情報的品質也不會比那更好或更差。情報如同初冬的候鳥群，鋪天蓋地席捲而來，不，這個比喻太具壓迫感。情報應更接近於梅雨季的洪水，以及激流所沖刷的一切東西，例如掙扎的黃牛、螺鈿衣櫃的門扇、懷孕的伯克夏母豬、翻騰的泥水泡沫、被砍下的美洲松樹枝、性急的登山客屍體以及保麗龍浮標等。從中挖掘出有意義的情報，加以解釋和標上註解的事情，這可說是基榮這類人真正的任務。他們不斷閱讀，尋找並整理出字裡行間的意義。從這點來看，他們有時是不亞於學者的學者，並非收藏家的收藏家。派遣到南邊的間諜鄭守一，亦即「穆罕默德・甘舒」，成為需要研究龐大資料的文明交流史巨匠，想來並非偶然。

在第二次世界大戰接近尾聲的時候，一位傳奇性的情報員收到ＫＧＢ要他獲取德軍配置現況

3 巴夫洛夫，Ivan Pavlov, 1849-1936，俄羅斯生理學家，主要研究古典制約理論，以狗的「唾液制約反射實驗」廣為人知。史金納，B. F. Skinner, 1904-1990，美國心理學家，提出了操作制約學習理論。

的指令。他去到一家奧地利邊境地區的棉被工廠，假扮成棉被銷售業者，泰然自若地直接詢問他好奇的事情。他經由取道該地的軍用棉被流向，清楚探知德軍的配置情況，有如觀看魚缸裡的熱帶魚一般。大部分的情報都在九重深處，都在保險箱和紫外線監視器之外。從人類的嘴唇之間流瀉出的所有話語、用文字書寫的所有內容都是最致命的，因此情報員最需要的並非偽裝術或潛入術，而是細緻的感受能力，知道如何從最常見、最不起眼的話語中鑑別出哪些話是匕首，哪些話是垃圾。

基榮開始順著地鐵的階梯往下走。乞丐把頭抵住地面，雙手伸向前方，手上拿著控訴文。那是用黑色麥克筆竭力在拉麵箱子內側寫下的文字，所有筆劃彷彿是拚死命寫出來的，帶有不可言喻的力道，因此看來像是在悲痛地哭嚎。「我沒有腿！」已經走過他前方的基榮再次回身走上階梯，拿出右邊口袋裡的五百元硬幣，丟進乞討的桶裡。不知是否因為腦袋已經抵住地面，再也沒有可以低頭的空間，乞丐代之以挺直了後背。這是他生平第一次行善，強風從地面入口處灌入地下，乞丐的身體和布袋泛出陣陣酸臭味。他邁開大步，匆匆走下階梯。

AM 11:00

15 巴特・辛普森和切・格瓦拉

朴哲秀輕鬆地將 Passat 開上人行道，優雅地迴轉，倒進展示廳前方的停車場。我喜歡倒車技術優異的男人，張瑪麗心想。擅長開車的男人都有炫耀的欲望，而擅長停車的男人則有細緻而專注的能力。他下了車，向瑪麗道別。

「車子很好，我會再跟妳聯絡。」

「好的，再見！」

他坐上開來的 Grandeur，啟動、離開。她穿越過展示廳，進入辦公室。經理用目光跟她打了招呼。

「我回來了。」

比她晚一年進公司的銷售員金利燁，笑容滿面地迎上前來。

「您回來了？」

「早上沒看到你？」

「東一不舒服。」

「啊……這樣啊？他還好嗎？」

兩人沉默片刻。她一問這個問題就後悔了。

「……老樣子。」

金利燁咧嘴一笑。他的兒子得了惡性淋巴癌。以前他曾經帶兒子來公司，那孩子看到展示廳閃閃發亮的汽車，高興得嘴巴都合不攏。男孩坐上超過一億韓元的汽車駕駛座，頻頻按著喇叭。他的小孩被宣判得了惡性淋巴癌，接受各種檢查的時候，他妻子開的車越過安全島，和迎面駛來的一輛重大卡車相撞。應該彈出的安全氣囊故障了。妻子在車禍現場當場死亡，但是坐在後方兒童座椅的兩歲兒子毫髮無傷，一一九隊員靠近他的時候，孩子還笑得手舞足蹈。保險公司以衝上安全島的重大過失為由，減低賠償金額，他對此提起訴訟。保險公司懷疑他的妻子想和孩子一起自殺，故意扭轉方向盤。這雖是有說服力的推測，但內幕有誰知道？他來公司上班的時候，還沒結婚的大姨子負責照顧孩子。他說回家的時候，會誤以為是妻子站在那裡，大吃一驚。知道他情況的同事，偶爾會把自己簽訂的合約悄悄遞給他，這個時候，他也不會拒絕。從他一直都很爽朗的外表看起來，沒有人會猜到他的家庭遭遇如此接踵而來的不幸，但是偶爾那種明亮和爽朗會讓人覺得毛骨悚然，就如同為了鋪陳恐怖電影後半部令人驚嚇的大逆轉，而事先預埋的溫暖燦然序幕一般。因此即便是某一天有人走上前來告知「金利燁昨天在自己家裡自殺了，說是上吊呢！」她也似乎不會太過驚訝。

她才坐定，就掏出手機，確認早晨的簡訊。她的身體突然開始熱了起來，彷彿洗半身浴的時候，從身體深處湧上一陣熱意般。再過一個小時，就能夠見到他了。可以一起吃午飯，可以看著他咀嚼食物的嘴巴。她用雙手撫摸自己的臉頰，雙頰熾熱而雙手冰涼。都快要四十歲的人了，怎麼還是這副德性？

16

基榮買了票，通過了檢票口。他雖有可同時當交通卡用的信用卡，但還是故意選擇買票。不久之前，他曾在電影試映會上偶然見到一家報社的電影記者，那位記者有次看完在鍾路首爾劇場舉行的試映會後，回到報社，在即將下班的時候，接到一通電話。打電話的人說自己是快遞職員，詢問要把東西送到哪裡去。

「你知道湖巖藝術廳嗎？中央日報，你到了大廳打電話給我。」

「啊，請等一下，您是記者嗎？」

「有什麼事？」

「您認不認識朴亨錫記者？」

「我給你電話號碼，你直接連絡吧！」

「不，不用了，事實上這裡是南大門警察署。」

「啊？你說什麼？」

「我是南大門警察署重案組的洪警官。朴先生是專門採訪我們警察署的記者對吧？」

「你到底想要說什麼？」

「啊，沒什麼，今天下午四點左右，您是不是去過鍾路三街附近？」

「那又怎麼樣？」

「……您有沒有看到奇怪的事情？」

「這個嘛，因為有試映會，看完一部電影以後就回來了。」

「哦，是嗎？那是什麼電影的試映會？」

「你連那個也必須知道嗎？」

「嗯，也不是。好，我知道了。」

「可是到底為什麼……？」

「事實上。今天那附近發生了一起殺人案件。嗯，好了，我只是在到處詢問而已，不用太擔心。謝謝您的協助，下次和朴記者一起喝杯燒酒吧！」

刑警禮貌地說完後，掛斷電話。問題是，他究竟是怎麼知道自己那個時間在鍾路附近活動？又怎麼知道自己的電話號碼？那麼又為何不知道自己的身分？他開始疑惑起來。他曾經跑過社會線新聞，經常去警察署採訪，但還是百思不得其解。他語帶猶疑，對基榮說道：

「大概是閉路電視之類的東西吧？就是每個地鐵站都會裝設的。」

基榮小心翼翼地答道：

「只看到模糊的畫面，怎麼能調查出電話號碼？而且看到臉孔就已經確認身分的話，也不需要用那種方式打電話啊！」

「那究竟是怎麼一回事？」

記者反問道。他的表情十分複雜，碰到這種喬治．歐威爾式的情況時，連身為資本主義社會原住民的他都會茫然失措地東張西望，就像突然聽見神的聲音而驚惶不已的該隱一樣。

「這個嘛，還真的不知道。」

但是基榮知道。問題大概是出自兼有交通卡功能的信用卡上，警察大概把嫌疑犯的範圍縮小到二、三十歲左右的男人，於是抱著姑且一試的心態調查那個時刻通過鍾路三街站檢票口的該年齡層男人資料。警察過去曾透過分析奧林匹克大路上超速監測照相的紀錄，逮捕了半夜三點在江南殺人逃逸的兇手。殺了人之後，腎上腺素的分泌會為之增加，因此很容易超速。江南警察署的刑警如此判斷，果然被他們料中。

他假裝將地鐵票掉在地上，很自然地回頭觀察後方；彎下腰的時候，感覺到贅肉堆疊。他曾經擁有敏捷的身軀和結實的肌肉，連戰鬥員班都想把他挖角過去。狙擊、暗殺、滲透和脫逃專家聚集的地方，都想召募他，足見當時他的肉體還是有傲人之處。但那是十分久遠的事情了。他現在肚子凸起，胸膛乾癟，手臂肌肉鬆弛搖晃，正成為南韓的普通中年男子。大家看到他的肚子都會安心，相信這種男人至少不會是蒙面的強盜。再也沒有比像他一樣過著安定的生活、不太老卻也不太年輕、毫無魅力的男人一般安全的存在。他們大多必須撫養家人，但同時卻遭家人敬而遠之。他們偶爾接受危險交易的提議，於是以忐忑不安的心情參與。他們努力相信這是慣例，大家都這麼做，一定很安全。可以把它叫做補助金，也可以稱之為賄賂，或者可以稱為政治獻金，反正總要設法連接到這個腐敗封閉迴路的某處，而且現在也已經不會再做著想從那裡抽身的春秋大夢了。這跟在南韓的大學裡學習金日成主體思想的大學時期，並沒有什麼不同。雖有政客說過政治這種東西就像在監獄圍牆上行走一樣，也許這是所有雄性動物的命運也未可知。他的大學同學也曾被當時法律所禁止的思想所迷惑，但終究領悟到資本主義的殘酷，並主動向其投降。這些同窗的生命和他也沒有太大不同。

此刻他正經歷人生中最危險的瞬間，首先他只知道命令已經下達，其餘全然不知。**想知道，想知道，想知道。**他滿腦子都是這個念頭，與其說是單純地想知道更多，倒不如說想要知道是否只有自己有這種無知。換言之，他想知道圍繞在自己周邊的人，對於自己的命運知道什麼、知道多少。例如流落到無人島的魯賓遜·克魯索想更了解那座島嶼，但另一方面，他又害怕是否只有自己對那座島嶼茫然無知。因為後者的無知是更加致命的，所以他拚死也要知道島上是否還有別人。

為何下達四號命令？要麼就是他的身分已經洩露，要麼就是他不自覺洩露了什麼，雖然聽來類似，但這兩句話的差異非常大。如果是前者，那是為了他的安全而把他叫回去，但如果是後者，那就是為了處罰他了。問題在於依照命令歸建之前，他沒有辦法知道是哪種。冷戰時期，蘇聯的ＫＧＢ曾經藉口有緊急的事情必須商議，將海外的情報員全數召回莫斯科處死。尤其是對於在組織內部通敵的「地鼠」而言，等待他們的只有熔爐而已。他們在同僚的注視下，如同前來拯救未來領袖的終結者一樣，慢慢地被推進熔爐裡的熔液中。當然偶爾也有真的只是商議，然後又再次外派的情況。**不知道，不知道，不知道，真的什麼都不知道。**他真的什麼都不知道。自從李相赫被肅清以後，他在過去十年間形同被遺忘的間諜，沒有人要他有所作為，自然也沒有暴露身分的問題。可是誰曉得呢，也許在不知不覺中，他已經犯了錯，這也不無可能。也可能是誤會。總之，留給他的時間只剩不到一天。在這段期間，他必須使盡全力，找到一些線索。這些線索一定存在於何處，分明有某些徵兆，只是沒能察覺罷了。過去幾天究竟在我身上發生了什麼事？有沒有奇怪的電話或跟蹤？如果有的話，為何沒能察覺？不，也有可能是因為過了太久安逸的生活，失去警覺了。

他不知不覺間到了站臺，耳畔傳來地鐵即將進站的廣播。他用力深呼吸，吸入空氣。空氣中懸浮著進行布朗運動的微粒灰塵和車輛用潤滑油的味道。從大白天就喝得不省人事的老醉鬼身上散發出的酒味，還有膚淺的年輕女人香水味。他好像要永遠留住這所有味道似的，用力地吸氣、屏住呼吸，然後用鼻子慢慢地呼氣。就在此時，地鐵發出嘈雜的聲音，經過他面前，慢慢停住。哐噹哐噹。乘客靜靜站在為了「四列運動」[4]而畫的腳印上，等候車門開啟。他心想，真的得走嗎？可以走嗎？能決定要不要走嗎？究竟為什麼想走？啊！還是不行，是啊！不可以啊！所以說不能啊！他一手貼著額頭，後退了兩步。地鐵的門一打開，乘客湧出，有人利用這個空檔，迅速擠進地鐵裡，找到位子。地鐵馬上就要出發的廣播，即將關閉的自動門，探頭觀看站臺情況的駕駛員，頭上戴著黑色大盤帽；地鐵側面煽情的牛仔褲廣告；那個模特兒像鴨子一樣翹起來的性感臀部，口袋縫線使用閃亮的海鷗圖案強調曲線；黑色的口香糖痕跡讓地面看起來非常骯髒；占據位子的人已經從容就座，目光泰然。他身處在這樣的環境中，持續猶豫不決，最終車門哐的一聲關閉。「滾開！」他的心情如同吃了閉門羹，或是萌芽的欲望遭人揭穿了一樣。他覺得坐在地鐵裡離開的人，

4 指地鐵月臺上的車廂入口搭乘位置，畫有引導乘客排隊的四雙腳印。

看起來好像在那裡面搖晃的黑水，他們不約而同地微笑著，回望在站臺上手足無措的他。瘋子！認清你的身分，做你的職業和身分能做的事情吧！我們每個人都在這體制裡學了什麼能做，什麼不能做，你難道不知道連這個都不懂是一種罪惡嗎？滾回去！回去那個用油漆強力書寫紅色大字的國家，回去那個孩子們呼呼吹著漂亮的手，表演全世界最高水準的卡片操的國家，快點滾回去你那會對穿著牛仔褲的女生指指點點的祖國。你的共和國不是在召喚你了嗎？所有乘客把手圍成喇叭狀叫喊著，他雖用看不見的手捂住耳朵，但沒有用。開往烽火山的地鐵似乎不容反駁，留下尖銳的金屬摩擦殘響，毫不猶豫地駛入黑暗的隧道中。

地鐵離開了，整個站臺只剩下他一個人。他突然滿懷感傷。這種廉價的感傷總是帶著甜蜜的味道。他閉上眼睛，品味這種甜蜜。他像突然被丟上乾燥地面的蝸牛一樣，只想深深探進自己濕潤的內部。他想閉上眼睛和耳朵，將命令之類的東西完全忘記，也許明天就會有人打電話來說，所有的事情都是開玩笑也不一定。

就在那時，有人和他擦身而過。他張開眼睛，一個戴著耳機的青年停下來，右手摘下耳機，恭敬地低頭。

「對不起。」

他的姿態和長得流里流氣的臉孔完全不同，非常有禮貌。基榮說沒關係以後，坐到了椅子上。青年又再次把耳機塞到耳朵裡。他高高翹起的頭髮略微染成了葡萄酒色，穿著鬆垮有破洞的街舞褲子，沉浸在音樂裡不時點頭，只用半個屁股坐在木頭椅子上。他的髮型和長相像極了漫畫《辛普森家庭》的兒子巴特，寬鬆的紅色T恤上畫著格瓦拉的臉，他聽的音樂大概是「以暴力反抗體制」之類的歌曲吧？就算不是也沒關係，專輯裡充斥著在最資本主義的國家裡流傳的極左派理念的歌詞、盤坐自焚的越南僧侶、丟擲火焰瓶的首爾青年以及和他類似的形象，他們在唱片裡罵髒話、大聲吶喊、要求終結這個體制。這是適合於穿著格瓦拉T恤的巴特・辛普森的音樂，史達林和列寧如果聽到這個音樂會怎麼想？會不會想要把他送到西伯利亞的集中營裡？

五個舉著紅色旗子的工人穿著褲管潮濕的褲子，沿著黃色導盲磚，緩緩地走過巴特・辛普森和他之間。下午大概會舉行大規模的工人示威，他們在低聲交談著什麼，對格瓦拉毫無關心的工人，只集中於自己的問題。他們討論著約聘職工的增加、曾經相信的左派政府的反勞工政策，以及千方百計迴避團體協商、可惡又狡猾的雇主。

他心想自己在這個世界的生活可能只剩不到一天，浮現在他眼前的所有畫面，那些原本一成不變的模樣開始變得生動。他變成極其乾燥的再生紙，瘋狂地將名為世界的鋼筆所寫給自己的一切加以吸收。他就像一個充滿創作熱情的業餘詩人一般，也像倉促結束初吻的少年一樣，圍繞在他身邊的一切都以詩的方式改變了他的身體。所有事物都成為對比（巴特・辛普森和格瓦拉）或者突然變為裝佯的比喻（牛仔褲廣告模特兒和高舉旗子的寒酸工人）。他們不是現實，倒像是為了喚醒他對資本主義社會的感受而突然出現的演員。

然而，彷彿是在告訴他這所有的事物都不是舞台場景，地鐵又伴隨著嘈雜的聲音進入車站。他在站臺上靜靜地站著。車門開啟，他和頭上裹著頭巾的錫克教徒錯身而過，進入了車廂。廉價的香水味撲鼻而來卻又立即消失。他找到一個空位坐下。就在車門即將關上的那一瞬間，一個男人跑來，用自己的右腳擋住兩扇門的中間，車門再次開啟，男人進入了車廂。基榮的神經開始緊張起來，會不會是跟蹤？會不會是因為擔心他不坐這班車，或者再次下車，所以等到最後一刻？男人穿著黑色夾克和光亮過頭的皮鞋，手上拿著免費報紙，慢慢地走過來，在他身邊坐下。雖然空位不是太多，但也沒到一定要坐到他身邊的程度。男人一坐下，就開始看著他捲起來的報紙，但看起來十分不自然，如果是跟蹤的話，那人會是哪一邊的？如果是監視、協助自己回歸的組員，他還是不要回去比較好。要是相信他的話，就不會派出這種人來跟蹤自己。這情況顯然是因為他在不自覺間犯下過錯，才會被召回。但如果是相反的一邊，那還是乖乖地按照命令歸建，對於他的人身安全較穩妥。這意味著四號命令是為了保護他而下的，免得他被逮捕後遭到拷問，受到藥物和無法睡眠的影響產生幻覺，在自暴自棄的狀態下將組織和盤托出，讓所有人都陷入危險，最終對自己痛恨不已。

好了，現在問題很簡單了，只要搞清楚突然坐到自己身邊，行動詭異的男人身分就可以了。他丟棄了詩的熱情，用散文的冰冷武裝自己。基榮悄悄看了一眼男人閱讀的報紙，沒能獲得些許暗示。他拿出手機，一下子假裝是在查找簡訊，一下子又將手機蓋開開闔闔，然後下定決心，盯著男人的臉孔，好像現在才發現他一樣。男人的眼神開始閃爍，基榮小聲問道：

「你信永生嗎？」

他解開公事包的鎖扣，像是要拿出小冊子一樣，卻沒有對男人放鬆警惕。如果他拿出手銬或手槍，基榮會用手肘攻擊他的肋骨，然後去拿頭上的緊急逃生用鐵錘，只要鐵錘能夠入手，就按照很久以前學過的方式，毫不猶豫地朝著男人的頭上砸下。對方會頭蓋骨骨折，也許需要進行腦部手術。如果是前來協助的組員，在這之前，他會發出約定的信號。但是男人沒有這麼做，反而迅速從座位上起身，將身體轉向基榮一側。基榮坐著，他站著。雖然處於劣勢，但基榮決定不要輕易就範，於是收緊大腿和小腿的肌肉。男人只是瞇著眼睛俯視基榮，眼神既非驚嚇，也非懷疑，只是透出些微不快。如果以為是無謂的傳教，他只要揮揮手就行，為什麼要突然站起來？兩人對視片刻，互相掂量一番。但男人比基榮先收回目光，然後慢慢朝著地鐵運行的方向走去，在一個中年女性和年輕女人之間坐下。因為緊急煞車的緣故，地鐵微微前後搖晃，但他完美地掌握重心，腳步絲毫不亂，輕輕把臀部塞進兩個女人中間，然後斜眼瞟著基榮這邊，又再次看起報紙。搞錯了嗎？他只是個討厭傳教的人嗎？基榮等待地鐵的門開啟。不一會兒，車門開啟，人們進進出出，地鐵即將出發的廣播隨即響起。基榮在車門關閉之前，從座位上彈起，跑向站臺，男人仍一直看著免費報紙。小心一點總是好的。也許我比想像中輕易成功擺脫掉跟蹤也未可知。他在安靜的站臺上等候地鐵再次進站，慢慢地找回平靜。他又喃喃自語道，你信永生嗎？

17

張瑪麗從座位起身，看了看時鐘，經理和往常一樣，用眼睛餘光看著她的動靜。「那個，我跟人約好吃午餐……」

經理頭也不抬地輕聲問道：

「是跟賣車有關的事情嗎？」

經理雖然從事銷售德國車的工作，大學主修的卻是法文，崇拜阿爾貝・卡繆（Albert

Camus）。他的話總是能擊中張瑪麗的要害。他的語言帶著攻擊性，雖然令人感到不愉快，但又無法直接反駁。

「不是。」

「……去吧！」

她向金利燁悄悄使了個眼色，走出展示廳，然後在斑馬線前面停下。「拿波里」在十二線車道對面左側三百公尺處，也許是因為從涼颼颼的地方出來的緣故，癢了一上午的左臂稍微好了一點。她想著腦部掌管搔癢感覺的不知名腦葉。這股搔癢不是純粹的苦痛或喜悅，而是兩種感覺並存，只要在當下抓一下快要癢死了的部位，就會得到甜蜜喜悅的奇異感覺。搔癢和性類似，第一次躺在床上做愛的那晚，為什麼那個男人的手指撫摸的每個角落，都會感到如此搔癢和酥麻，現在她終於略微明瞭。

對面的信號燈雖已變為綠色，但仍有幾輛汽車橫越過斑馬線。所有人都開始過馬路，她的右腳也伸向車道。

AM 12:00

18 口琴公寓

基榮很喜歡位於好萊塢劇場舊址的首爾藝術電影院，這個地方主要是依靠政府的補助金，播映以前大師的作品。只要一坐進沒有觀眾的黑暗劇場，他就會覺得好像在棺木裡一樣，十分舒坦，緊張感為之消失，甚至常有睡意襲來的時候。只有在那裡，他才會覺得自己不再是個局外人。古老的舊影片，以及來看這些老電影的人，並不關心對方。這是一種從資本主義俗物的裝腔作勢，得來的怪異舒適感。俗物如果想隱藏自己的庸俗，不得不故作冷淡，如果沒有冷淡和冷笑，他們的庸俗立刻就會在無情的陽光下暴露無遺。大城市的匿名性，就是拜此種俗物假裝世故之賜而得以維持。換言之，在這個地方，任何人都可以隱藏自我而存活，包括同性戀、罪犯、妓女和與自己一樣的非法移民者。但另一方面，他也常自我反省，他們果真是俗物嗎？會不會是因為希望相信他們是俗物才有以致之？無論是在這邊或那邊，也許他永遠也無法理解首爾的年輕人。他們可能是，也可能不是俗物，只是與基榮相異。他們從小觀看世界各國各式各樣的電影長大，對於好萊塢電影的千篇一律感到厭煩，幾經尋找，終於回溯到那些所有庸俗開始的地方，其結果可能導致他們真的喜歡上盧奇諾．維斯康提（Luchino Visconti）或小津安二郎的電影。在基榮身上，不存在他們視為當然的童年文化經驗，他小時候不知道金剛、無敵鐵金剛，他也不知道李小龍和成龍，他更不知道唐老鴨和啄木鳥伍迪、超人和蜘蛛人的存在。當然，南韓每逢佳節時播映的史提夫．麥昆（Steve McQueen）主演的《惡魔島》、《第三集中營》等電影，他都是在多年以後經由錄影帶加以「學習」的，《亂世佳人》和《賓漢》也都是經由有線電視才得以接觸。他不知道車範根在德國甲級聯賽叱吒風雲的時期，也不知道歌手金秋子和羅勳兒曾經掀起如何大的熱潮。他在一三〇聯絡所時，雖然每週經由小考反覆加以背誦，但那只是用頭腦學習罷了。他雖可以回答問題，但該回答意味著什麼，他完全無法感受，正如同用電路和微晶片製造的機器人一樣。他雖然比誰都了解趙容弼、野菊花樂團和徐太志，也十分了解職棒的歷史或八〇年代學生運動的進行情況，但空虛感卻無法填滿。而即便他永遠無法遺忘李文世第二張專輯帶給他的衝擊，他也清楚記得宣銅烈的海陀虎隊打敗三星，獲得八六年和八七年的韓國職棒冠軍，但這些都無法成為精神上的市民權。

或許也可以說，那些在電影院出沒的電影狂呈現的倦怠感，讓基榮感到沮喪。他們漫不經心說出：「這些東西不都已經看膩了？」然而話裡所指的所有電影對基榮而言，都是未知的，或至少是嶄新的東西。他為了弄清楚到底「這些東西」的哪一部分是陳腐的，不得不花費大量的時間和努力。為了理解陳腐而熾烈活著的生命，正可說是「移植人」的生命。

他從安國洞圓環走向樂園商場，在老人福利財團前面，幾位老爺爺在擺地攤，販賣老花眼鏡和走私香菸。為了預防腦溢血，大部分的老人都戴著毛織帽子。他們在攤位前走來走去，藉以排遣無聊。基榮穿過他們吐出的煙霧之間，經過展示婚禮交拜時所需糕點的傳統糕餅店，走向樂園商場。樂園，這個十分尋常的名字，那天卻讓基榮覺得十分陌生。小時候，「社會主義樂園」這句話經常掛在嘴邊，那時他堅信他出生的平壤和北韓就是社會主義樂園，從未懷疑，但如今想來，那真是偉大的口號。樂園？希特勒不也曾經這麼說過嗎？民眾被巨大的謊言所欺騙。

他第一次對社會主義樂園這個口號感到懷疑是在樂天世界，那時打開電視，都會出現「這裡是樂天世界」的廣告。湖水上的天空燃放煙火，裝扮成浣熊和白雪公主的演員跳著舞，蹦蹦跳跳，他無法理解為何南韓的孩子喜歡浣熊。他拿著的票是通票，只要買一張票，裡面所有的設施都可以利用，可以說和他成長環境的邏輯最為相似。

但一進入樂天世界裡，最令他驚異的並非絢爛的表演和遊樂設施，而是即便那麼多人排著隊，也沒有任何人發生爭吵，大家一臉愉快的等候，沒有人插隊，也沒有人因為對方插隊而爭吵。排隊這件事在平壤是日常的一部分，無論是在大同江乘坐遊艇，或者要進少年文化宮，都必須排隊。但每次一定都會有人插進長長的列隊裡，有些是當了近十年兵的年輕義務役軍人，基於補償心理而插隊，有些是黨員因特權意識而插隊，另外有些人只是因為他們在那裡有認識的人而插隊。所以列隊一長，緊張感必定增加，大家變得極為煩躁，每個人都一副只要有人敢惹他就會爆發的樣子。插隊還不是唯一的問題。有時候，隊伍會毫無預警就中斷或者不見，理由是準備的東西沒了，或者情況有變，排了幾個小時的隊伍因此完全消失。

現在，他再也不是在樂天世界裡想像樂園形象的純真鄉巴佬了，可是偶爾行經蠶室站的時候，他都會再次回憶起最初的感受，感覺到如同輕微暈車一般的平衡感失調。那是種必須壓抑、令人害怕的念頭：也許社會主義樂園是謊言，說不定這裡才是真正的樂園。啊！是啊，想到這裡，他自己也嚇了一跳，慌慌張張地坐上沒有幾個乘客的愚蠢漂流船，在黑暗的洞窟裡到處碰撞後下了船。

他走過二樓一整排的樂器商店，留著馬尾的老闆正用電子吉他演奏蓋瑞・摩爾（Gary Moore）的曲子，有一個臉上長滿青春痘的高中生站在他前面，流露出迫切想要得到這把吉他的表情。

基榮慢慢走在走道裡，在銷售口琴的商店前停下腳步。他看著帶有兩列整齊簧片的複音口琴，想起在平壤居住的公寓。那個公寓光線進不來，不，只有在長長的走道兩側盡頭透進些微的光線。兩側整整一排林立的門，把門打開進去後，十五坪左右的住房於焉出現。他在這種公寓裡出生、成長。大家把這種公寓稱為口琴公寓，如果從上方鳥瞰，真的很像口琴的簧片。這是沒有隱私的空間，牆壁很薄，打開玄關門，就是對面的住家，甚至連瓦數很低的電燈也沒有幾盞，走道的中間經常都是暗的，從未有陽光透進來的角落裡散發出一股霉味。他家靠近口琴的中央，因為朝西，在傍晚的時候，陽光會斜斜地照射進來。偶爾從走道的一端颳進風來，從另一端的盡頭流出的時候，公寓真的會如口琴一般發出聲響。風穿過狹窄的走道，如果遇到幾扇打開的門或受到放置在走道上的行李阻擋時，聲調會提高而翻騰。風有時還會將打開的門重重關上，流竄至走道盡頭或陽光照射進來的地方時，風就會降低聲響。嗚嗚嗚，嗚嗚嗚。直到住在走道盡頭的人出來把窗戶關上，巨大的口琴才會停止演奏。

父親喜歡釣魚，經常帶著年幼的基榮去大同江邊，父子二人默默放下釣竿，然後將釣到的魚裝進桶裡，再走回家裡。父親是設計水庫的土木工程師，曾設計過鴨綠江和臨津江的水庫，在該領域領的是最高待遇。在電力不足的北韓，水力發電所是重要的資源，為了防範美國的轟炸，水庫和水力發電所的位置屬於機密，所以父親總是受到嚴密的監視。他七〇年代初期曾去莫斯科短暫留學，那時他也沒有什麼行動的自由，甚至每天都要向保衛部報告當天的日程。但後來基榮到南韓來一看，那些所有的努力都是白費力氣。美國對於北韓的一切動態瞭若指掌，而北韓的高層也不可能不知道美國的情報能力，監視並非針對美國，只是官僚的長久習慣。在那個地方，無論是什麼，都可成為最高機密，甚至江河的水質也是祕密。含有重金屬的工廠廢水和生活廢水沒有經過任何淨化裝置處理，直接排進江裡。可是所有破壞社會主義樂園神話的語言都是機密，甚至，根據訴說者身分的不同和訴說方式的相異，不是機密的內容也有可能變為祕密，還有可能被誣陷「美帝國主義間諜」的罪名。

「冷嗎？要不要暖手爐？」

「沒關係。」

父親從鯽魚的嘴裡拔出釣鉤，將鯽魚丟進桶裡。好大的一條鯽魚。

「你看，魚從水裡撈出來以後，就不再翻騰了吧？」

「有不是這樣的魚嗎？」

父親又把釣竿甩進江裡，一尾鯽魚在乾水桶裡掙扎著。

「沒有，魚如果沒有水，魚鰓就會不停開闔，翻騰一陣子之後死掉。我在蓋水庫的時候，有時要豎起棟梁，將好水抽進隧道裡，唯有這樣，才能澆灌水泥。來不及逃走的魚都會死在水底，其他一起作業的同事高興極了，紛紛抓魚回去煮湯。即便如此，數量之多吃也吃不完，最後就腐爛了。因為腐爛，泛出了臭味，真是噁心啊！吃下去的東西好像都要吐出來了。我想說的就是，你不要成為一條魚，要成為青蛙，在水裡能游泳，出來以後也能跳躍……聽懂了嗎？」

那次釣魚，是他被選進金正日政治軍事大學情報員班（又名一三〇聯絡所）之前的最後一次。父親似乎對他的命運有所預感。如今回想起來，父親要他成為青蛙的忠告裡，隱藏著預知的成分。基榮比誰都能適應這個混亂的南韓社會，甚至李相赫在派系肅清中被除掉之後，他也能靠著自己的力量存活下來。

基榮和父親一起提著裝有鯽魚的桶子，默默走在口琴公寓的走道上。因為已是日落之後，走道顯得更加陰暗。家家戶戶煮飯的味道瀰漫整個走道，並且混合在一起。有的家裡做大醬湯，有的家裡煮青菜。後母正打開門東張西望，接過水桶來。火爐上的水已經燒開了。

「你們父子倆是不是去見了西海龍王了？」

父親呵呵一笑，脫下衣服。

「至少要抓回一條魚才有面子啊！不是嗎？」

後母接過鯽魚，用熟練的手法剖開肚子，掏出內臟，切成一塊塊適合入口的大小，然後放進已經煮沸的辣椒醬湯頭裡。弟弟們舔著湯匙，圍坐在一起。後母一邊責備他們，一邊看著父親和基榮的臉色。那時還不太缺食物，而且首都平壤比其他地方的情況要好得多。

後母是中學老師，偶爾會有家長拜託她多照顧自己的孩子，而送上各種各樣貴重的東西，所以他們家要比別人家寬裕。後母雖然和父親一起出門，一起回家，但因為還要做家事，所以事情更多一些。當時弟弟們的口袋裡都放滿釘子，因為他們喜歡從工地撿來釘子，和朋友一起在運動場玩碰釘子的遊戲，這個遊戲的規則是拿自己的釘子砸別人的釘子，如果對方的釘子出線，就可以據為己有。尖銳的釘子經常會將口袋刺破，但後母總是不發一語地在昏暗的燈光下，為不是自己親生的孩子縫補衣服。尖銳的東西怎麼可以裝在那麼柔軟的口袋裡？後母輕聲責備弟弟們時，老么如此頂嘴道：

「媽媽，所以不是有句話說囊中之錐嗎？」

「你們這些小鬼，囊中之錐不是這個意思。」

在一邊看報紙的父親哭笑不得，插嘴說道。他的專業雖然是水土的性質，但漢學的造詣也很高超。

不知道弟弟們瞭不瞭解這句話的意思，兩人在狹窄的地板上纏在一起嘻笑打滾。他們現在應該已經結束超過十年的無趣軍隊生活，被分配到工作崗位上，做著自己應該做的事。後母也應該在某個地方生活著。

基榮的生母和後母不同，出身很好。她出生在黃海道載寧，基榮的外公因為死於右翼之手，因此母親享有被害者家族的待遇。當時只要是被害者家族，在各方面都不虞匱乏，大部分擔任黨和人民軍隊的要職。

與母親相較，父親的出身不太好。他是在巨濟島俘虜收容所中選擇回到北韓的「共產俘虜」，亦即所謂的「歸還兵」。活著回來的他們無論到哪裡都不受歡迎，只有極少數的歸還兵被揀選出來，因為要凸顯領袖金日成的雅量。基榮的父親就屬於這種幸運的特例。一批歸還兵出身的大學生搭乘西伯利亞橫貫鐵路到達莫斯科，他在莫斯科學習水利學，一九五九年回到平壤，旋即進入「平壤電力設計事業所」，成為水力發電部門的職員。

歸還兵出身的父親和被害者家族暨勞動黨員的母親，任誰看都不是相配的一對。基榮從未聽過他們相遇的原因和方式，所有人都對這個問題三緘其口。總之他們認識、成為夫妻，應該不是出於被迫。如果父親的身分更高，或許還有強迫的可能，但以他們這種情況應該是不可能的。

過了幾年之後，這對不相配的男女分配到一廳一室的平壤典型小公寓作為新房，並且在新郎的工作單位舉行了簡單的婚禮，直到那時為止，並沒有人預料到他們悲慘的結局。因為他們之間的感情非常好，成為夫妻應該也不會發生任何問題。當時照片裡的母親年輕、清秀，一臉愉悅地挽著父親的手臂。

兩人婚後一年就生下了基榮，之後又生了兩個男孩。基榮腦海裡留下的生平第一個記憶，是父親站在光線照射進來的窗邊，淘氣地笑著，並親吻母親鼻子的畫面。母親皺著眉頭說鼻子癢，你這人為什麼這樣，基榮對於這個表情感到莫名的恐懼。在那之後，基榮只要看到母親皺起眉頭就會嚎啕大哭，更大一點之後，乾脆連看也不看，直接就跑掉了。大人覺得有趣，常要母親做出這個表情，看到基榮害怕的樣子，他們就會開心不已。可是後來母親來到不幸的終局之後，所有人才說，基榮一定是感應到只有年幼的靈魂才能看到的某種徵兆。

母親一點一點的慢慢瘋了。起初她在勞動黨對外商業管理所工作，處理與中國、香港、澳門相關的事情，其中主要負責計算數字和金錢的業務，偶爾也得去北京長期出差。她的職位可以接觸外幣，也可以經常出國，所以其他被害者家屬都虎視眈眈地盯著她的工作。或許對神經脆弱的母親而言，這個位子從一開始就不適合她。

有人說她是對外商業管理所內部政治的犧牲品，也有人說她是受到覬覦那個位子的其他被害者家屬的誣陷，還有人說她被非常嚴重的腐敗牽連，受到上司嚴厲的指責。但其中究竟哪一項屬實，基榮至終也無法得知，坦白說，他也不想知道。總之，母親後來離開那個單位，短暫在家休息後，進到外匯商店擔任經理。以她的出身來看，那是個近乎沒落的單位，但她並不太在意，默默地上著班。

外匯商店裡經常有很多人，平時人們將從各種管道獲得的外幣，拿來購買外國製造的產品。她的薪資很高，而且不時有許多想及時買到想要東西的人送紅包，可是她不容許任何人有例外和違法交易。如果結算有誤，她不會原諒自己，一直計算到正確為止才會回家。有時她會留在商店，打著算盤直到深夜。因為她看來沒有任何違法情事，而且認真工作，所以沒有任何人想到她有如此嚴重的問題，只是說柳明淑同志太過仔細、令人咋舌而已。

外匯商店在基榮上學的路上。他在外城中學讀書，偶爾會去母親那裡打聲招呼。母親會低聲跟他說，有人在隊伍的後面罵她。

「你仔細聽，那些女人一整天就那樣罵我。」

仔細聆聽的話，其實並非如此。她們只是聚在一起聊天而已。拿著外幣來買東西的這些人，因為購買昂貴東西的喜悅，大部分都是興高采烈的。但對她來說，這一切看來都只是密謀的手法。

「媽，不是這樣的。」

他一這樣說，母親就皺著眉，直搖頭。

「我能讀唇語。我在人民軍隊學過。但是她們罵我也沒用，因為偉大的領袖和黨在我後面。」

基榮沒有想到這是一種病。他只認為商店的業務原本就是面對人們的要求，能聽到各種聲音的地方，大概也就是如此而已。在家裡，母親會在七點鈴聲響起之前起身，有條不紊地準備好家人的早餐，一起吃飯，然後和父親一起出門上班。

基榮十六歲那年，母親開始懷疑起父親。不，也許從更早以前就開始懷疑父親。在父親口袋裡發現的小紙條點燃了母親的疑心，紙條上有女人漂亮的字跡寫著「在別人不知道的田間小路上默默綻放的花朵，你知道那朵無名的花嗎？在顛簸不平的田間小路上香氣瀰漫之時，請你瞭解我的心。」父親辯解說這段文字是〈懷抱喜悅之歌同行〉的歌詞。母親雖也經常聽，知道這首歌，但母親堅信這是愛戀父親的「某個賤女人」，藉由歌詞向父親傳達的情書。父親說他是在收音機裡聽到這首歌，覺得很好，所以拜託下屬寫下歌詞，但母親卻疑心未減。基榮和父親某一天去大同江釣魚，父親抽著菸對他說道：

「我很擔心你母親。」

他們全家住在只有兩個房間的公寓，不可能對兒女隱藏祕密。這格局讓孩子不得不提早成為成人，但那一瞬間，基榮領悟到父親並未對他主張自己是清白的。亦即，父親並未訴說自己的委屈，只是說擔心母親。他雖隱約明白這意味著什麼，但卻不露聲色。

母親則抓著他，對他訴苦。

「你是長子，不管發生什麼事，都要站在媽媽這邊。你爸爸身邊原本就有很多女人，而且他天生就是個書呆子，女人貼上來的話，他總是任人牽著鼻子走。」

母親說著說著，突然降低音量，四處張望。

「噓！隔壁在偷聽，這些告密者。」

「媽，不要這樣。」

基榮不自覺地大喊。母親突然一副不知所措的表情，但隨即陷入悲痛絕望之中。

「你也不聽我的話了。」

基榮轉過頭去。父親有外遇也好，不是黨員也罷，就算做了更嚴重的事情都無所謂。在那一瞬間，基榮只是極度渴望有另一個母親，希望有個善良、溫暖，不懷疑別人的成熟女人，來當自己的母親。她責備基榮：

「我就知道，你也是個男人，所以站在你爸爸那一邊。」

母親威脅父親說要向黨和單位舉報，但父親不置可否。有個假日，父親將母親獨自留在家中，帶著基榮和兩個弟弟去了溜冰場。那原本是一個池塘，結冰後自然變成溜冰場，一無所知的弟弟們在那溜著冰。掛在溜冰場上的巨大溫度計水銀柱上，標示著氣溫是零下十度。小孩從口袋裡掏出玉米，一邊啃一邊玩著雪橇，大一點的孩子則溜著冰。基榮穿著父親的溜冰鞋，鞋子比自己的腳稍大。那天，父親詢問基榮：

「主體思想是什麼？」

基榮遲疑片刻，回答了學校教的內容：

「人類是具有創造性、意識、自主性的存在，自己的命運自己決定的革命思想。」

父親看起來很疲憊，冬季的太陽直射在他的臉上。他皺起眉頭。

「……人類真有那麼偉大嗎？」

那一瞬間，基榮懷疑起自己的耳朵，那是在學校裡不可能聽到的不敬言語。

「啊？」

父親抽起菸來，火星點燃乾巴巴的紙捲後，旋即熄滅。

「古代希臘相信世界是由四種要素組成的。」

「我在學校也學過。」

「那四種要素是什麼？」

「水、火、空氣和泥土，這種希臘哲學很快就被辯證法的唯物論——」

父親打斷他的話。

「好了，你也知道我是專門建設水庫蓄水的人，也就是說我是學習那四種要素中水和土的性質的人。我對其他東西也不懂。比方說，我本來就對人類是怎樣的完全沒有興趣。主體思想嘛……應該是對的吧，因為黨這麼說。可是你看，說人類具有創造性、意識、自主性，還能開拓自己的命運？這話雖好，但你想想，前年黃海道不是淹大水了嗎？只要是淹大水、水庫崩裂，人和豬、狗其實也沒有什麼不同，都被淹沒、沖走了。」

「所以才需要像爸爸您一樣的人運用理論建設水庫、控制自然，不是嗎？」

「那只能暫時把水堵住而已。前一段時期的戰爭是火的時期，美帝投下炸彈，把首都平壤炸回石器時代，所以接下來是土的時期，我們拿著鏟子建設城市，經由千里馬運動[5]建設了不遜於世界其他國家的共和國。現在是水的時代啊，外表看起來雖然很和樂，但事實上，水具有非常巨大的能量，所以我們一定要好好控制水。到目前為止，雖然我們一直是這樣做，但事實上，沒有

5　北韓的勞動強化運動，目的在增加生產。以千里馬日行千里的速度建設社會主義經濟之意。一九五八年在北韓全國展開，一九七二年修訂的現行憲法中亦有「千里馬運動是社會主義建設總路線」的內容。

人能對這個部分打包票。接下來，可能就是空氣的時代要來臨了，到了那時，比起火、水的時代，也許會更痛苦。眼睛雖看不見空氣，但如果沒有空氣，人類是沒有辦法呼吸的。」

當時基榮不知道父親想要說什麼，但隨著歲月流逝，他再次回想，父親正是在嘲笑主體思想的虛妄、以自我為中心的世界觀，並正確地預言北韓的未來。幾年後，亦即九十年代初期，歷經多次洪水的侵襲，所謂「苦難的行軍」運動於焉展開。那是飢餓的年代，挖草根、剝樹皮、吃泥土的時期；因為沒有食物，腸胃總是空空如也，在這種情況下還總是打嗝，這就是父親所說的空氣的時代。後來基榮在首爾聽到北韓軍方懷念「火」的時代，主張與其這樣，倒不如和南韓、美國大幹一場，拚個你死我活的消息，不禁想起父親。

父親悄悄地轉移了話題。

「你媽是土人，世世代代都是農民，但你也知道，我是水人。」

基榮的爺爺是大同江的船夫。日本在大同江上搭建鐵橋，夏目漱石、李光洙和羅蕙錫等作家曾行經於上的時期，爺爺也仍然是船夫。基榮的父親從巨濟島回來的時候，爺爺也仍然在垂柳茂盛的大同江邊窩棚裡等待著兒子。正如同柳樹必定會有枝條垂在水面上，父親身上帶著些許沉悶和潮濕的氣息，有話不直說，總是喜歡拐彎抹角的性格不像泥土和火的屬性，反而接近於水。善於察言觀色、語感極佳的基榮已然理解了父親的真意。他說自己是水人，被土人母親堵塞，也許何時那水會把泥土給沖垮。基榮覺得不自在，為何父母親要把自己的兒子強拉入他們的感情遊戲之中？

基榮溜冰的技術很好，即便穿著並不合腳的溜冰鞋，轉彎的時候仍然比別人更快，腳下冰屑飛濺，卻能準確停在自己想停的地方。他把腰部彎得更低，雙腳交替向前滑行。他以逆時針方向，溜在最外圈的冰上。初學者在內側以順時鐘的方向慢慢地滑著。零下十度的寒風雖然抽打著臉頰，但他卻不覺得痛苦，為了驅逐寒意而點燃的稻草煙氣，散發出芳香而刺鼻的味道。基榮卯足全力，用後腳滑冰，通過最後的終點線。他伸直腰部，雙腳聚攏，冰屑紛紛揚起，漂亮地停了下來。

那天也是他第一次跟貞姬說話。貞姬也住在口琴公寓的同一樓，她家是在透入光線的走道南端最後一間。她的雙頰泛紅，鼻子小巧而高挺。早晨七點二十分，孩子們在各班集合的位置聚集，齊步上學的時候，兩個人的目光偶爾會交錯，在溜冰場也是如此。貞姬脖子上戴著用毛線編織的紅色圍巾，對著基榮微微一笑，基榮錯失了回應的機會，從她身邊經過。對於十六歲的基榮而言，實在沒有再次回去搭話的勇氣。基榮和父親分開，抓著木樁，嘴裡呼出白色的煙霧時，貞姬優雅地舞動修長的四肢靠上前來。

「你溜冰溜得真好。」

基榮對於分明在遠處看著自己的父親，以及不知在何處的同學視線非常在意。他雖然感到驕傲，但因為不知道要如何表達，所以這情緒形同無用。

「是你的溜冰鞋嗎？」

貞姬忍不住問道。

「不，是我爸爸的。」

「原來你會說話？」

貞姬又笑了笑，踩著短刀花式溜冰鞋，朝溜冰場的內側滑去。現在想來，雖是俗氣到令人面紅耳赤的對話，但那裡是七〇年代中期的平壤，男女光明正大地談戀愛是思想安逸的象徵，當然會成為遭到殘酷批判的對象。不只基榮，沒有任何人知道應該如何和在溜冰場遇見的同齡女孩對話，也不知道應該如何是好，因為那是被明確禁止的行為。不久之後，他將熱呼呼的東西吐在她的身上，而且過了二十年後，他們又在想像不到的地方不期而遇。如果他能事先預料到這些，那天的見面或許就不會那麼生疏了吧。

貞姬在學校很有名。她從十一歲起，就被選拔為學校代表，和從全國聚集而來的孩子，一起在紀念勞動黨創建日或戰勝紀念日舉行的大規模團體操中演出。超過八萬名的孩子分成十多個小組，依序上場表演幾近於雜技的絢爛團體操。貞姬因為個子高，技巧也很好，所以經常站在最前方。團體操表演只要一開始，就會持續二十天，平壤市內的大部分學校都會集體前往觀賞。學生穿著校服，男人穿著西裝，女人則穿著紅色或藍色的韓服，打扮妥當後，從巨大的梁柱之間走進大劇場。團體操的內容是由抗日武裝鬥爭等革命史的場面構成劇情。基榮和班上的其他男孩一樣，目光都跟隨著自己學校的代表——貞姬的動線而移動。她向後彎腰，拿起一個小球拋向空中，又像小鹿一般躍起之後，將大腿併攏，接住落下的球。超過一百名的女孩同時將球拋向上方，又用大腿接住，但沒有一個孩子失誤。因為畫著濃豔眼線和紅色唇膏，貞姬看起來比實際年齡更加成熟。基榮和朋友望著貞姬的跳躍和旋轉目瞪口呆，也羨慕將她高高舉起行進的其他孩子。這樣的貞姬為何走過來向自己搭訕？基榮非常訝異而吃驚。過了一會兒，貞姬的人影已然不見。弟弟們都累壞了，太陽也慢慢落到牡丹峰後。父親、基榮以及兩個弟弟收拾好溜冰鞋和雪橇，一起回家。

過了幾天，父親要去檢查鴨綠江水系的水庫和發電所，因為日據時代建設的水庫發生龜裂，所以平壤的工人必須大舉前往新義州。當天恰好是基榮十六歲的生日。一切都有其象徵意義，水庫龜裂，父親不在家，平壤停電，兩個弟弟被選為學校代表去妙香山露營，也不在家，只有基榮和母親兩個人慶祝的生日。這讓基榮產生很奇怪的不安感。

「我從新義州回來的時候給你買個禮物，你想要什麼？」

「我想要一支原子筆。」

事實上，基榮想讓父親送他一雙好鞋，但從嘴裡說出來的時候，只能說請父親買支進口原子筆。父親摸了摸基榮的頭，去單位上班了。父親乘坐下午六點的火車離開平壤車站。火車剛駛離車站，就好像按下開關一樣，平壤市內突然一片漆黑。不知是不是鴨綠江的水力發電發生問題所致，抑或將電力傳送至平壤的電線發生問題，沒有任何人知道。在北韓，沒有任何人知道這類問題的答案，報紙或電視也不會報導，只有流言善盡媒體的功能。熄燈的平壤不曾發生任何騷動，停電是日常的一部分，就算不是停電，也經常舉行預防空襲的燈火管制訓練，如果說有什麼差異，那就是警報器響與不響而已。父親搭乘火車離開平壤站的下午六點，基榮從地鐵站出來，走路回家。十二月的太陽很早就西沉，四周陷入黑暗，所有燈火都熄滅了。母親工作的外匯商店也已關門。他搖了幾下鐵捲門，走回家去。他走過公寓的樓梯，快接近家裡的時候，傳來陣陣紅燒雞的味道，開門以後，味道更加強烈。

「媽，我回來了。」

家裡一片黑暗，只有廚房的瓦斯爐火冒出藍光。他關掉瓦斯爐，進去主臥室，母親不在那裡。基榮再次來到走道，四處張望，會不會是去哪裡借蠟燭了？有幾戶人家開著門，他探頭探腦地尋找母親，可是卻找不到。他在走道遇見結束練習回來的貞姬，即便是憑藉著隱約的燭光，也能知道貞姬正看著自己笑，朝走道盡頭大步走去。她不愧是練習體操的孩子，腳步敏捷而輕快。基榮再次回到家裡，把書包扔進書桌下面，紅燒雞的氣味比剛開始淡了許多。他進去浴室，用臉盆舀出浴缸裡的冷水，將手、臉和脖子洗乾淨。浴室裡一片漆黑，連鏡子裡自己的臉孔都看不見，他摸索著尋找毛巾，卻滑倒在浴室的地板上。他用手撐著地板，想要站起來，但又再次滑倒。地板很濕而且很滑。基榮坐在地上撫摸著疼痛的臀部，他發現了除了自己以外，還有另外一個人坐在浴室的角落裡。他用手摸了摸，摸到了衣服，接著還摸到了衣服內側的女人胸罩。基榮摸到臉孔和腰部的時候，不由得大聲尖叫，那是個癱倒的肉體。他猛地站了起來，跑到走道上，朝著透出些微光線的走道盡頭跑去。啊！啊！他大聲叫喊，靠在走道盡頭的欄杆上喘著粗氣。連基榮自己的耳朵都能聽到喘氣聲的嘈雜。那一瞬間，他感覺自己就像野獸，就像在獵捕的現場被逼入絕境的野豬一般。就在那時，門打開了，方才回到家裡的貞姬拿著蠟燭出來，儘管基榮全身都已經沾滿血跡，但因為火光陰暗之故，看起來只像沾上骯髒的泥土一樣。被尖叫聲嚇到的居民紛紛開門，來到走道上。貞姬大膽地摟著他，走到聚集在走道的人看不到的狹窄陽臺。從黃海上颳來的西風猛烈地抽打著他們。他被貞姬抱在懷裡，氣喘吁吁，將一股酸熱的胃液吐在她的腹部。

「怎麼了？嗯？到底怎麼了？」

他沒有回答。基榮跪在地上，貞姬把他的臉深深按入自己懷中。她校服上沾到的嘔吐物又弄髒了他的臉，同樣地，他手上沾到的血跡也染到她的校服上。

「不是我的錯，真的不是我的錯。」

「好好，我知道。究竟是什麼事？」

「媽媽，媽媽，好像死了。」

因為發音糾結含糊，所以貞姬沒聽清楚「好像死了」這句話。但她清楚聽見了「媽媽」這個單字。對面公寓的窗戶透出鬼火般閃爍的微光。

「好了，好了，現在沒事了。」

她連連說著沒事、沒事，安慰著基榮，然後拉著他，慢慢走向走道一方。好像擔心他會從欄杆上跳下去一樣。仍然處於停電狀態的黑暗走道上，人聲鬧哄哄的，看起來就像徘徊在墓地的幽靈，只有燭火和人的臉孔漂浮在空中。

「這到底是怎麼回事？你是誰？」

住在貞姬家對面的男人用蠟燭照耀基榮的臉孔，被他身上沾滿的血跡嚇到，趕忙退後一步。燭火正如一群飛蛾舞動，基榮沾滿血痕的身體和臉孔，就像卡拉瓦喬的畫一樣，在黑暗中發光。

「啊……啊……」

基榮雖想說「浴室」，但卻說不出口，代之以費力地用右手食指指著自己的家。一聽到女人們的尖叫聲，男人們穿著鞋子衝進他的家裡。燭光排成一列擠進基榮的家，走道上又再次陷入黑暗。貞姬雖仍抓著他的手，但沒有任何一個人察覺。

社會安全部的職員來把屍體收拾好之後，往妙香山和新義州發送了電報。基榮換上鄰居大人給的乾淨衣服，直到那時，他才感到強烈的憤怒。為什麼偏偏要在自己十六歲的生日那天割腕自殺？您有那麼恨我嗎？究竟為什麼要選在父親不在家的日子呢？如果她還活著的話，他真想反覆問她，但永遠沒有這個機會了。

隨著時間流逝，這種憤怒卻開始混雜著執拗的自責感。如果我能多傾聽母親的話；如果那天我不和同學打籃球，早點回家的話；不，如果我沒有出生在這世界上的話……這些想法紛至沓來，一直折磨著他。

社會安全部將剛到達新義州的父親再次召回平壤接受調查，也察看了母親工作的商店帳簿，但仍查不出什麼來。這是令共產主義者最難堪的情況。毫無理由地自主脫離社會主義樂園的行為，也就是自殺。這是一個沒有任何自殺的統計，因此也無法得知自殺率，表面上不會有人自殺的社會。社會安全部的職員最終找到了她罹患精神病的證據。商店的櫃子裡，擺滿毫無意義的統計數據和帳簿，是她從自殺前幾個月就開始寫下的。帳簿的內容與倉庫的物品不一致，和供給物品的其他單位的帳簿也不同。記載她幻想中交易的帳簿多達數十本，其中密密麻麻地記錄著虛擬的人物購買了大量的虛擬商品。這麼大量的帳簿內容是在極為短暫的時間內記載的，物品的實際流通也沒有發生任何問題，所以沒有任何同事懷疑從未出過事、總是勤以任事的她。

後來，基榮在首爾看了史丹利·庫柏力克（Stanley Kubrick）導演執導的《鬼店》，他看到在白雪覆蓋的洛磯山脈山莊裡，慢慢瘋掉的傑克·尼克遜的模樣，想起了許久未曾想起的母親。主角傑克·尼克遜用打字機反覆敲打多達數百頁的相同句子，「All work and no play makes Jack a dull boy.」（老是工作不玩耍的話，傑克會變成傻瓜。）他看到在商店辦公室裡獨自笑著寫下虛擬帳簿的母親身影。他沒能把電影看完，租來的錄影帶超過了期限，還付了罰款。從那以後，基榮一直遠離紅燒雞和史丹利·庫柏力克的電影。但是直到將近三十年後的今天，他偶爾還會好奇，如果那天沒有停電，母親依然可以在商店的辦公室裡寫著她一直在寫的怪異帳簿，那麼母親是否還會自殺？或許父親的出差、突如其來的停電和基榮的生日，這些並非日常的事件重疊在一起，撼動了她的生理節奏，存在於腦部某個部位的安全裝置為之瓦解也未可知。

再次見到貞姬的地方是在二〇〇一年的首爾。他坐在從南到北橫渡漢江的三號線地鐵上。貞姬注視著他。她握著也許是假貨的ＬＶ手提包的帶子，凝視著坐在對面的他。母親過世那天，就是這雙手抱過他的頭。他也迎視著她的目光，但剛開始，他沒能認出她。可能是因為周遭鬧烘烘的吧。他從未想過會在首爾見到她。他反覆思量，她究竟是誰？她穿著長度略微蓋住膝蓋的端莊青灰色裙子，年紀接近四十，雖然眼角和脖子有點皺紋，但仍是五官分明的美女。頭髮用髮夾和髮帶固定，牢牢地紮在額頭上面。她的手腕極細，肩膀略窄，妝容古典，細眉紅唇，沒有塗睫毛膏。不知為何，她死命抓著手提包的帶子，乍看之下，似乎處於極度恐懼的狀態，從另一角度看，又像是悲傷萬分，表情實在令人摸不著頭緒。他轉過頭去，直到此時，她方才連忙低下頭。可是片刻之後，他們又再次彼此凝視。

首爾地鐵的車廂結構讓乘客非常不自在。坐在椅子上的乘客，不得不望著彼此的臉孔，想打招呼又離得太遠，視而不見又嫌太近，視線不知該往哪兒放。他瞇著眼再次觀察她的臉孔，越看越覺得眼熟，卻始終想不起是在哪裡見過的人。絕對不是電影界的人，也不像是在南韓讀大學時認識的女人。如果是電影宣傳公司或相同領域的人，絕對不會像這樣讓人感到不舒服。她到底是誰呢？他想過去問她，但如果從座位上起身，大步走向她搭話，車廂裡的所有人都會注意到他們。他也沒有習慣向連名字都不知道的女人詢問：「對不起，您是哪位？為什麼這樣盯著我看呢？」

這不是他的風格。

她的凝視考驗著基榮的耐性。地鐵仍然行經於漢江之上，她的嘴唇扭成一個非常不自然的笑，笑容裡還隱藏著某種悲痛的乞求。就在此時，他突然想起她是誰了。貞姬，他輕輕地說出她的名字，因為音量太小，那個聲音一出口就了無痕跡。可是她正讀著他的嘴唇，表情立刻變得僵硬。過了一會兒，地鐵在藥水站停車，她突然猛然起身，很快下了車。基榮也跟著她下車。她快步走向換乘六號線的通道，他避開蜂擁而來的人群，一直跟在她身後。她邊走邊頻頻回顧，臉上滿是驚恐的表情。她跌跌撞撞，好像快要跌倒，最後終於跑了起來。基榮也跟著跑。她到底為什麼在這裡？又為什麼那麼拚命要擺脫我？

最後，他倆終於來到觸手可及的距離。她背靠牆壁，蜷縮著肩膀，氣喘吁吁。旁人用眼角的餘光看著他倆，從旁邊經過。她流下了眼淚。

「求求你，求求你。」

「貞姬，怎麼了？妳是貞姬吧？是吧？」

基榮問她，但她只是反覆這句話：

「求求你，求求你。」

她好像在禱告似的雙手合十，頻頻點頭，求基榮大發慈悲。

「我知道了，對不起。我不會碰妳的。我會走開。妳起來吧！」

她貼在牆上，身體慢慢地滑下去。基榮想去扶她，但她好像摸到蛇一樣，甩開他的手。他攤開兩手，退後一步。

她艱難地站起身來。

「謝謝！謝謝！」

基榮轉身走向三號線的換乘通道。她在確認基榮走了之後才小心翼翼地朝六號線走去。基榮走了好一陣子之後，回頭一看，她早已消失不見。

不久之後，基榮才得知她和丈夫一起經由澳門和曼谷逃離北韓。網路新聞裡詳細說明了她逃亡的路徑和動機。進入二十一世紀，逃離北韓已經不再是什麼稀罕的新聞了。也許過去在平壤認識的人中，有幾個人已經來到首爾，走在路上和他們不期而遇，也不是什麼奇怪的事情了。

他被轉調到一三〇聯絡所之前，最後見到的人就是貞姬。那時她也已經進入北韓最優秀的舞蹈團——萬壽臺藝術團。他對她說，可能會有很長一段時間沒辦法見面。她當然知道一三〇聯絡所和三十五號室意味著什麼，因此她也知道他作為情報員被派到南韓來。如此說來，那天她之所以顯露如此畏懼的表情也就不難理解了。她一定誤會基榮是接到前來殺死自己的命令才出現的。這也不是什麼荒謬的事情。一九九七年，金正日的內甥李韓永也被作戰部所屬的暗殺組槍殺在公寓玄關，暗殺組則平安回到北韓。

貞姬的丈夫曾在澳門管理北韓的海外祕密資金，聽說不久之前在首爾開了家冷麵餐廳，曾是北韓最傑出舞蹈家的她，應該會幫忙丈夫送上冷麵吧？他也曾經想過去找她，但終究未能實現。他們現在才剛找回安定的生活，他不想再讓兩人心生恐懼，而且他們也有可能向幫助他們定居的警察報告他的出現。即便如此，他有時還是會想起貞姬，想像著他沒有被派到南韓，而是和貞姬一起生活又會如何。

他在電影院入口的咖啡廳點了在濃縮咖啡裡加水的美式咖啡，然後坐在模仿螞蟻腰部製成的黑色鐵椅上。電影論壇辦公室裡走出幾個人，跟他打招呼，很公式化地問他過得還好嗎？來看電影嗎？下回要引進什麼電影等話題。

他拿出手機，按下號碼，但沒有接通，只傳來您要找的用戶現在不能接聽電話的語音。他又再次按下每一個數字，撥打電話，不久之後，電話那頭傳來聲音。

「喂？」

「啊，請問社長在嗎？」

一片沉默。然後女人提高音量問道：

「請問您是？」

「我是他朋友。」

「……社長去國外出差了。」

每次去正動辦公室的時候，她總是開著聊天軟體認真打字，每一句話的語尾句型都一樣，好像在下定什麼重大決心似的。但基榮故意裝作不認識她，繼續問道：

「國外？哪裡？為什麼突然去了國外？」

「這個嘛，我也不知道。」

基榮嚥了一口唾液。他所認識的這家汽車零件代理公司老闆，不會有這麼急著得去外國出差的理由。沉默了一會兒之後，電話彼端的女人突然緊張地問道：

「喂？您究竟是哪位？真的是朋友嗎？」

「好，我知道了。」

基榮答非所問地想掛斷電話時，電話彼端傳來急促的聲音。

「您是不是金基榮社長？」

「……是的，妳記得我的聲音啊？」

「當然啊！」

基榮原本以為她是個只知道網聊的女人，內心不免有些難為情。

「事實上，我也不知道社長在哪裡。前天突然進辦公室，整理好東西後就走了。今天從一早開始我就接了好多電話。啊！對了，社長夫人也來過公司，說社長兩天沒回家了。她一副失魂落魄的樣子。您能想到他去哪裡了嗎？」

「他以前曾經這樣過嗎？」

「沒有，我來公司已經四年了，他從來沒遲到過。」

「他最近有沒有接到追討債務的通知？」

「債務？您和警察說的一樣。我們公司哪有什麼負債呢？」

「警察也來過了？」

「社長夫人可能是報案了，警察剛才來把公司翻了一遍。」

應該要掛斷電話了。

「不要太擔心，我也幫忙打聽一下。」

「如果找到的話，麻煩您給社長夫人打個電話。」

「好的。」

電話掛斷了。一定出了什麼事，也許從幾天前開始就有某種徵兆，只是他沒看出來而已。

正勳是他一三〇聯絡所的同期，和他同屬李相赫這條線，成為他的下屬，被派到南韓來。在李相赫遭到肅清之後，和他一樣斷了上線而在南韓漂流。除了基榮以外，正勳是唯一一人了。不，不是唯一的，曾經還有另外一人，但在聯繫明顯中斷之後，那人就立刻到西雅圖留學，在那裡拿到學位，成為教授，還拿到公民權。除此以外，基榮認識的唯一同志就是韓正勳了。但即便如此，他與基榮之間也不是彼此依靠、交情深厚的關係。就像電影裡的太空人為了修理太空船來到船外，卻與母船斷了聯繫，在宇宙無盡飄流的情節，他們兩人在過去連接彼此的力量消失之後，回到了原本的位置。他和基榮在南韓都是舉目無親，必須靠自己的力量存活下去、養家活口，但偶爾也會聚在一起喝酒，每次的話題也都跟南韓每個高中同學會一樣陳腐。都是問說過得好嗎？盧武鉉會當選總統嗎？明年經濟會不會好轉？你和老婆的感情怎麼樣？啊！肚子都出來了……諸如此類的對話。兩人一起喝酒，偶爾還會去ＫＴＶ唱金建模和中承勳的歌，然後各自回家。他們從未交談過關於最近事態的情況，因為恐懼感總是像幽靈一樣，在他們身邊徘徊不去。杯觥交錯的時刻不可能愉快，他們深恐說出口的話會成真，於是總是努力說一些無趣的話題，但無論如何，他們不安的預感此刻已成現實。

二〇〇二年世界杯足球賽之前，基榮購買了四十吋的電視，雖然不是為了看世界杯足球賽而買，但購買的時間點卻剛巧一致。在南韓和葡萄牙舉行小組預賽的那天，基榮邀正勳來自己家裡，大概也有一點想炫耀自己買的電視和公寓的心理。正勳還住在租來的二十多坪公寓，基榮卻已成為三十多坪公寓的主人。

「房子真不錯啊！」

正勳遞上啤酒說道。

「你第一次來啊？」

「很寬敞啊！三口人住剛好。」

「……還有一些貸款。」

基榮覺得有些慚愧，但這種慚愧是非常複雜的，應該是說向知道彼此過去的朋友揭露出自己內在的庸俗吧？在首爾出生、長大的人都很難達到的夢想，基榮成就了，而且此時此刻還在炫耀。

「那當然，哪有人拿自己的錢買房子呢？啊！對了，賢美和弟妹呢？」

「瑪麗說她會晚點兒回來，賢美和朋友一起去加油了。」

「去喊大——韓民國了？我們好久沒有單獨在一起了。」

正勳笑著模仿加油的動作。兩人一起坐在沙發上，用烤魷魚和海苔當作下酒菜，喝著啤酒。正勳說道：

「我還不習慣吃海苔，我們不是原本不吃海苔嗎？」

「北邊原本不產海苔嘛！但迷上了的話，味道也不錯，要不要再來點別的下酒菜？」

「有沒有小魚乾之類的東西？」

基榮拿出明太魚乾，兩人看了韓國隊和葡萄牙隊的比賽，希丁克教練率領的韓國隊與葡萄牙隊分庭抗禮，毫不示弱。

「你知道一九六六年的世界盃吧？」

正勳問道。

「在倫敦舉行的那次？」

只要是在停戰線以北的人，沒有人不知道那場著名的比賽，那是北韓在世界體育舞臺上揚名立萬的事件。

「朝鮮贏了義大利，然後在決賽中和葡萄牙決一死戰。」

因為突然覺得朝鮮這個詞很生疏，基榮一時之間接不上話。

「小時候經常看這場比賽。」

「那個千里馬足球隊不是有個隊員叫朴升進嗎？就是那個和智利隊比賽的時候，在下半場四十二分鐘射進一球，在跟葡萄牙比賽的時候，也踢進一球的……」

「啊！我知道。」

「他是我舅舅。」

「真的？」

他嚇了一跳，連忙坐直身子，朴升進和朴斗益兩人是北韓的體育英雄。

「你為什麼一次也沒說過？」

正勳露出苦澀笑容。

「……我擔心別人會要我踢足球。我運動非常糟糕，如果我說朴升進是我舅舅，所有人一定會要我露兩手看看。」

「那是一定的。」

「小時候如果舅舅來我家玩，鄰居的小孩都會聚在一起，舅舅會叫孩子排成一列，然後讓他們一個接一個輪流頂球，之後再到後面去排隊。」

「現在那邊也在看這場比賽嗎？」

「怎麼可能？誰知道？也許錄影以後再播放吧？」

比賽越來越激烈，兩個人的身體會隨戰況猛然彈起，每當換隊伍控球的時候，他倆都不自覺地發出呻吟。而當朴智星提腳射門，把球踢進葡萄牙球門裡的時候，他倆不約而同從沙發上跳起來，高聲吶喊。但是當進球的朴智星衝回教練席，撲進希丁克的懷裡時，正勳的表情變得僵硬。他再次坐回沙發，灌下一口啤酒。

「為什麼我到現在還是沒有辦法接受呢？非要外國人教練不可嗎？選手染頭髮，總教練和教練都是外國人，這支隊伍還能說是我們民族的代表嗎？」

基榮雖不同意他的意見，但也沒有加以反駁。民族主義，特別在北韓，那是一種政治的血盟，基榮心想，對於金日成和金正日近似宗教的崇拜，也許會因為某個契機而消失，但民族主義會持續更久。每次見到正勳的時候，這種想法就愈加堅定。也許正勳已經撤銷對北韓政權的信賴與忠誠。全世界各民族都崇拜金日成首領和他創造的主體思想，像這類幼稚的幻想，在他離開北韓的那一瞬間就已經破碎了。但是從小養成的某種價值觀終究未能改變，那些超越民族主義的種族優越主義、對於單一性的過分執著，乃至於韓民族是世界上最優秀民族的優越感，沒有絲毫改變。

直到韓國隊擊敗葡萄牙，確定以分組第一的成績進入決賽時，瑪麗仍然沒有回來。他們換成喝洋酒，又喝了幾杯，那時正勳突然問了基榮一個問題。他雖然竭力裝作一派輕鬆，但基榮從他的問題中感覺到，某種迫切感已經到達了頂點。

「你晚上不做夢嗎？嗯？做什麼夢？嗯？」

基榮已經記不得那時他是怎麼回答的了，但他覺得這問題相當危險，這個記憶始終留在他腦中。正勳究竟去了哪裡？他把盛過咖啡的紙杯丟進垃圾桶裡，開始走下樂園商場的樓梯。

19

高成旭將美國記者艾德加・史諾（Edgar Snow）寫的《西行漫記》（*Red Star Over China*）從包裡拿出來，放在漂白的桌布上，大紅的底色上隱約印有毛澤東的臉孔，這種設計絕妙的封面和義大利餐廳白色的桌布非常搭配。他翻開在地鐵裡沒讀完而闔上的部分，那是史諾跟隨毛澤東和紅軍採訪大長征的過程中，他在保安市觀賞所謂「紅色話劇」的場面。書裡雖然介紹了幾齣描繪抗日鬥爭的話劇，但其中最引起他興趣的是「紅色機械之舞」。史諾在一九三六年寫道：「年幼的舞者藉由聲音和動作、四肢和頭部互相交錯或碰撞，巧妙地模仿活塞的往復運動、齒輪的迴轉以及發動機運轉的聲音，刻畫出未來的中國即將迎來的機械化時代。」如果能夠實際看到年幼的舞者像表演啞劇一樣模仿機械場面的話，想必會很刺激。

成旭喜歡從共產主義、革命、紅色和機械中散發出的形象，這四種東西是非常搭配的組合，比起巴枯寧式無政府主義，毛澤東或史達林式的革命觀看起來更美好。無邊無際的灰色制服和紅色旗幟，在巨大建築俯視之下的寬敞廣場行進，正如《星際大戰》裡的複製人一樣。每次看到閱兵儀式進行得一絲不錯，如同塗上潤滑油的紡織機，他都會感到輕微的性快感。這與收集希特勒第三帝國親衛隊SS制服的戀物癖如出一轍，但他不想自己將腿踢高，在烈日高照的廣場上行進。他只是喜歡在有線電視的紀錄片頻道裡經常播映的那些畫面而已，這跟尋找不為人知的七〇年代搖滾樂團的音樂相似。如果在朋友面前高談毛澤東、史達林和希特勒時代的事情，當下一定會冷場，因為大家不知道究竟要說什麼，只好閉嘴。他誤以為別人的毫無反應，是對自己的獨特興趣表示嘆服。這樣的錯誤認知是可以理解的。畢竟他才二十一歲。

他抬頭一看，瑪麗正站在桌旁，挺著集中托高的豐滿乳房。他把頭抬得更高，與瑪麗的目光相視，欣然一笑。瑪麗坐在對面的椅子上。

「等很久了嗎？」

瑪麗放下手提包，坐了下來。成旭低聲說道：

「妳的胸部太美了。」

「哎喲！」

她似乎沒覺得被冒犯，橫了他一眼。

「石膏還沒拆啊？」

「嗯，周末大概可以拆了。」

「一定很不方便。」

「嗯，癢死了。」

她不自覺地撒起嬌來。穿著白色圍裙的女侍拿著菜單走來。兩人接過菜單，瑪麗看了一下，輕輕移開菜單，瞄了眼桌上的《西行漫記》。

「是《西行漫記》？」

「妳知道這本書啊？」

成旭訝異地問道。瑪麗因為不知道該怎麼回答，猶豫了一下。對你來說，我大概只是個進入四十大關的女人，但我也曾把這本書放在書包裡，提心吊膽地穿過戰鬥警察排列的人牆進出學校，而且那時全然沒料到，這本書有一天能公然放在義大利餐廳白色的桌布上。當然瑪麗沒有把這話說出口，反而後悔說出自己知道這本書，可是為時已晚。

「不就是牟者東大長征的故事嗎？」

「毛—澤—東，發音要正確一點。」

「反正不都一樣。」

「妳讀過很多書嘛！」

她只是咧嘴一笑。

「以前是，但現在不是。你想吃什麼？」

「我吃海鮮燉飯。妳決定好了嗎？」

「嗯……我……啊！這個……番茄莫札瑞拉起士沙拉。」

「不要其他的嗎？」

「夠了，我不太餓。」

女侍和瑪麗目光對視，走了過來。她從圍裙前方的口袋裡拿出點菜單，成旭代替瑪麗點了餐。

瑪麗沒有忽略女侍對待自己時呈現的冰冷神情，但女侍面對成旭時，卻露出燦然的笑容。

「那個，海鮮燉飯和番茄莫札瑞拉起士沙拉。」

她舉起手制止成旭，然後說道：

「不，不要那個，我想吃這個蛤蜊義大利麵。」

「哦，這麼快就改變心意了？」

女侍劃掉已經寫好的內容，用冰冷的表情寫下新的菜名。瑪麗又叫住了侍者。

「等一下。」

「嗯？」

「還是點之前那個吧！」

「之前那個？」

女侍的反問夾雜著些許不耐煩。

「給我番茄莫札瑞拉起士沙拉吧！」

侍者默默寫下菜名，照例問道：

「還需要其他東西嗎？」

「不喝可樂嗎？」

瑪麗問道。成旭點點頭。

「請給我們一杯可樂和溫水。」

女侍點頭後轉身離去。瑪麗瞥了一眼她的背影。

「她剛才對你笑。」

成旭笑得很開心。

「妳現在是在嫉妒嗎？」

「她覺得我們倆會是什麼關係？」

「不是說好不談這種問題的嗎？我不喜歡那種女生，淺薄、沒有品味。」

「可是同齡的人不是比較好嗎？」

「哎呀，妳怎麼這麼說？我不是一般人。」

她覺得自己成了真空管擴音器，或阿巴合唱團的黑膠唱片。但如果不是眼前這個二十一歲法律系學生的特殊愛好，他們之間又怎麼可能會產生這種愛情？

「想過了嗎？」

「什麼？」

「以前我跟妳說過的。」

她有些為難地笑著。對著一張好像要她買糖果吃的天真笑臉，她不可能發脾氣，但即便如此，卻也笑不出來。

「……不管你怎麼說，還是不行。」

「為什麼要想得那麼複雜？嗯？想得單純一點吧！」

「我只要你一個人就夠了。」

在說出這句話的瞬間，她已經相信這話了，但年輕的肉體毫不在意一個女人的自我認知。

「老實說，妳已經……濕了吧？」

他的腳開始越過桌子，伸向她裙子下面，同時還吐了吐舌頭。她閉起眼睛，用低沉但堅決的聲音說道：

「不要這樣，就算你這麼做也不會讓我改變心意。」

成旭把腳從她的大腿內側縮回來，然後撇著嘴，以彆扭的表情說：

「怎麼跟我媽一樣討人厭。」

「什麼？」

她說不出話來，好像有人將乾棉花硬塞到食道裡一樣。她平靜下來，慢慢說道：

「真的要這樣？要用這種方式無理取鬧？」

「我們不是彼此相愛嗎？那為什麼不行呢？」

「愛情是排他的，我愛你，你愛我。如果我愛著你，卻又愛上其他男人，那就是犯規啊！」

「不是的，愛情是滿足對方想做的事情。」

他一臉固執，緊閉雙唇，瞪著她。

「如果不能滿足對方想做的事情呢？」

「那就是不愛了。」

面對如此決絕的他，瑪麗痛苦地擠出話來說道：

「你真的……那樣……覺得？」

出口的話語撞到堅固的牆壁，掉落地面。

「對。」

「如果我不聽你的，你就要……離開我？」

這個問題與其說是在問成旭，倒不如說她是在問自己。她開始退讓，成旭也察覺到了，於是繼續進逼。

「我只要有想做的事，就一定要做到。」

他執拗地咬著嘴唇。是啊，他從小就聽慣了人家稱他為天才，現在又就讀首爾大學法律系；為了買平板電腦，就消遣似的去當了家教；來往的都是想成為法官、檢察官、外交官或政治家的朋友，他當然可以這麼說吧？一定是這樣的。這麼說的話，別人都會感到內疚，對，是我錯了，你就做你想做的吧！可是我不一樣，我太了解你這種孩子了。你大概是想從我身上得到母愛，那是不可能的。我是女人，不是你老媽。她把水喝了。女侍送來可樂，溫水則倒入瑪麗的空杯子裡。女侍一離開，他又像個孩子似的糾纏。

「我之後不會再提出這個要求的。真的，就一次。我每天夜裡因為這事都睡不著，也沒法好好念書。」

「你太頑固了。」

「才不是呢！是妳太清高了，其他的都可以，為什麼就這件事情不行呢？我們又不是夫妻。」

「你不怕失去我嗎？」

「我怕，但我知道妳終究還是會答應的。」

這種確信究竟是從何而來的？她逐漸領悟到，想平息眼前這個雄性的欲望，絕對不是一件容易的事。

「我去上個洗手間。」

她拿起手提包，起身朝女廁走去。她站在大型鏡子前，鏡子裡的是一個眼角已經泛出魚尾紋，頭髮已開始失去光澤的女人。從略微開啟的門縫間，她看到坐在位子上的成旭充滿自信的臉孔。他還年輕，未來還會年輕好一陣子，但是我已經年華老去，那是無法隱藏的事實。年輕、沒錢、時尚品味也很糟糕的男人，把一個有像樣工作的有錢女人玩得團團轉。除了更年輕以外，到底這孩子哪點比我更好？這心情如同遞出額度沒剩多少的信用卡，「用這張大概可以付款吧！」雖然很清楚會失敗，但此刻卻不想承認。

一個女人推門進來，從手提包裡的化妝包中拿出打火機。

「能跟妳借根菸嗎？」

女子剪了一頭如同埃及法老王的短直髮，定型得有些誇張。她爽快地遞給瑪麗一支萬寶路淡菸。女人面向氣窗，瑪麗則對著鏡子抽起菸來。瑪麗心情稍微平復了點。好，既然他這麼想，就依他吧！我會依他的，但是不能太容易，不能這樣，總有一天要讓他對這樣的提議感到後悔，要讓他無論到哪裡都慚愧得說不出口。不，我到底在想什麼？不能這樣，還是不行的，不行就是不行。她把最後一口菸深深吸進肺裡，在菸灰缸上捻熄香菸，然後洗了手。

她回到桌前。女侍在她回來之前就開始上菜，明知道她在後方等待，卻沒有讓開的意思。她一直到侍者擺好餐盤之後，才得以坐下。他拿著叉子，眉頭深鎖。

「又抽菸了？」

「嗯……胃不太舒服。味道很重嗎？」

「妳不是答應我要戒菸嗎？」

「我已經戒了，可是……」

「妳明明知道我不喜歡。」

「對不起，我一定戒，真的。」

「說真的喔？」

他又再一次要她承諾。

「嗯，快吃吧！」

她用刀子把番茄和起士切成小塊，然後用叉子放進嘴裡。她嚼著番茄說道：

「可是……」

他抬起頭來。

「什麼？」

「你為什麼討厭抽菸的女人？我突然覺得好奇。」

「我不是討厭所有女人抽菸，我只是不喜歡我的女人抽。」

「為什麼？」

「嗯？」

「我問你為什麼討厭。」

為什麼？面對突如其來的問題，他無法立刻回答而陷入沉思。為什麼我無法忍受「我的女人」抽菸？這個問題真有趣。有時他也會覺得坐在學校長椅上抽菸的女人很有味道，他也喜歡黑色電影中，穿著晚禮服的女人抽著細長香菸的樣子，可是為什麼？

「這個嘛！我剛才想了一下，大概是女人抽菸的表情，因為那個的緣故。」

「表情怎麼了？」

「我覺得她們有種自我滿足的感覺，每次看到悠悠吐出煙霧的女人，我都會覺得她們在拒絕我、或者像我一樣的男人，知道我在說什麼嗎？」

「這個嘛！不太明白。」

「嗯……國、高中的時候，有時候女同學會聚在一起咯咯大笑，而且笑聲十分刺耳，男學生那時都會覺得不知所措，好像女學生正在嘲笑自己一樣。那些女生分明就是意識到旁邊有男同學，所以才那樣笑。你們瞧，我們不需要你們，你們只是一群沒用的臭小子。她們總是偷瞄著我們，就是那種表情。香菸也是一樣，女人抽菸的時候，閉上眼睛享受快感。女人那樣的時候，我覺得自己好像變得很沒用。」

「原來你在嫉妒。」

「對，就是那個。那些女人好像知道快感是什麼。」

他把聲音壓得更低。

「妳不也高潮了好幾次？男人的高潮很短暫，不像女人那樣失去意識，也不會瘋狂大叫。我有時真想當女人。」

有時想當女人？一聽到這話，她身體裡的某個開關開啟了，突如其來的性慾猶如泉湧，真想立刻跟這個男人一起脫光躺在鋪著白床單的床上打滾。不抽菸也沒關係，你要求我的我都為你做，我只想求你快點起身，我們趕快去離這裡最近的酒店。坐在面前的這個年輕男人，突然看起來像偉大的蘇丹。她拿起叉子，叉了一根蘆筍放進嘴裡。

「妳覺得無趣嗎？」

「不，有意思。嗯，有意思。」

「有一本書的書名是《戰爭與暴力》，裡面寫著軍人在戰場上之所以強姦女人、殘忍殺害她們，是因為要報平時被女人欺負之仇。太平盛世的時候，女人蔑視軍人，他們經過的時候就嘲笑他們，軍人跟她們搭訕，就遭到冰冷的拒絕。」

「你也一樣嗎？你也覺得女人看不起你？」

「雖然不是，但就像剛才說的，我有時覺得女人令人生氣。」

「什麼時候？」

「妳不也是一樣？」

「我？」

「明明知道我有多麼渴望，卻讓我生了好幾個月的氣。」

「那個……」

「不要狡辯。」

「石膏都還沒拆掉……」

不知不覺之間，她又變成辯解的語氣。

「我覺得那樣更好，更性感，何時能跟打著石膏的女人做愛呢？」

海鮮燉飯漸漸涼掉。那個食物涼掉是不行的，那是要進入年輕戀人嘴巴裡的食物。她焦躁地看著即將涼掉的燉飯，指尖開始發抖，同時，從肩膀開始的細微寒噤傳到了下巴。

「好吧！」

「嗯？妳說什麼？」

她把剩下的最後一塊起士切成一半。

「我說我做。」

「做什麼？」

「不喜歡就算了。」

她凝視著年輕戀人的嘴開始張大的模樣。

「啊？真的？」

他一臉歡欣，打從心底的開心。瑪麗暫時忘了他是為什麼而高興。她也因為能讓他高興，而感受到相當短暫的幸福。

「謝謝，真謝謝妳。」

「可是我不喜歡你不認識的人，一定要是你很熟的人，而且要能保守祕密。」

「我知道。我有一個好朋友，是我法律系的同學，從小跟我就是最要好的朋友，司法特考第一階段已經合格，用一句話來形容，就是非常出色的傢伙。」

「司法特考第一階段有那麼了不起嗎？」

「也不是啦，我是說……」

她舉手制止他。

「別說了！沒必要說得太仔細。好吧，畢竟你們是那麼好的朋友。」

「那今天晚上怎麼樣？」

「不會太快嗎？」

「什麼太快？我都等了幾個月了。」

她反而覺得鬆了口氣。他那麼喜歡的事，她竟然拒絕了這麼久。她甚至有種輕微的罪惡感。

「那麼高興啊？」

「我太為妳感到驕傲了。晚上七點怎麼樣？」

「好。」

「晚飯我請。」

「省省吧！我請。」

「要請我吃好吃的東西嗎？」

「你想吃什麼？」

「我那朋友喜歡吃烤五花肉之類的，上次去的那家紅酒五花肉餐廳怎麼樣？」

「好吧！就在那裡見。」

他因為興奮而身體微微顫抖，將已經涼掉的海鮮燉飯塞進嘴裡，同時用左手確認剛收到的簡訊。嗶哩呤，鈴聲再次響起。這次他把叉子移到左手，開始用右手大拇指快速打著簡訊。大概是那個法律系朋友發來的吧？他打的內容是什麼？他那個朋友已經知道我了吧？她喝下那杯已經略微涼掉的溫水，女侍拿著水壺走過來，將她的空杯子填滿。她雖然坐在喧嘩的餐廳中央，卻覺得獨自被丟棄於荒野之中。她拿出手提包裡的手機，有兩條簡訊，一條是丈夫發的。

「我今天也許會晚回家。」

發生了什麼事呢？另一條是女兒賢美發的。

「媽，我今天去朋友家幫他過生日。我吃了晚飯再回去，不要擔心。」

就好像是約好了似的，兩人都發來晚上會晚歸的簡訊。瑪麗的心情很怪異，好像是家人共謀將自己推向成旭一樣。她也用飛快的速度回訊給兩人，發給賢美的是自己也會晚點回家，但發給丈夫的只有知道了三個字。她抬起頭，成旭正看著自己，細細的血絲橫布在他的眼白，讓她沒來由地想起沸騰燉湯裡的明太魚卵。

20

賢美看了簡訊，把拿著的餐盤交還給廚房，和雅英一起下去商店買香蕉牛奶喝。賢美簡直是對這個甜滋滋的牛奶上了癮，即便一天喝了三、四瓶也覺得不夠。兩人拿著牛奶，走到商店外面的花壇，坐在長椅上。一群女學生從這兩個少女面前經過，振國隨後出現。

「喂！」

雅英叫住振國，振國此時好像才發現她倆。

「嗨！」

「嗨。」

振國的臉微紅，經過的男學生瞟著他們。

「等一下會有誰來？」

雅英問道，振國看了看四周說：

「妳們倆，還有我的兩個朋友。」

賢美插嘴說道：

「是我們認識的人嗎？」

「妳們應該不認識。」

「不是我們學校的學生嗎？」

「不是，他們不上學。」

「不上學？」

雅英嚇了一跳問道。

「怎麼了？不喜歡嗎？」

振國好像早就料到她們會有這種反應：

「可是他們不是妳們想的那種人。」

「哼！我們想的哪種人？」

「如果妳們不喜歡也可以不來。」

賢美和雅英兩人彼此對望。振國好像想趕快離開那裡，他抓著頭說道：

「可是我希望妳們能來。」

賢美和雅英都是一臉懷疑的表情。雅英代替賢美說道：

「這個嘛！我們再想一想。」

振國的臉更紅了。

「好，那等一下發簡訊給我。」

「我們如果沒去，也祝你們玩得愉快。」

「別這樣，一定要來。」

振國進了商店。賢美把空的牛奶瓶丟進垃圾桶裡，兩人沿著花壇走向司令臺。趁著午餐時間出來打籃球的男學生，像類人猿一樣高舉雙手，四處跑跳。

「振國很奇怪吧？」

雅英問道。賢美點點頭。

「是啊，他的朋友會不會也很奇怪？」

「嗯，不過我喜歡。」

「為什麼？」

「我不喜歡我們學校的學生。」

雅英的表情稍微黯淡下來。賢美緊緊抓住雅英的手，兩人突然咯咯笑著，朝前跑去，然後又突然停下來喘著氣。

「今天我媽媽也會晚回家。」

「是嗎？」

雅英喜形於色。

「那妳晚點回去也沒關係。」

「妳補習班怎麼辦？」

「就今天一天嘛！妳最好了，不用上補習班。」

「我也想上啊，可是我媽是後母，所以她不給我錢。」

雅英笑打著賢美的肩膀。賢美啊的一聲，誇張地尖叫，突然跑向教學大樓裡。雅英跟在賢美後面。告知午餐時間結束的音樂聲，隨著她們的腳步飄散到建築物裡。

PM 01:00

21 平壤的希爾頓酒店

金基榮從鍾路四街向西走，路上有太多來往的行人。基榮讀著招牌走著，雖然是經常看到的東西，卻覺得格外特別。街上熟悉的事物和陌生的東西調和在一起，不，鍾路的一切東西都是既熟悉卻又陌生的。最初並不覺得鍾路陌生，但過了二十年後的現在，也不覺得這條街道特別熟悉。這裡雖是首爾的中心，可是卻經常覺得好像是邊境，即便如此，它仍最有首爾的味道。

在平壤一三〇聯絡所的時期，有天基榮和同事一起上了巴士，除了駕駛座旁邊的窗戶外，巴士的所有窗戶都用板子遮起來。在只開著微弱室內燈的巴士裡，所有人看來都很憔悴。巴士在平壤市內打轉，猜不出究竟要去哪裡。然後車子突然開始下坡，過了好一陣子陡地停住。所有人都抬頭望著唯一能看到外部情況的前方玻璃，只見在檢查站經常能看到的三角路障，後方則是看似防空壕的水泥結構物，以及僅能容納一輛巴士通過的鐵門。拱形模樣的入口覆蓋著偽裝網，大門一開啟，他們乘坐的巴士進入黑暗之中。這裡如果遭到核彈攻擊，似乎也能安全無虞，而且是個能避開美國衛星偵察的地方。巴士向下行駛了很久後突然停住，他們根據接待人員的指示下車，然後排隊走進灰色的小建築物裡。有人在基榮的耳邊小聲嘀咕，是不是被抓到看守所裡了？這也不是荒唐的猜測。他們進入更衣室，換上重新配給的衣服、襪子和皮鞋，舊衣服和鞋子則放在籃子裡，擺在架子上面。上高中的時候，基榮曾經看過關於奧斯威辛集中營的電影，進入集中營的第一道程序和當兵時一樣，他覺得這個事實非常有趣。他們必須脫下並交出穿來的衣服，穿上配給的制服，然後剃頭、強制洗澡。可是那天的更衣室裡，省略了洗澡和理髮的程序，由此看來，這裡是集中營的可能性極低。基榮暗暗舒了一口氣。

他們從另一個門走出來，大家不約而同地發出嘆息。那是首爾的夜間街道。霓虹燈閃爍，穿著南韓衣服的男女面無表情地走在鋪著紫色地磚的人行道上。超市裡放滿水果，旁邊有販賣ＯＢ啤酒的啤酒屋。令人感到有些奇特的是，超市旁邊是派出所，派出所旁邊是夜總會。雖然他們沒有實際看過南韓的街道，但仍覺得這些東西擺在一起非常不協調。其餘的東西都複製得非常逼真，甚至街道上還有乞丐，他們用橡膠皮裹住自己的雙腿，趴在地上向前伸出雙手。

在商店、派出所、酒店和銀行工作的店員、職員或警察，都是由從南韓綁架來或自願投誠的人所扮演，他們操著一口完美的南韓話，在複製首爾街道的地方度過每一天。丈夫用蒼蠅拍趕走停在蘋果上面的蒼蠅，妻子則坐著整理帳簿，至於他們是不是真正的夫妻則無法得知。

平時絕少露面的李相赫，大步從「希爾頓酒店」正面的迴轉門走出來的場面，非常不真實。他像電影明星一樣咧嘴一笑，然後走下階梯，站在候選情報員前面。

「各位，你們好！」

如果在平時，他一定是以「同志們！」開始談話，而此刻他完全改變為首爾的方式。基榮和同事也用首爾的方式回答：

「是，您好！」

他用手指著街道詢問：

「怎麼樣？很神奇吧？」

「是。」

「不要異口同聲回答。在首爾有人問話的話，不會這樣一起回答的，知道了嗎？」

這次沒有人回答。

「好，這條街道是共和國的電影工作者，在敬愛的領導金正日同志的指導下全力完成的，你們在這裡的舉止必須像南下首爾以後一樣。」

基榮回想他在那裡接受實地適應訓練時，正是南韓最優秀的導演申相玉和其名演員妻子崔銀姬脫逃回到南韓之前，他們倆是在金正日的指示下遭到綁架的。基榮被派到南韓以後，申相玉和崔銀姬夫婦在奧地利的維也納擺脫北韓監視人員，經由美國大使館脫逃。過去不為人知的金正日，因為這起事件讓世人知悉了其興趣和熱情。但他對電影的熱愛並不單純只在觀看和欣賞，他會下令綁架他喜歡的導演和演員，還會出現在拍攝現場，任意修正電影內容，甚至指導演員的演技。在他這種絕對權力者的腦海裡，會想到把南派情報員的教育結合電影製作的方式，也就不足為奇了。喜歡電影和歌劇的金正日，最終將北韓社會整體創造成一個巨大的戲劇舞臺，八萬名青年聚集在一處表演團體操，揮舞著紅色旗幟，每天唱著軍歌來往穿梭於各個街道。他也製作了由幾名主演和數千名臨時演員組成的巨大敘事創作。北韓在嚴格意義上來說，並沒有所謂的個人存在，主體思想認為對人類而言，社會的生命比生物學的生命更加重要，因此所有人都應屬於組織。社會主義青年同盟、女性同盟和勞動黨，代表了人的身分。所有組織每天或每隔幾天都應舉行檢討，事實上，那是視線與視線的監獄；連自己在不知不覺間犯下的錯誤，都得在同志面前交待，而這些交待都必須接受評價。在北韓的社會裡，這種事情會持續一輩子，因此每個人不得不在意別人注視自己的目光。如同拍攝現場的演員一樣，在北韓，每個人都必須在意「導演」和「搭檔演員」的視線，據以行動。一名演員不能只想到自己的失誤，還必須經常留意搭檔演員的失誤，因為單一個人的失誤也會導致拍攝中斷，並受到導演的指責。

奇怪的是，這個拍攝現場並不陌生，現在回想起來，其實是因為雖然場景模仿南韓，但本質上還是北韓自身無疑。基榮回望自己現在行走的鍾路五街，無論自己再怎麼稱讚，它實在不能說是一條美麗的街道。如果說妥善整修、乾淨整齊的狀態能稱之為美麗的話，那麼平壤可以說比首爾更「美」。鍾路是髒亂、不衛生、華麗與細緻的，但至少鍾路沒有人工的感覺。黃色的南瓜花開在古老的瓦屋上，蒲公英的種子也飛來扎根、成長，比起電影拍攝現場，鍾路的街道可說更接近於自然的草原。但是建於平壤地下隧道中的街道，沒有日光，只依憑高瓦數的人工照明費力照射的那條街道，和其所想要呈現的首爾風景實在差距太遠。不過如果是以金正日等設計者的眼光來看，美學的基準也有可能不同。對金正日來說，那裡是自己專屬的微縮主題公園，從那裡只需五分鐘，就能從首爾的鍾路到達倫敦的皮卡迪利圓環。據說教育南派情報員的首爾街道後方，有著居住了荷蘭人、英國人和法國人的另外一個世界。韓戰當時脫逃的老美軍，在澳門和被綁架的泰國女人結婚，此刻卻與因為找工作而被拐騙到平壤的法國女人，一起喝著斯里蘭卡生產的紅茶。在某一層面而言，他們與在東京或首爾補習班教英語的母語人士並無不同。這些人洗掉國籍，教導即將南派的情報員外語，傍晚下班後和妻子一起看著電視，只是他們在世時絕對不能出境，而且電視每天只播放六個小時。

金正日在《電影藝術論》的著述中曾如此說道：「電影文學是反映自主時代要求而出現的主體人類學，經由呈現以自主性為生命的本性，和從中暴露出的問題，將人樹立為世界和自我命運的主人，從而對身為主人的責任和功能作出貢獻。」

直到現在，他還能背誦這段話。可是他在那個奇特的攝影現場見到的人當中，沒有一個人是「自己命運的主人」。如果在這個世界上真的存在基督教裡所說的「煉獄」，一定就是那個地方。他們在既非此岸、也非彼岸的過渡地帶中，持續過著節奏緩慢的生活。那裡是時間停滯的世界，絕不可能發生大量失業、傳染病和大恐慌的事情。

李相赫指著三層樓的希爾頓酒店說道：

「各位到酒店裡放下行李，房間裡會有各自的任務卡片，按照上面所寫的做就行了。路上的行人或商店裡的指導員會看著各位，如果用這裡的腔調說話，或者因為不了解南韓的情況犯錯的話，你們將會被逮捕。南韓人回報可疑人士的警覺性很高，你們也知道，南韓的安企部和警察如果抓到我方的情報員，會用心狠手辣的手段拷打，你們連那些拷打都需要克服。」

李相赫再度咧嘴一笑。模仿南韓的拷打，可能會比實際情況還更殘酷。基榮領到韓國銀行發行的三百萬元紙鈔後，進了酒店。前臺的職員面無表情，將紙張推到他面前，他在上面寫下了名字、地址和電話號碼。職員拿走紙張，問了他一些問題。抽菸嗎？喜歡什麼樣的房間等等。雖然經常練習，但回答這種關乎個人喜好的資本主義式問題，對當時的他依然陌生。基榮盡可能沉著因應，並且拿到房間的鑰匙。他拿起小小的行李走進房裡，將行李放在衣櫥旁邊，然後打開任務卡片。命令是首先去超市購買幾樣生活必需品，再去銀行開戶，把錢存進去，然後在百貨公司購買要送給妻子的內衣。

一起進入同一房間的正勳，接收到去夜總會喝啤酒，然後去書店買小說的任務。

「真的會拷打嗎？」

「會啊，以前在山裡不也接受過？」

基榮說的是滲透訓練。在那裡，扮演南韓特殊部隊的情報員將他們抓起來，倒吊在樹上，在他們的鼻子裡灌下辣椒水。他不想再承受這樣的事情了。基榮不停背誦臺詞，就像練習外語會話一樣。

「……我不太清楚妻子的尺寸，怎麼辦？我不太清楚妻子的尺寸，怎麼辦？我不太清楚妻子的尺寸，怎麼辦？」

「發音真好，不愧是外國語大學出身的。」

正勳對基榮自然的語調感到嘆服。基榮對自己的語調還是有自信的，在一三〇聯絡所指導他首爾腔調的人也稱讚過他。那人在和基榮成為親密的朋友之後，突然如此說道：「如果去了南邊，絕對不要把在海邊玩耍的不懂事孩子帶回來。」他的故鄉是全北扶安，基榮注意到他在說這話時，少年的面容有如全像圖短暫出現在他臉上。

走出希爾頓酒店，基榮覺得走過身邊的人似乎都在偷偷看著自己。這在某種程度上必定是事實。他們之中的幾人很顯然是指導員，對自己的舉手投足打著分數，然後會在檢討時間提出。他進了超市，把幾個蘋果放進塑膠袋裡。一臉無聊的店員斜靠在水果櫃檯，秤重後貼上價格表；他又另外在籃子裡放了一個東源鮪魚罐頭和四包三養拉麵，然後走向結帳檯。櫃檯的女人直盯著他，他掏出口袋裡的錢遞過去，女人用眼神示意他拿著的籃子。啊！他那時才急忙將籃子放上結帳檯。在北韓是先給了錢以後，店員才會從陳列架上把東西拿下來，因此對先挑選商品再結帳的方式，自然感到陌生。差點就要被拉到拷問室了。他雖然想對幫助自己的女人表示感謝，但因為後面已經有人排隊，終究沒能說出任何一個字。店員將東西裝進大塑膠袋裡，他提著塑膠袋往外走，店員向離開超市的他說：

「謝謝！」

他行將跨出門檻的步伐暫時停頓。在平壤的任何一間商店都不會發生店員向客人致謝的情況，所以他以為自己做錯了什麼。到底是感謝什麼呢？收到東西的人是我啊！

他走進二十公尺外的銀行，裡頭只有一名職員坐在窗口裡。

「請問有什麼事嗎？」

「我想辦一本存摺。」

「請填這張表。」

職員遞給基榮申請書的表格，是朝興銀行使用的表格。他在空欄中寫下事先背好的地址、電話號碼和身分證號碼。

「請給我您的印章。」

職員用印章在幾個地方蓋了章。

「您今天要存多少錢？」

他從皮夾裡掏出一百萬元遞給職員。她將錢放進抽屜裡，並且在存摺裡做記錄。基榮接過存摺時恰好與職員四目相對，那個職員也跟超市裡的店員一樣，正用眼睛訴說著什麼。他打開存摺一看，在中央部分有著用鉛筆寫下的字跡，那是南韓七個數字的電話號碼以及人名，名字下方寫著「請轉告這人我過得很好，拜託！」他再次抬頭看著職員，她故意避開他的目光，開始整理書桌。

「再見！」

真是令人困惑。這有可能真的是請求他向家人報平安，但也有可能是故意考驗基榮意識型態的計謀。他猶豫不決。這瞬間的猶豫讓基榮顯得懦弱。他轉身離開銀行，然後暫時站在街道上環顧四周。

「不管是在哪條街道，絕對不可呆呆地站著，那是最引人注目的行為。一定要持續移動，不管你會去到哪裡。」

李相赫經常這麼說。基榮用適當的速度走向百貨公司，一進百貨公司就走進洗手間。他拉下褲子的拉鏈小便時，右手再次拿出剛才在銀行拿到的存摺。「請轉告這人我過得很好，拜託！」他用大拇指粗魯地搓著那個部分，一個人滿懷迫切的文字和數字被揉在一起，無法用肉眼辨識，但那個不吉利的黑色汙點仍無法完全消失，於是他將那頁存摺撕成碎片，然後放進嘴裡咀嚼。紙張很硬，像乾癟的小魚乾。他拚命用牙齒和舌頭嚼著，過了許久才變軟。他數了三下，使勁吞下這團用唾液調和的紙漿。

過了二十年後，他現在站在真實的首爾的中心，不是攝影棚。那時的那些人現在過得怎麼樣？他們會不會就是我回去以後要面對的未來？我是不是也會在那裡結束我的一生？可是北韓這個國家是否能存續如此久遠？

他走過銀樓密集的街道，在儂特利前面停下腳步。他口渴了，進去裡面點了可樂。

「可樂，小杯，少冰。」

「可樂，小杯，一千元。好的，收您一千元。」

此刻所有的一切都如流水一般自然。剛來首爾的時候，最讓他感到自卑的就是儂特利。平壤的那個隧道裡沒有麥當勞、漢堡王等自助式速食店。當時是一九八六年，這類新興行業進入韓國也沒幾年。基榮多次在儂特利門口徘徊，努力鑽研貼在牆壁上的「自助式服務」究竟是什麼意思？人們走向結帳櫃檯，幾個人拿著餐盤走向某個地方，然後把餐盤裡的東西倒掉，也沒有付錢，就直接走出門外。所有人都毫無障礙，甚至連年幼的中學生都好像在哪裡接受過集體教育似的，但問題是他連問都不能問。他曾經走進儂特利裡，找了個位子坐下，就這樣過了好久也沒有人向他走來。他就那樣坐著，觀察了好一陣子點餐的人，然後才搞懂了「自助式服務」意味的是什麼。自己點餐、取餐，親手丟掉垃圾，這怎麼可以稱為服務？但他很快就習慣了。除了這個，還有許多他必須適應的東西。在平壤那個巨大的隧道裡，學不到的東西太多太多了。

在人潮洶湧的鍾路街道上，他才得以逐漸且具體記起他離開的國家是什麼樣的地方。記憶正如夏日的蒼蠅一般，在他耳邊嗡嗡飛舞。他開始喝起拿著的可樂，口渴消失，短暫卻強烈的幸福隨之而來，隨著「咕嘟咕嘟」的聲音，最後一滴可樂也被他吸進口中。

22

瑪麗慢慢地走著。她不是對人生重要的問題思考很久的那一類型，但這次卻不同。人生中總會有像在籃球比賽中想高喊「暫停！」的瞬間，現在就是那樣。比賽雖還沒有被逆轉，自己仍占上風，而且比分有差距，但她能感覺對手正努力追趕，加上賽場的氣氛正倒向對手。如果持續下去，也許結果會被逆轉，而且再難翻盤。

究竟是從哪裡開始出錯的？每次為了換工作填寫履歷表的時候，她都會回顧人生最初開始發生扭曲的瞬間是在何時。有時她會覺得應該不是履歷，而是因為跟家人的問題。每當此時，她都會歸咎到母親身上。

瑪麗的母親從二十歲後半開始就為憂鬱症所苦，直到八〇年代末為止，她都不知道那是疾病。自從知道那是一種病症之後，她開始接受藥物治療，但也沒有好轉多少。憂鬱症就像厚重的棉被一樣，壓在每一個家人身上。尤其是她的父親，把與力道山同一天生日視為唯一榮耀的張益德，只要想起躺在黑暗房間裡的妻子，心情就會無比沉重。瑪麗的母親是典型的憂鬱症患者，每天晚上無法成眠，而因為睡不著，漸漸被更悲觀的想法所困擾，形成更睡不著覺的惡性循環。瑪麗的父親去教堂找神父商談以後，才知道自己的妻子得病的事實，可是就算知道了，也沒什麼用。父親曾在首爾讀大學，畢業以後卻回到故鄉光州，承接酒類批發的家族事業。他成長於無法理解憂鬱症之類不正常疾病的環境，他推想憂鬱症是不是喝太多酒宿醉之後隨之而來的憂鬱，他所能理解的極限僅止於此。他從事的酒類批發生意充斥著流氓和硬漢，他自己雖然不是流氓，但與身邊的流氓經常維持良好的關係，而且也唯有如此生意才能搞好。

「喝酒的時候，不是需要在地上灑點酒表示敬神嗎？除了那點酒之外，其餘的都可以看成是稅金，買的時候徵收不就行了，還要徵收什麼附加增值稅？」

說他的一生是與稅金鬥爭的過程也不為過。如果要用一個詞來歸納張益德這個人，那大概就是「無資料」。他不相信收據或帳簿之類的東西，用大學筆記本代替了帳簿，上面寫著類似暗號的文字和數字，而畢生累積的人脈就是收據。他活著的世界，並不是因為遺失收據所以還得再重複繳納稅金的地方，也不是因為帳簿上沒有紀錄就可以賴帳的地方，更不會因為無法證明，而拿不到該拿的錢。那個地方雖以刀子和臉孔代替現代的契約關係，但也有極具效率及合理的部分。

「國家就像山賊一樣，最好不要遇到。」

他塞了幾張一萬元的紙鈔給取締交通違規的警察後，對女兒說：

「遇見的話，就會像這樣被咬。」

「反正也只是幾萬元，有必要這樣做嗎？罰單寄來以後再去交錢不就好了？」

他好像難以理解的樣子，直看著女兒的臉說道：

「那不就會留下紀錄？」

不只瑪麗，任誰都無法改變他的人生哲學，如果有人想要糾正，就得聽他說一整天的山賊論。比如像這樣的長篇大論：

「如果有群山賊只治理村落一個星期，那這些傢伙大概不到一天就會讓整個村子傾家蕩產；

但是如果治理一年，他們就會等到秋收的時候，還會讓村民活下去；如果治理十年，他們就會制定計劃，因為不能大家一起餓死，所以會給村民食物和衣服；如果要治理三十年，他們就會關心要不要生孩子的問題。治理三十年的山賊，那就是國家啊！」

「既然要在山賊底下生活，那治理時間長的山賊比較好，對嗎？」

瑪麗如此問時，張益德咧嘴一笑，給了模稜兩可的答案：「啊，話是這麼說沒錯，但妳不要到處去嚷嚷說是爸爸教妳的。」瑪麗心想，對他而言，邏輯並不重要，只是需要不繳稅金的藉口罷了。那時還是施行國家保安法的年代，說這樣的話可能會嘗到苦頭。

在某種層面上，他和以後成為女婿的基榮，可說都是同類的幽靈，無論用何種方式，總是努力不與國家發生衝突。父親雖然經常有一年賺好幾億的時候，但他永遠都是繳納最低的附加增值稅而已。他註冊了幾個企業，將收入分散。他也未曾忘記國稅局職員的辛勞，在過年過節時前往拜訪。可是用這種方式逃漏稅的父親，卻對妻子的憂鬱症沒轍，他只要一回家，看到妻子躺在用厚重窗簾遮住的陰暗房間裡，就會被深深的無力感所包圍。他曾勉強拉著妻子外出散步，也曾燉中藥給妻子喝，但毫無成效。

他有時會想，是不是因為自己將一個原本好好地在首爾讀大學的女人強拉到地方來，所以才會有這樣的病情。他曾為此感到歉疚，有時在生氣的時候，也曾心想要不就離婚算了。妻子在首爾出生、成長，在遇見自己之前，應該從來沒有想過會南下光州，成為一個酒類批發商的妻子，但無論如何，事情就這樣發生了。他雖然相信絕對不是因為如此才讓她罹患憂鬱症，而且額外研讀過臨床心理學的本堂助理神父也曾這麼告訴他，但他心裡面始終無法釋懷。

但孩子還是出生了。瑪麗是老么，學校成績也最好，高中的時候，還曾數次得過全校第一名，父親總是有意無意地向別人炫耀自己的女兒。瑪麗最後考上首爾的大學，離開了家。他們的大兒子，也就是瑪麗的大哥正碩，五歲時因為跑在趕著去救火的消防車後面，不慎被後方跟著的消防車撞倒，腦部因而受傷，雖然接受過幾次手術，但最終還是被判定為智力殘障一級。老二仁碩是個陰沉的孩子，喜歡自己一個人安靜地讀書或者玩耍。他總是能在堆放燒酒箱子的倉庫裡找到藏身的地方，在那裡窩一整天。他對倉庫的每個角落都很熟悉，因此只有他豢養的珍島犬能找到他。仁碩成績雖好，但沒有到首爾讀大學，而是選擇留在父母身邊，就讀地方的國立大學。可是瑪麗不一樣，她完全不像母親，反而遺傳到父親天生的樂觀性格。她開朗活潑，各方面都非常積極，無論面對什麼都不輕易屈服，喜歡誇示和炫耀，從不服輸。

但在另一方面，她因為母親的憂鬱症而承受嚴重的壓力。事實上，每天從學校放學回家以後，去看望躺在房間裡的母親這件事，就讓她覺得非常可怕。她向母親請安，但母親從來沒有反應，只會把棉被拉到眉間，每當此時，瑪麗一方面畏懼母親會不會已經死了，另一方面，她還得跟希望母親就此在棉被裡安靜死去的念頭天人交戰。反正母親不是已經沒有希望了嗎？她跟母親請安之後轉過身來，大哥都會站在那裡傻笑。儘管他完全沒有惡意，但偶爾他連自己房間的門是開著的都不知道，就躺在那裡面自慰。瑪麗更多時候覺得他不是人，而是一頭大猩猩。他的體重也逐漸增加，在她離開家的時候，已經快到一百五十公斤，從那以後，沒有人知道他的正確體重，因為他非常厭惡站上體重計，所以沒有辦法把那龐大的身軀架上去。家裡有大哥專用的廁所，因為他的體重過重，用陶瓷做的一般馬桶會被他壓碎，所以只能使用以強化塑膠特別製造的馬桶。瑪麗心想，如果不是母親得了憂鬱症，哥哥也不至於胖到這種程度。她雖然從未說出口，但當時她的夢想就是離開家，盡可能去到遙遠的地方，她也知道想要實現這個夢想，唯一的方法就是成績要好。

她一上了大學、離開家、擺脫掉母親的陰影之後，隱藏在她內部的天生樂觀突然又為之復活。無論遇到如何艱難的事情，她都會喃喃自語說「都會變好的，沒什麼大不了」。她也曾在日記裡信手寫道：「話語非常重要。話語改變，行動就會改變；行動一改變，命運就會隨之改變。」

入學典禮那天，校園裡充斥著棉花糖攤販、底片攤販和拿著中型照相機的攝影師。在這混亂的場面結束隔天，彷彿雲開霧散一樣，她要就讀的大學赤裸裸地顯示在面前。日據時代建成的漂亮磚牆建築只有幾幢，而依靠西方援助草草建成的廉價水泥建築，處處出現裂痕，正等候著她。遮擋低劣建築的杜鵑花和木蓮尚未綻放，越過北側低矮山丘吹來的風，順著空曠的馬路颳向校門。創校者的銅像十分難看，圖書館前的廣場並未鋪上地磚，代之以覆蓋了黑色的柏油，是為了避免遭學生破壞。一九八六年初，以新登場的新民黨為中心，提議修改憲法讓總統直選，如此的潮流引發五．三仁川事件[6]，但新生張瑪麗並不知曉這個情況，只有圖書館牆上貼著的殘破大字報，暗示即將到來的劇烈政治變動。拍攝光州屠殺現場的 NHK 紀錄片雖在各處上映，但對於從光州上來的她而言，並沒有什麼新鮮或令人感到衝擊的內容。

開學典禮當天，十九歲的張瑪麗最感興趣的，反而是皮鞋公司 Esquire 舉辦的「美姿美儀教

6 一九八六年五月三日，在仁川舉行的新韓民主黨改憲促進委員會京仁支部成立大會，因激進勢力的示威取消。

室」，報紙下端的大幅廣告，向剛進入成人行列的她如此問道：

「妳是否具有下列七種美麗的步姿？」

1. 走路時鞋尖先接觸地面。
2. 走路時雙腿伸直。
3. 走路時雙膝之間微微碰觸。
4. 走路時腳步輕盈，盡量走一直線。
5. 走路時挺起腰部和胸部。
6. 走路時手臂以十五度角擺動。
7. 走路時抬頭望向前方。

「您的步姿如何？人們注視著您的步姿，評價您的個性、涵養和知性。美麗的步姿從舒適的皮鞋和正確的姿勢開始。」

看完廣告的瑪麗，突然對自己的步姿感到羞愧。這七個項目都太過陌生，她第一次得知，走路的目的不只是從一個地點移動到另一個地點。廣告上說，步履可說是一種表現個性、涵養和知性的語言。她知道自己首先應該需要一雙得宜的高跟鞋，代替耐吉運動鞋。她去明洞買了一雙

Esquire 皮鞋，拿到指導韓國最優秀女性模特兒的美姿美儀教室門票。上課的地點是在狎鷗亭洞，時間則為下午兩點和晚上七點半，一天兩次，她選擇了晚上的時間。她穿上鞋尖光亮的新黑色高跟鞋，坐上從新村到狎鷗亭洞的巴士。巴士開過漢南大橋，行經新寺洞，往狎鷗亭洞駛去。尚未開發完成的江南就好像掉了牙齒的口腔一樣，聳立零星的建築，每棟新建的大樓都貼著「租賃」的巨大字樣。有人批評沒有綠地、只有大樓充斥的江南，就如同巨大的磚塊堆放場一樣，正被濫行開發，但在她的眼裡，新寺洞和狎鷗亭洞反而因為沒有綠地更顯其不凡。青綠俗氣，灰色才代表前衛。那是個擁有華麗招牌，盡情展現時尚感的女人開車行駛在寬廣大道上的地方。她立刻就被江南所吸引，如果不是那天發生了小小的事故，也許她的人生就會完全不同。

她在現在改名為 Galleria（以前叫漢陽）的百貨公司前下車，邊走邊觀看麥當勞和必勝客等美式連鎖店的招牌。新買的鞋子自然不合腳，後腳跟已經開始疼痛起來，她正懷疑自己這種狀態能否接受美姿訓練的那一剎那，高跟鞋的鞋跟卡在人行道磚塊的縫隙之間，右腳踝因此扭傷。那時也如現在一樣，她的關節只要受到小小的衝擊，都會輕易受傷。如果她當時坐下按摩腳踝，讓筋肉和韌帶放鬆下來的話，應該立刻就能緩解，但她因為羞愧，忍住疼痛繼續行走。她覺得聚集在巴士站和麥當勞前面的人群似乎都在看自己，結果沒走多久，她就不得不坐在花壇邊緣的石頭上。零下三度的寒冷天氣裡，她穿著膝上的短裙，而比起腳踝的疼痛，無法參加美姿美儀教室課程的事實更讓她生氣，從而流下幾滴淚水。她腳踝痛得無法行走，輕輕摸了一下，腳踝已經腫起來了。她坐在花壇邊緣的石頭上，努力裝出泰然的神情，好像在等朋友一樣，撐了好一會兒。但太陽西沉後，寒意漸濃，這個沒有任何人會幫助自己的城市，讓她感到恐懼。直到方才為止還吸引著她的江南，原來只是一隻冰涼而冷漠的水泥怪物，沒有一個人向她伸出援手。她覺得再這樣下去會被凍死，於是果斷脫掉高跟鞋，放進包裡，赤著腳一跛一跛地走在零下的街道上。她雖然穿了絲襪，那也跟打赤腳沒有什麼不同，人行道地磚冰冷的溫度直傳入她的心臟。狎鷗亭洞時髦的居民沒有一個人過問赤腳走著的她，那種都市裡冷漠、缺乏好奇心的態度讓她驚異萬分。在光州的忠壯路，如果有某個女人瘸著腿赤腳走路的話，早就有人背著她或者叫計程車把她送回家去了。可是在狎鷗亭洞，沒有一個人正眼瞧過她。她赤著腳一瘸一拐走過斑馬線後，扶著初栽下沒多久的銀杏樹等候公車，卻許久未見蹤跡。公車終於來了，在歷經千辛萬苦之後，她才得以回到新村的下宿房[7]。

如果那天沒有扭到腳，順利學到優美步姿，繼續對江南保有美麗可親印象的話，那之後會變得如何？她曾經想過，也許自己的命運會有一些不同吧？如果腳踝沒有扭到，她也不會在下宿房裡躺了好多天，更不會跟帶她去醫院的同鄉學長加入學生運動社團。她那時感覺自己被江南或首爾這個都市所遺棄，正當此時，許多挺身而出幫助她、並且與她說著同樣方言的人出現，她自然感到欣喜。

她也曾經想過如果沒有生下賢美，人生會變得如何？如果母親沒有得憂鬱症、如果沒有遇見基榮，不，如果沒有來首爾上大學……到底是從哪裡開始出現問題的？也許這個問題本身就是錯誤。好，換個問題吧！如果我再回到二十歲，又會如何？她站在斑馬線前反覆思量，大概……她

7 指有提供早晚餐、包含水電網路費用的雅房，少數為套房，是大部分韓國大學生會選擇的住宿。

為自己太快浮現的結論感到些許驚訝。也許不會參加學生運動之類的東西吧？學英語、週末打網球、暑假和遊艇社團的男學生去參加營隊，和馬上就要去留學的有錢人家兒子談戀愛，然後和在旁邊嫉妒他們的更有錢的少爺結婚，遠離韓國。出去以後，拿到社會學或心理學的學位，回來韓國，現在大概在大學教書吧？不會像現在一樣，換了各種工作，轉眼間就到了四十歲。無論是在當保險業務員，還是像現在一樣當汽車銷售員時，不，甚至在支持金日成主義的大學學生運動時期，她都沒有一樣事是能做好的。無論在哪裡，她都沒能嶄露頭角。讀高中的時候，因為成績優異受到全校老師鍾愛的她，為什麼在那以後，不管在哪從來都沒有大放異彩？這會不會是誰的陰謀？她實在無法接受這所有事情都是因為自己的錯才如此的結論。一定是某個人執著的惡意、某隻看不見的手，悄悄地扭曲了她原本一帆風順的生命。如果不是這樣的話……

嗶嗶嗶嗶。瑪麗聽到告知斑馬線已經變為綠燈的聲音後，下意識地向前邁開腳步，大概走了四步左右，一輛聖塔菲從她鼻子前面駛過。這絕非比喻，而真的是距離她的鼻子不到幾公分的差距，而且完全沒有減速。她的眼前一片漆黑，就像電影裡的淡出一樣，車子行經的強風使她身體搖晃。因為嚇了一跳，瑪麗轉頭向右，怒視著差點撞到自己的聖塔菲，但是一名警察站在那裡。警察慢吞吞地走向第三車道，等到聖塔菲的速度降低之後，將車引導至路邊。警察取締違規車輛的場面，跟獵熊有些相似，看起來雖然動作緩慢，但卻精準地捕捉目標。警察走過去，駕駛座的車窗緩慢降下，張瑪麗深吸了一口氣，慢慢朝他們那裡走去。啊！上班的時候才向警察借了香菸，她想到此，嘴角微微上揚。她走了過去，如果聖塔菲的駕駛人狡辯自己沒有違規的話，她一定會站出來作證，這輛車明顯違反交通信號了！直到那時，她可說還保持一定程度的從容。警察悄悄注視向自己走來的張瑪麗，聖塔菲的駕駛人也佯裝不知道發生什麼事，還把頭伸出車窗外，環視左右。張瑪麗原本以為車主會是個年輕強壯的男人，但意外的是，駕駛人是個二十出頭的年輕女人。她身上穿著深V字的 PRADA 風格黑色套裝，精心修剪的層次分明短髮，包裹著小巧玲瓏的面孔。她向走過來的瑪麗露出敵意，卻向警察撒起嬌來。

「我因為有急事才那樣的，考上駕照也沒幾天，您看！」

她眼裡泛著笑意，將駕照遞給警察，卻留意著走上前來觀察事態發展的瑪麗。警察受不了瑪麗尖銳的沉默，終於向她問道：

「有什麼事嗎？」

她盡可能保持沉著，清楚地說道：

「剛才這輛車在斑馬線上差點撞到我了。」

警察看了她打著石膏的手臂，又看著她的臉。

「所以呢？哪裡受傷了？」

「不，雖然沒有受傷，但差點就被撞死了。」

瑪麗的音量稍微提高，這時 PRADA 插嘴道：

「那是因為大嬸您綠燈還沒亮就竄出來，所以才那樣的，您應該看著信號……」

她突然感到怒不可遏，這恐怕是一般女人畢生只會經歷幾次的那種憤怒。她的右手就像被踩到尾巴的毒蛇，迅速伸入駕駛座，抓住話還沒說完的 PRADA 的飄逸秀髮，用力搖晃。啊！女人大聲尖叫。瑪麗絲毫不在意，抓著她頭髮搖晃，然後指著貫穿十二線車道的斑馬線，大聲叫道：

「喂，妳去那裡站一天，看看有沒有哪個瘋子會闖紅燈！啊？現在妳跟我道歉都太遲了，還在那邊說什麼？」

要不是警察急忙把她拉開，可能駕駛人那頭柔順秀髮就會掉一大把。瑪麗很遺憾的放鬆抓住頭髮的蠻力。那個女人頭髮披頭蓋臉的，一副嚇傻了的樣子。警察將瑪麗拉開後，像足球比賽的主審一樣嚴肅警告她：

「妳這是幹什麼？再這樣的話，我要當暴力事件處理了。」

她的眼淚奪眶而出，突然覺得所有事情都好委屈。是自己差點被撞死，警察卻站在年輕女人那一邊。這個世界好像都合起來責備、攻擊自己，甚至連警察都把自己當成假裝受害去恐嚇別人的人。警察阻止坐在駕駛座的女人想要開門下車的舉動，並且說道：

「小姐，我不開妳罰單，妳走吧！」

PRADA這時才用手大致整理了一下凌亂的頭髮，然後再次把手放上方向盤和排檔桿上。她粗暴地將排檔桿拉到D檔，斜眼瞄著瑪麗，自言自語似的說道：「真是什麼人都有啊。」然而，她仍不忘向警察瞇著眼微笑。

「那麼，辛苦您了。」

瑪麗追問警察：

「為什麼把她放走了？」

警察瞪著瑪麗說道：

「大嬸，妳的身分證讓我看一下。」

聖塔菲發出轟隆隆的聲音，排氣管冒出煙霧，揚長而去。

「啊？我為什麼要讓你看身分證？我做錯了什麼？」

她氣急敗壞地問道。

「這個嘛！請給我看一下。」

「你有那個權利嗎？警察就可以為所欲為嗎？」

很久沒有這種怒髮衝冠的感覺了，可是感覺一點都不痛快。敵人消失了，卻與一個不相干的人爭吵著。就在那時，有人走上前來。

「對不起，請問發生了什麼事？」

瑪麗一聽聲音就知道是誰。經理輪流看著瑪麗和警察。

「她是我們公司的職員，發生了什麼事？」

那是成功男人身上才能聽到的溫和嚴肅語調。警察以和對待瑪麗完全不同的鄭重態度說道：

「啊！是您公司的職員嗎？您把她帶回去吧！」

警察解釋瑪麗妨礙執行公務，經理只是默默聽著。她放棄辯解，跟著經理越過斑馬線。

「張瑪麗小姐。」

經理說道。

「嗯？」

「最近有什麼事嗎？」

她感覺自己又要發火了，血液又開始逆流。大家總認為女人生氣一定有什麼不正常或感情用事的成分，她覺得這種偏見十分不恰當。違反交通規則的人是那個該死的聖塔菲，而不是我。而且警察刻意忽視市民正當的抗議，放走了違規者，我只是對這個事實感到憤怒。她把頭轉向經理那一側，想要吐出這些話，但突然間覺得只是徒勞，因而作罷。而且，再說，她不也真的發生「什麼事」了嗎？

「什麼事也沒有，只是太生氣了。」

「張瑪麗小姐，妳也知道我們是服務業，我們的職業不就是要面對人嗎？請妳控制憤怒的情緒。如果連憤怒都掩飾不住，如何能控制其他的感情呢？」

這些話雖然都對，但她的憤怒更加瀕臨失控邊緣了。你那麼厲害，為什麼吸大麻呢？她好不容易才按捺下想嘲笑他的心情。兩人無言地走過展示廳，回到辦公室自己的座位上。她雖強烈的想要吸菸，但不想又被坐在後方的經理抨擊，深呼吸幾次後，才勉強忍住，然後努力回想成旭和他的身體，他的味道和肌膚紋理，還有關節的動作。腦部的中樞不知是不是已經知道瑪麗的意圖，開始分泌出多巴胺，憤怒逐漸平息下來。她直到昨天為止還覺得成旭的提議不可能、不像話，此刻卻開始認為這彷彿是對這個世界痛快的復仇。

23

朴哲秀在成人電子遊樂場門前熄了香菸，習慣性地悄悄環視四周，然後開始爬上樓梯。樓梯連接著撞球場，三名二十多歲的年輕人鬧哄哄地從撞球場走下來，其中一人的嘴角還沾著炸醬麵的渣滓。他經過撞球場所在的二樓，打開鐵門，上到三樓。三樓貼著「大東ＴＮＣ」的門牌，他將右手食指放在門牌底下貼著的黑色薄膜上。嗶。隨著指紋識別的聲音，自動門為之開啟，他一進去，門就自動關上。

「我回來了。」

穿著灰色背心的男人問道：

「午飯吃了嗎？」

「嗯，吃了。」

「吃了什麼？」

「義大利麵。」

「自己一個人？」

「我經常那樣。」

「那種東西怎麼能一個人吃？」

「有個地方我常去。」

「你也自己做飯嗎？」

「偶爾。」

灰色背心用一種無法理解的表情搖搖頭。

「女人怎麼樣？」

朴哲秀將屁股靠在桌子旁邊。

「她好像什麼都不知情。」

「是嗎？」

「不確定，也許是裝的吧？」

「難道睡在一起的老婆都不知道？」

灰色背心搖了搖頭。

「也有可能不知道。金基榮今天怎麼樣？」

「這個嘛，這傢伙好像察覺了什麼，一早突然去了女兒的學校，大概一個小時以後才出來。」

「是去看女兒嗎？」

「學校裡的行蹤我就不知道了。」

灰色背心用棉花棒挖著右耳，自從接受胃癌手術後，他就養成了這個習慣。胃部切除之後，他經常覺得耳朵癢，老是用棉花棒挖耳朵。他一天要吃七頓飯，挖幾百次耳朵，其餘的所有行為似乎都是為了那兩件事——吃飯和挖耳朵而存在。

「金基榮他現在在哪裡？」

「哦，他把車停在公司，拿著東西以後坐上地鐵了。」

「然後呢？」

「就不見了，他有在鍾路使用過手機的紀錄，之後還沒有動靜。」

灰色背心將右手拿著的棉花棒交到左手，然後開始挖起左耳。

「可是金基榮這傢伙真是奇怪啊！過去十年間，好像都沒有任何活動，怎麼可能這樣？他只收集實在讓人看不下去的無聊電影。他是不是瘋子？平壤那邊為什麼不管他？」

「也許是只有他們自己才知道的任務。」

「就像以前的李善實一樣？那個老太婆也很了不起，她八〇年下來的，到九一年為止，竟然安安靜靜地什麼都沒做……」

「她是勞動黨排序第二十二位吧？」

「就是啊！二十二位的話是總理級。總理級的間諜南下，十年期間就和鄰居大嬸交朋友，連豆芽也要殺價，還參加互助會，最後沒被逮捕，在江華島坐上潛水艇平安回去了。真是天生的情報員啊！天賦異稟，光十年間什麼都不做就……」

「金基榮也會是這樣的大人物嗎？」

他把臀部從桌邊移開，走向咖啡機。

「好像不是，他的年紀還太年輕。反正開始行動了，再觀察他幾天吧！我們既然已經搖動籃子了，不管是哪裡，他總是會跑的。也有可能會出來一串。這些傢伙就像一群蟋蟀，只要有一個人跑，別的傢伙也會跟著動。」

他把咖啡倒進杯裡，回到自己座位坐下。灰色背心開始翻閱報紙。他想著張瑪麗，而不是金基榮。她圓潤的臉頰連接到線條柔和的脖子，而後是豐滿卻尚未下垂的乳房；珍珠色的襯衫和相配的褐色眼影，似乎呈現出她現在不再年輕、卻也不算蒼老的複雜心態。她以熟練的化妝技巧遮掩皺紋和黑眼圈，這雖代表她正在老化，但另一方面，卻也呈現出她還無意放棄美麗的外在。她整個身體都表現出這些矛盾。是否正因為如此，雖然只是短暫的試乘，但她在狹窄的車裡散發出的強烈女人味，讓他覺得到了快要窒息的地步。那和香水的性質不同。事實上，她並不是一個非常有魅力的女人，但圍繞在她身上的某些東西卻像光環一樣包圍著她，以致於看起來比實際上更加耀眼。生活的辛酸尚未摧毀她的肉體和精神。她是個穿著端莊套裝的女人，開著超過四千萬元的車子，在華麗的展示廳工作，這些都與他的日常距離太遠。朴哲秀突然瘋狂地想成為有錢人。他對這種公務員的生活無比厭煩，每個月在固定的日子發放包括各種瑣碎項目的薪水，卻也只能用來支付信用卡的費用；為了在退休後領到年金，無論遭遇任何事情都必須忍耐。這樣的生活能吸引張瑪麗這樣的女人嗎？他的疑問和想像持續增長。如果這次基榮被逮捕或者回到北韓，張瑪麗的生命會變得如何？會動搖吧？生命的根基會遭到摧毀，一切都會變得搖搖欲墜吧？真的、真的會這樣嗎？會嗎？

24

告知第五節結束的鐘聲響起。教室裡充滿雜音，好像突然對不上頻率的收音機一樣，孩子們從座位上彈起來，跑來跑去，喧鬧不已。賢美心想，將水加熱，接近攝氏一百度時的分子大概就是這種模樣吧？抽屜裡響起嘟嘟嘟的聲音，鉛筆滾落到地上。她拿出抽屜裡的手機。

「我是導師，妳來教務處一下。」

她從座位上起身，對坐在旁邊的雅英說道：

「老師要我去教務處，如果我晚回來，幫我跟數學老師說一下。」

「好。」

她穿過同學中間，來到走廊，然後往下兩層樓的教務處走去。導師一看到賢美就滿面笑容地拉過旁邊的旋轉椅子。導師是專攻英語的四十出頭男老師，最近沉迷於《周易》，只要有空就會打開《周易》，占卜學生的八字。

「坐吧！」

「沒關係。」

「我脖子疼。」

賢美在鋪有花紋坐墊的旋轉椅子上坐下。

「妳打算怎麼進行教室布置？」

「我打算帶著美術社團的在京和泰秀一起做。」

「兩個人就夠了嗎？」

「夠了。」

「韓泉怎麼樣？」

「韓泉？」

她不怎麼喜歡韓泉。

「一起做吧！」

導師命令道。賢美點點頭。

「好。」

「妳可以走了。」

賢美從旋轉椅子上站起來，向導師行禮後，走向門口，卻剛好和蘇智相遇。

「您好！」

「嗯，是賢美啊？妳好。」

蘇智摸了摸她的頭。

「坐一下吧！」

蘇智坐在自己的位子上，要賢美坐在旁邊。

「媽媽好嗎？」

「還不錯。」

「妳長得跟媽媽越來越像。」

賢美噘起嘴巴，不太高興。

「不是吧？大家都說我長得像爸爸。」

「是嗎？瑪麗姐姐真的很聰明啊。」

「真的嗎？」

「是啊，我們那年代有很多出色的女人，妳媽媽也是其中之一。」

「我不太相信。」

「為什麼？」

「媽媽只是……哎，我也不知道。」

賢美搖搖頭。她從來不覺得媽媽聰明或伶俐。她以為這種話只是用來形容像自己一樣的小孩子。媽媽當然也有學生時代，但她實在無法想像。

蘇智問道：

「對了，妳以後想做什麼？」

「我？這個嘛，我現在的想法……嗯，您不可以笑我哦！」

「當然。」

「我想當法官。」

「是嗎？」

賢美觀察著蘇智的表情。

「您已經在嘲笑我了。您的表情在說，妳也真不知天高地厚。」

「不是的。」

她慌忙辯解。

「為什麼想當法官？」

賢美用真摯的表情回答道：

「我認為法律最重要。如果沒有法律，大家在多數暴力之前就會束手無策。老師也知道雅英的事情吧？如果沒有法律的話，像雅英這樣的孩子會得不到任何保護。我覺得法律能給像雅英這種社會弱者最低限度的保障。」

賢美說著表情越來越激動。這個表情讓蘇智聯想到非常久遠以前曾經見過的某個人。他們都曾經相信世界分為善與惡，人類可以很清楚地加以判斷，因此只要每個人憑良心生活，世界就會變成烏托邦。而為了實現這種烏托邦，最需要的就是推翻強制性的國家制度，以及除掉以此獲取利益的人。曾相信這些事情都可以很輕易實現的人也包括張瑪麗。這種類似性是因為遺傳的力量嗎？還是來自共同的信念呢？

「妳對法律的理解很不一樣呢！別的孩子認為法律只是為了處罰犯下惡行的人。」

「當然也包括這種層面，但我認為法律真的很重要的原因，是在於能保護像雅英這樣的代罪羔羊。因為有法律，所以才能處罰那些到處轉發影片的學生吧？所以也才能阻止進一步的擴散。」

賢美的音量越來越高，蘇智悄悄看了看坐在附近的其他老師臉色。

「是啊！」

「同學雖然都罵雅英，都對她指指點點，但只有法律站在雅英這一邊。」

蘇智邊點頭，邊茫然地看著賢美端正的額頭。她在想如果賢美長大成人，臉孔會變得如何？不知為何，她覺得賢美很快就會變成大人。賢美對法律和制度毫無懷疑的肯定模樣，讓蘇智受到輕微的衝擊。

「妳不覺得也有可能存在惡法嗎？」

賢美搖搖頭。

「老師覺得什麼樣的法是惡法呢？」

突然被問到這個問題，蘇智說不出話來，而且她發現自己已經太久沒有考慮過這類問題了。年輕的學生有時會問出大人完全沒想過的根本性問題。賢美似乎連蘇智的不知所措都已揣度出來。

「立法機關的存在不就是為了要改正這些事情嗎？會慢慢改正的吧？」

「賢美真的好成熟啊！妳有沒有男朋友？」

賢美的臉突然變得紅通通的，說話也開始結結巴巴了。

「沒有，欸！對，沒有啦。哈哈，我現在才國二呢！」

「聽說小學生都有男女朋友了。」

「哎喲，那只是辦家家酒啦！他們懂得人生嗎？」

「那妳懂嗎？」

蘇智忍不住笑意，於是用手掩住嘴巴。上課的鈴聲響起，賢美好像還想說什麼，身體微微前傾，但是蘇智舉起食指，好像聲音在空中盤旋一樣。她說道：

「噢，鐘聲響了，賢美，妳該去上課了。」

「好，我知道了。」

賢美起身，向蘇智鞠躬行禮，然後跑回教室。

PM 02:00

25 三個國家

基榮在一九八六年進入大學，前一年，即八五年時，他就開始在鷺梁津的補習班補習，準備大學入學考試和學力檢定。他雖然沒有從平壤外國語大學畢業，但主修就是英文，而且因為平時就很喜歡數學，所以這兩個科目沒有什麼困難，但其他科目就沒那麼好應付了。如果考試以問答題為主，對他這個不太了解南韓某些詞彙的人來說，有可能相當不利，但還好當時的大學聯考全部都是選擇題。而且只要一想起十分嚴格的四年情報員班生活，坐在溫暖教室裡學習的時間就備覺珍貴。不僅如此，諸如「政治經濟」和「國民倫理」等科目，對他適應南韓社會也有幫助。國家和社會優於一切的「國民倫理」對他來說並不陌生，只要把應置入「首領」和「黨」的位置放入「國家」和「民族」即可。南、北韓的倫理就像馬克．吐溫的《乞丐王子》一樣，一見面就能認得出彼此。

他沒有遇見讓他分心的女人，也沒有可以一起喝酒的朋友。他努力讀書，那年冬天，他考上延世大學數學系。潮濕的寒風凍僵耳朵的冬日，他在四處還有殘雪的大運動場旁公告欄上，看著錄取者名單。那些十九歲的孩子在旁邊吱吱喳喳地吵個不停，他們打電話確認了自己是否錄取，但卻一定要來親眼看看自己的號碼。金基榮知道為何一定要把在平壤外國語大學名列前茅的自己調到一三〇聯絡所的原因，因為他們需要能順利進入南韓優秀大學的情報員。

金基榮模式是種冒險。平壤注意到當時正快速成長的南韓學生運動，認為有必要改變情報員的養成方式。過去是以偽裝海外僑胞、臥底間諜和本地共產主義者為主，現今則索性將訓練好的情報員以新生的身分植入學校，與學生運動份子一起成長。這是充滿野心的計劃。時值一九八六年，首爾大學學生金永煥掀起的主體思想狂潮席捲全國。

首爾的大學生活華麗耀眼，黃色的迎春花在三月底開始綻放，杜鵑也競相含苞待放。成群的新生以原色花田為背景拍照，因背景太過燦爛，連十九歲的青春也黯然失色。四月更是有過之而無不及，即便下著濛濛細雨，盛開後的木蓮花也會輕折花枝，凋落在地。越過小小的山丘，就是女子大學的後門，那裡的紫丁香花叢散發強烈的香氣，隨著南風飄來。基榮有時會坐在醫學院後方又名屠格涅夫的山丘上，讀著從圖書館借來的十九世紀俄羅斯作家，與七〇年代韓國作家的小說。而他即便一個人呆著也沒有人來找他的事實，讓他覺得十分奇妙。在平壤，所謂的幸福是當有人叫喚自己的名字時，能夠正常的回答，那麼直到下次自己的名字再被呼叫時，都可以安心。但是在首爾，只需要去上課，其餘的時間都是自由的；當然，就算不去上課，也沒有人會說什麼。既沒有每天晚上舉行的檢討，也沒有必要刻意找出自己的失誤，坦承認錯。

到了五月，校園裡變得人心惶惶，飄來充滿催淚彈氣味的日子開始增多。要求修改憲法條文，主張總統直選的示威遊行，從仁川開始擴散到全國。暴風前夕即將到來，那些年輕冒險家以熱情和信念為武裝，將革命的精神大膽吸進肺裡，但基榮絲毫未能察覺大學城的如此變化，他的眼裡只看見滿山遍野的櫻花，和穿著美麗迷你裙的年輕女學生。他不知道一九八四年以前的大學是什麼模樣，那時沒有學生會；學生護國團代表是受官方控制的；鎮暴警察在校園裡和學生一起吃飯；幾名敢死隊成員打破圖書館的大型玻璃窗，用粗繩綁住自己的身體，四處散發印刷品，最後遭到逮捕。他未曾生活在那個時代。在滑稽的喜劇電影中，正進行時間旅行的主角群正好降落在重要的歷史瞬間，他們到達的世界裡是架好柴火要將聖女貞德燒死，或者拿破崙皇帝正要向滑鐵盧進軍的時刻。在某種層面上，基榮可說和這類人相同，不同的只是他完全不知道未來會發生什麼事情。

在繁花凋謝、天氣持續炎熱的六月某一天，他敲了敲學生會館「政治經濟研究會」的門。在煙霧瀰漫的社團房間裡，四個男學生和一名女學生迎接了基榮，那個女學生就是後來成為他妻子的張瑪麗。一位學長笑嘻嘻地對他倆說：「你們都是新生，好好相處吧！可是不要談戀愛。」基榮和瑪麗後來再次相逢的時候，幾乎同時想起這句預見他們自身命運、半是認真半是開玩笑的話。就如同許多戀人一般，他們將倆人的戀愛漆上「命定相遇」的塗料。

他坐在社團房間裡嘎吱嘎吱作響的木椅上，與他們交談。房間裡瀰漫著煙臭味，角落裡滾動著可攜式瓦斯爐和黏著幾根乾掉拉麵的鋁鍋。在側面遭老鼠咬過的舊沙發上，放置著捲好的卡其色睡袋和木吉他；牆上並排裝飾了男人跳著面具舞的吳潤版畫複製品，以及申東燁的詩《金剛》。他被問到為什麼想進來這個社團、故鄉在哪裡之類輕鬆的問題。一個大三的學長補充說他們學習政治經濟學，重視的並不是死學問，而是活的實踐。基榮則回以平時自己極度關注這個社會的矛盾，但僅憑一己之力實在無法知曉那究竟是什麼、是從何處開始出錯的，因此想尋找一起學習的人。學長們原本就在等待新生的加入，對基榮的回答自然滿意。他們帶著基榮到學校前面的酒吧喝了米酒。幾個月以後，他第一次跟著學長參加了示威。

「你跑得很快嘛！」

學長對邊躲著催淚彈，邊敏捷奔跑的他讚嘆不已。基榮從此就降低了速度，也放鬆了丟石頭的肩膀。一年級放寒假前夕，一個故鄉在木浦的前輩走過來對他說：

「你現在需要更有深度的學習。」

「是嗎？」

「僅憑熱情和正義感，是無法改變世界的。我們需要能指導大眾並且武裝工人的革命思想。」

基榮跟著他去了空教室。那裡混雜著在示威現場經常碰頭的其他社團成員，以及一些陌生的臉孔。其中一名臉孔晒得黝黑的男人走過來，跟他握手。

「很高興認識你，我叫李德洙。」

李德洙首先告訴他們注意事項。參加這個聚會是祕密，甚至對社團的其他成員也得保密。從現在起，各位是革命的先鋒，應該對此感到驕傲。先鋒應將自己鍛煉如鋼鐵，並成為大眾的模範。但在基榮的眼裡，他距離鋼鐵般的革命先鋒尚遠。他的眼神雖有力，但也只是個心懷畏懼的二十三歲大學生而已。

「我們當前的目標，就是要將金日成主義當作革命思想，完成南朝鮮革命，將美帝從這片土地上驅逐出去。」

接下來，李德洙又說明了縮寫和簡稱，他們將金日成稱呼為ＫＩＳ，將金正日叫做親指金同（親愛的指導者金正日同志），將主體思想稱為主思或Ｓｕｂ，將北韓稱為ＮＫ。基榮靜靜聽著，並記下他們告知的事項，但因為空教室裡充滿誇張的嚴肅氣氛，讓他感覺這所有情況都不真實，而是一場鬧劇。這些人真的是能顛覆南韓體制的革命先鋒嗎？就憑這些軟綿綿的年輕人？他們真的能忍受那個罪大惡極的安企部的拷打，顛覆暴力的國家體制嗎？基榮無法置信。他在北韓看到的革命家都是如同吳振宇和金日成一樣超過七十歲的老人，當然金日成開始從事革命是在他二十多歲的時候，因為大家只能從《血海》等歌劇裡看到那些形象，因此完全沒有現實感。總之，基榮成為了NL[8]陣營的活躍份子。

研討主要利用晚間進行。白天雖然參與了學生會或社團等正式的組織，但晚間另外和負責培訓的小組見面，研讀主體思想。他們就好像宣告不治之症的醫生一樣，佝僂著身子祕密見面，研讀金日成的抗日鬥爭史，交換著充滿敬畏的視線，很快就稱呼金日成和金正日為首領和將軍。這些在成長時期徹底接受反共教育的二十二、三歲南韓年輕人，說出這些稱呼的場面，正如同嫻淑的女人公然說出性器官的俗語一般，讓人覺得非常淫蕩。即便剛開始時覺得有些難以啟齒，但在說出口之後，反而會嘗到違反禁忌的快感。基榮自然不同，他反而必須隱藏刻印在自己靈魂深處的思想刺青。因為他成長於不需要以暗號稱呼金日成和金正日名字的地方，偶爾還理所當然地將這神聖的名字加上敬稱，因而遭到對保密極為敏感的前輩警告。他跟別人一樣，學習猶豫不決地緊閉雙眼，低聲嘟囔著「偉大的金日成將軍萬歲」的方法。他們就像朝背叛者捅上一刀的幫派流氓一樣，讓自己成為犯下罪行（他們明顯違反南韓現行的法律）的共犯，藉以保障彼此的安全。

8 民族解放民眾民主主義革命論（National Liberation People's Democracy Revolution; NLPDR）是一九八〇年代以後韓國民主化運動、進步示威運動圈存在的派別。縮寫為民族解放派（National Liberation; NL）。

也許比起學習這些思想，這個部分才是更重要的程序吧。因為金日成主體思想是最危險的，所以反而傳播得更快。

在這個政治集團中，基榮被認為是雖然不出色但卻十分忠誠，而且守口如瓶，那是最受歡迎的成員類型。太愛提問，或者大肆宣傳自己成為政治團體正式成員的人，是受到排斥的對象。他不是這種人，也無法成為這種人。他只是偶爾質疑主體思想是世界哲學史上最偉大的思想一事而已。指導者雖然是前輩，但事實上年紀與他相仿或者更年幼，對於他的問題總是輕輕一笑帶過。他雖然小心翼翼地提出問題：所有事物和思想都應經過辯證法加以改變和發展，為何到了主體思想，這所有的過程都為之停止？但因為這個問題已經有太多人問過，他們已經準備好答案。他對他們那充滿熱情，但是越聽越覺得沒有說服力的答案頻頻點頭。這些人對於主體思想的迷信和盲從，反而讓他對自己思想的信念產生動搖。僅讀了幾本內容貧瘠的小冊子，以及韓國民族民主戰線廣播的低劣錄音紀錄，怎麼可以對於所有事情，甚至連歷史的終結都可以如此確信不疑？但是仍有前輩說那就是主體思想的力量，和艱澀難懂的資本主義哲學不同，主體思想就是為了讓人民能夠輕易接受而創造的新哲學。他只是為了不要被懷疑而擲出的幾個問題，就像迴力鏢一樣轉回，鋒利地插入他的胸膛。

他根據最初的命令，成為主思派的成員之後，黨裡面好長一段時間沒有向他下達任何指令。他獨自躺在熄燈的下宿房裡，思考著平壤希望自己做的究竟是什麼？但是當時他無法理解這個充滿反諷的命令真實意義為何，身為勞動黨員的自己為何不去指導這些人，反而要他學習主體思想？直到許久之後，他才導出結論，也許李相赫等平壤高層所希望的，並非要他去指導南韓的學生運動，而是要自然累積一定的經歷和人脈，成為典型的南韓人。他心想也許一三〇聯絡所還希望他能有違反集會遊行法的前科，就像以疤痕為傲的波利尼西亞戰士一樣，如果想完美地模仿某個人，就連他的傷口也不能錯失一樣。但是不知是幸還是不幸，他從來都沒有被逮捕過，因為他原本就受過這樣的訓練，而且確實不太引人注目。在酒席上數人頭的時候，他經常會被遺漏。甚至還有其他人談笑了好一陣子，突然看到基榮也坐在那裡，問他是什麼時候來的。但即便他是如此沒有存在感的人，還是有幾個人無微不至地照顧他。他們這些年幼的主思派雖然以悲壯的表情參加「大會」，傳閱文件，參加示威，丟擲汽油彈，但事實上他們仍只是留有青春痘痕跡的早熟少年。他們一起吃辣炒年糕，談論喜歡的女學生，去電影院看《英雄本色》等香港電影，並為此感到熱血沸騰。到了傳統節日，他們會把沒有家人的基榮帶回自己家，請他吃年糕湯。

某個夏日，當時假名叫「錘子」的基榮，和兩個朋友去仁川月尾島玩。其中一個不修邊幅的友人假名叫「喜鵲」，名稱取自李賢世的漫畫，另一個友人假名是「嘴巴」。沉醉於燒酒和海風的喜鵲，躺在海邊的長椅上，突然問道：

「你們覺得革命的那個日子會到來嗎？」

喜鵲的哥哥比他更早投身學生運動，是一個堅定的活躍份子，也是少數派ＰＤ[9]核心理論家的一員，據說他曾反對當時為高中生的喜鵲上大學。上大學要幹嘛？要成為資本主義的走狗嗎？與其如此，乾脆立刻進入工廠從事勞工運動。哥哥經常慫恿喜鵲，你看看我，雖然上了大學，立

9 民眾民主（People's Democracy）的簡稱，是八〇年代初韓國左派民主化運動勢力其中之一。

刻就被退學，在工廠裡工作，我還經常後悔太晚來了，你儘快成為勞工，和我一樣心安理得地從事階級鬥爭吧！他們全家住在一間連書桌都沒有的房裡，對於從小挨著肩一起生活的喜鵲而言，哥哥充滿壓迫感的話令人難以忽視。喜鵲的哥哥搶走了他的教科書，把作為書桌的蘋果箱子拿去扔掉。哼！自己上了大學，卻要我別上？上大學以後被退學，和從一開始就不上如何相同？喜鵲因著叛逆心理，在哥哥看不到的地方，更加努力偷偷念書，終於考上了大學。他雖然獲得了比平時的成績更高的分數，但一進入大學，也和哥哥一樣投入學生運動，從來沒進去過教室。只是他選擇了與哥哥不同的政治派別，成為ＮＬ，立即接受了以主體思想為「思想原理」。

嘴巴向喜鵲說道：

「革命的那個日子……總是會到來的吧？」

聽到這話，喜鵲小心翼翼地說道：

「我啊，其實害怕革命的那個日子到來。」

「為什麼？」

「……不能去我喜歡的漫畫屋，也不能打電動玩具了。」

如果是神智清醒的狀態，嘴巴一定會神色嚴肅地興師問罪，但此時他也只是點點頭。

「那些事情都不能做了。」

「就算我們驅逐美帝、打倒獨裁政權、粉碎帝國主義和封建體制，就算那個人民成為自己命運主人的世界到來，之後又要做什麼呢？不會太無聊了嗎？」

基榮默默地聽著他們的對話。早晨七點隨著鳴笛聲起床，一起去職場上班；星期天則只有在黨中央委員會做出決定時才能休息；每天晚上聚在一起檢討一天的日程，這樣的世界你們是不會理解的。當然，即便在那裡也能充分找到生命的樂趣：在空地上打羽毛球、冬天滑冰，也可以和朋友一起踢足球，但是不能窩在小房間裡看A片，也不能用耳機聽老鷹合唱團的歌，更不能看暴力的日本漫畫。

嘴巴突然意識到基榮也坐在旁邊，戳了戳他的腰部。

「你怎麼想？」

「這個嘛，那些事情大概都不能做了吧？就像喜鵲說的，一定會很無聊，但是那時也一定能找到樂子吧？」

過了很久以後，基榮還會想起那天在月尾島的對話內容。海風中充滿醃青花魚的味道，在勾肩搭背、搖搖晃晃唱著歌的休假士兵之間，在親吻愛撫的戀人之間，他們三人擔憂著根本還沒到來的革命以後的日子。年輕革命家們擔心的「革命的那個日子」終究沒有到來。代之以國際貨幣基金進駐，如同一九四五年美國軍政時期[10]一般，南韓完全為之改變。相較於現在的南韓，基榮第一次看到的八〇年代的南韓，反而與當時的北韓更相似。公司大部分保障一輩子雇用，大學生幾乎不需擔憂就業等問題，用進口大理石裝潢大廳的銀行和大企業，看起來似乎永遠不會消失，子女奉養父母，父母在子女面前具有權威。總統在體育館裡獲得壓倒性的支持當選，在野黨有名無實。大部分人對於國境以外的世界毫不關心，北韓「按照我們的方式生活」的口號，在八〇年

---

10 一九四五年日本投降之後，韓半島北緯三十八度線以南地區由美軍駐守，從該年九月八日起至一九四八年八月十五日南韓單獨政府成立為止，美軍共實施三年的軍事統治時期。

代的南韓也同樣適用。在資源分配方面，因為較諸市場原理，國家的決定更為重要之故，公務員的腐敗愈發嚴重，賄賂和詐欺比比皆是，這些情況都和北韓極為相似。高中生、大學生都被編入學徒護國團[11]，一個星期有幾天要穿著軍訓服上學。全體國民一個月有一天要接受民防衛訓練，這也與北韓沒有不同。為了防範空襲而實施的燈火管制訓練，讓首爾和平壤每幾個月就會有一晚要變成黑暗的世界。

可是現在的南韓和八〇年代的南韓幾乎沒有什麼相似之處，事實上，簡直是一個全新的國家，當然也變成和北韓完全不同種類的國家。也許比起北韓，南韓更接近於新加坡或法國吧。結婚的夫妻不生孩子，人均國民所得接近兩萬美元，銀行和大企業的命運也混沌而不可預期，每年有數十萬外國人為了結婚和就業來到韓國，想要在英語圈國家讀書的小學生每天從仁川機場離開。在釜山可以買到俄羅斯生產的手槍，用網路尋找性伴侶，用手機收看冬季奧運會的實況轉播。聯邦快遞運送舊金山生產的搖頭丸，半數以上的國民投資儲蓄型基金。最高領導人只是連承受諷刺的能力都付之闕如的受嘲對象，為勞工階層代言的政黨在解放後首次進入議會。如果基榮首次被南派的一九八四年，有誰預測二十年後的南韓會變為這種社會，大概會被視為瘋子。

坐在鍾路五街儂特利的紅色塑膠椅上，他想起自己生活過的三個國家——北韓、八〇年代的南韓以及現在，二十一世紀的南韓。其中之一已經消失不見了。他站在有兩條分支的道路前面，應該往何處去？他第一次迫切地希望向誰下跪，求取答案：如果你是我，你會怎麼做？不，這種

11　軍事政府在高中、大學成立的組織，意在鼓舞學生反共意識。

假設根本不需要，他只是想問，你覺得我應該怎麼做比較好？在過去二十年間，他認為自己只是從事稍微危險的職業，在一個大規模裁員、連鎖破產、百貨公司和橋梁倒塌、地鐵火災充斥的社會裡，作為被遺忘的間諜生活一事，他不認為會比其他生命更加危險，但是正如同法國作家保羅・布爾熱（Paul Bourget）的詩句：如果你不按照自己所思考的去生活，最後就會按照你所生活的去思考，基榮雖然忘記了命運，但命運並沒有忘記他。

手機開始發出嘟嘟嘟的振動音。魏成坤打來的。他按下了通話鍵。

「社長，是我。」

「啊！成坤。」

「我把鍵盤買回來了，可是您不在。」

「啊！對不起，我有急事，所以出來了，今天也許不回去了。」

一陣短暫的沉默。如果在平時，也許不會覺得怪，但對於神經極度緊繃的基榮而言，短暫的沉默也讓他覺得非常不自然。

「社長，您在哪裡？」

「怎麼了？有人找我？」

他鎮定地反問。

「……沒有，如果有人找您，我應該怎麼回答？」

「嗯，就說明天再打電話。」

「好。啊！對了……」

成坤好像還想說什麼，但基榮把話打斷。

「成坤，不好意思，我現在正在跟別人談話。」

「是的，知道了。」

成坤的尾音拖得很長。基榮把電話掛斷，乾脆連電源也給關了。原來是我看走眼了。他的心情很微妙，和從海州坐潛艇下來南韓時的心情類似。潛艇灌滿空氣，緩緩下沉。艦員同時感受到前往巨大海底旅行的激動，以及關在狹窄潛艇裡的幽閉恐懼。他暫時將自己交付給強烈的絕望，至少在海底的期間，他們無法做任何事情。作為不能依賴神明，甚至連祈禱也不允許的共產主義者，他們只能積極斬斷所有意念而已。但是，此刻基榮又重新感受那時的心情。

他走進鍾路街道上的手機通訊行，店員面露喜色。他不自然地笑道：

「能不能看看預付手機？」

男店員抹著髮膠的頭髮豎起，瞇著眼睛問道：

「預付手機？您要找什麼樣的？」

他搔搔頭。

「我是信用不良者，不能用我的名字辦手機……」

店員善於察言觀色。他瞄了一眼基榮，從抽屜裡拿出一支布滿刮痕的中古手機給基榮看。

「多少錢？」

他在店員要求的價格以外，又多加了幾張鈔票，悄悄遞了過去。店員用木然的臉孔說，他不知道、也沒有必要知道這支手機是誰在用的，然後按了幾個按鍵，讓基榮看了開機的方法，並告訴他幾個注意事項。基榮向他道謝後，走了出去。

26

如果仔細傾聽的話，會從樓下隱約傳來扣、扣的碰撞聲音。朴哲秀偶爾會緊閉雙眼，聽著那些聲響，好像深夜的暴雪壓斷樹枝的聲音。嗒、嗒嗒。春雪，因為飽含濕氣而沉重的雪，會令人聯想到齊克果的「熾熱的寧靜」。雪安靜落下，樹枝則盡全力支撐。樹枝並沒有進化到能支撐壓制在上方的力量。樹枝只是竭力比其他樹枝往更高的地方伸展，藉以爭取更多的陽光。如果積雪太多，樹枝終究會折斷。

每當夜間演出的收入不理想的時候，父親會把朴哲秀送去江原道橫城。在海拔六百公尺的高山地帶，因為中風而癱腿的爺爺，和終生智障的奶奶住在那裡。儘管癱著腿，但爺爺什麼都不缺，小倉庫裡木柴堆積如山，馬鈴薯、玉蜀黍、稻米也很充足。十月的最後一週，爺爺拿著十字鎬挖掘即將埋下泡菜缸的地坑。奶奶雖然智能不足，但不是傻瓜，也不是瘋子，最重要的是，她性格穩定，始終如一。她天性溫和安靜，比誰都疼愛孫子哲秀，而且能毫不保留地表現這種愛，這是在江原道山谷的木訥老奶奶身上罕見的特性。她不太會數數（不，幾近於無知的水準，弄不清楚五以上的數字），也不識字，但是卻能聽懂、理解別人說的話。年幼的哲秀讀童話書給奶奶聽的時候，奶奶會躺在房間裡，用幸福的臉孔沉浸在孫子讀給她聽的故事中。

「啊！這像雪人一樣有趣。」

「風在吹哨子嗎？」

她經常會使用出乎意料之外的比喻說話，聽到悲傷的情節，她會眼淚直流，聽到高興的情節，她也會盡情拍手，但很奇怪的是，她不喜歡電視連續劇，總是深鎖眉頭、困惑不已。比起場面經常更替、新的角色出現的連續劇，她更喜歡把書一讀再讀。奶奶最喜歡的故事是奧斯卡・王爾德（Oscar Wilde）的《快樂王子》和法蘭西斯・伯內特（Frances Burnett）的《小公主》。如果別人聽說住在江原道山谷獨戶人家的奶奶，聽《小公主》故事聽得眼神發亮的話，一定會覺得非常奇怪。但至少哲秀是完全不會感到神奇的，因為這只是尋常小事。反倒是朋友們正常的奶奶在哲秀的眼裡更加奇怪。那些老奶奶面目可憎、心眼太多，表情好像馬上就會露出牙齒，吐出粗重且骯髒的氣息。

爺爺的家位於馬鈴薯田中間，為了抵擋冬天的強風，屋頂很低，像秤砣一樣懸掛著石頭加以固定。爺爺、奶奶跟埋在地下的泡菜和馬鈴薯一起過冬。在大雪紛飛，似乎要壓斷樹枝的某個夜晚，老夫婦安靜地進行著房事。

「不要亂動！」

哲秀聽到爺爺在被褥裡翻來覆去，用強壯的右手將奶奶的裙子掀起，薄棉布織成的襯裙發出窸窸窣窣的聲音，房事總是隨著爺爺哼哼兩聲迅速結束。房事結束後，老夫婦蓋上被子，在那裡面說著讓人聽不懂的話，像孩子一樣嗤嗤地笑。

爺爺也是在一個下大雪的日子，瘸著腿走在雪地裡，離開了家。因為奶奶得了感冒，咳嗽日益嚴重，爺爺想下去里長家拿一些藥。但是他沒有回來。因為奶奶在家裡踱來踱去的緣故，哲秀徹夜沒有睡好。遠處傳來雞鳴的聲音。隔日清晨，聚集而來的村民開始尋找爺爺的蹤跡，腳印朝向山上。從一開始，爺爺就沒有去里長家。右腳的腳印雖然鮮明，但拖著的左腳印卻非常模糊。在知名大企業經營的牧場入口，腳印突然消失了，好像就直接飛上天一樣，腳印的痕跡就在那裡中斷。周圍是沒有一棵樹木的平坦草原，冬季的牧場乍看之下，就像是滑雪場一樣，沒有樹、沒有岩石，只有平緩的稜線。爺爺究竟去哪裡了呢？村民都覺得十分訝異，怎麼會瘸著腿爬上離家六公里的地方，然後消失得了無痕跡？他約莫走了兩個小時的夜路，而因為該地距離非武裝地帶不遠，腳程快的人如果沿著太白山脈向上爬的話，大約只要一天就能到達北韓，所以警察也出動調查是否逃往北韓。他們也在心裡惦記著爺爺的故鄉是咸鏡南道元山，但是花甲老人拋下心愛的妻子、穿越及膝的雪地、瘸著腿越過數萬名軍人警戒的休戰線回到故鄉，這揣測也未免太有違常理。

奶奶看到人們在家裡進進出出，卻看不見爺爺的臉孔，她直覺就知曉發生了什麼事情。有時候，奶奶的直覺比其他人還要發達。她對於語言雖沒有高度的感受，但經由語調和抑揚頓挫感知事情的能力十分出眾。在某種意義上，奶奶像似在家裡活了很久的狗。她蜷縮在房間的一角，悲傷地哭著。

「我和知了一起悲傷，我和知了一起悲傷。」

哲秀一直以為奶奶是特別害怕知了的叫聲，但後來才知道她是可憐牠們。儘管文法錯誤，不，也許正因為錯誤，奶奶的悲傷更加真切地傳入哲秀的心裡。將之名為悲傷實在令人難以忍受，年幼的哲秀也能用身體感受其沉重。奶奶的悲傷就如同馬鈴薯袋子一樣，重重壓在他的肩膀和背上。

他祈禱父親能快點來將自己帶走，想著想著就睡著了。

父親在爺爺失蹤兩天後才從首爾趕來。他抱著奶奶，好一陣子沒有說一句話。奶奶被父親抱在懷裡，像少女一樣抽泣著。以逗別人笑為職業的父親，在故鄉沒有笑過一次。爺爺個性木訥，一年當中說的話加起來還不到國民教育憲章字數那麼多，奶奶則是根本不能把話說好，他們兩位生下來的父親如何能擁有那麼華麗的口才，這真是個謎。也許父親從小就感覺到必須證明自己口才的壓力也未可知，因為唯有如此，他才能從傻瓜的孩子這個枷鎖中快速掙脫。父親以一邊跳著狗腿舞、一邊像機關槍一樣不停講話著稱，在某個節目中，還算過他一分鐘內能說多少字。一篇短篇小說的內容，經由父親敘述，不超過兩分鐘就能結束。父親不停地說，大家聽著故事，根本沒有時間反問。父親的絕活就是不管人們說了什麼故事，他都能完整複述，然後再加油添醋。「啊！所以老師是說這樣這樣吧？但是我認為……」就是用這種方式。

朴哲秀無法得知父親和奶奶確切談了些什麼。他下去村裡吃完柿餅再回家時，父親已經在整理行李，看來奶奶拒絕跟隨父親離開。奶奶已經用自己的方法克服悲傷，她總是連爺爺的飯菜也準備好，一邊吃飯一邊說話，就好像爺爺還在身邊一樣。如果是正常人這麼做的話，可能早就被送到精神病院，但沒有任何一人覺得奶奶那樣做很奇怪。

父親帶著他回到首爾。

「奶奶呢？」

「村裡的長輩會照顧她的……」

三年後，採蔘人在距離腳印消失之處五公里的溪谷裡，發現爺爺被腐葉掩蓋的屍體，他怎麼能走到那裡？為什麼去那裡？這些始終是疑問，總之，爺爺就躺在那裡。爺爺的葬禮舉行完沒過多久，奶奶就在睡夢中安詳過世。朴哲秀的父親那時剛好主持電視的固定節目，非常忙碌。他一臉不耐煩的再次回到老家舉行葬禮，表情彷彿是在責問「一起過世不就好了？」

撞球的撞擊聲再次傳來。灰色背心頭一點一點地打著瞌睡，突然察覺朴哲秀的眼神，微微睜開了眼睛。

「怎麼了？」

「沒什麼。」

他轉過頭。

「還是繼續跟蹤女人比較好。聽說女人長得不錯？」

「就算長得不錯，也還是人家的老婆，都已經結婚十多年了。」

「他老婆一定會去找他的。跟著她。」

他慢慢地起身，灰色背心貌似無心地對著他的背後說道：

「女人也有可能是他們那邊的，所有事情都應該做好全面準備。」

他點點頭，正想走向出口的瞬間，灰色背心的電話響起。嗯，嗯，嗯，知道了。兩個人的視線交會，他沒有走向外面，而是靜靜站著等候，灰色背心掛斷電話。

「他們說不是同夥。」

灰色背心一邊說著，一邊在便條紙上潦草地寫下什麼，然後遞給他。

「要抓起來嗎？」

「不，只要跟蹤就行了。現在這小子看起來已經是心急如焚了。」

「知道了。」

「如果跟丟了，就跟蹤女人，知道了嗎？」

他把門關上，離開了辦公室。

PM 03:00

27　鎖骨切痕

啊！我需要巧克力。張瑪麗低垂著頭，直到下巴碰到鎖骨切痕為止。她不住地搖晃腦袋，尖窄的下巴底部碰觸到鎖骨斷開的柔軟部位。如果將下巴埋得更深，那她看起來就像是斷了線的木偶。啊！要是有濃郁的黑巧克力就好了。她翻找抽屜，但是只有隨意摺起來的銀箔紙，裡頭還黏著巧克力的痕跡。她把銀箔紙打開，心情像是連這個都想用舌頭舔乾淨。

書桌上要寄給顧客的汽車展邀請函堆積如山。那不能只單純說是銅版紙堆。其中有幾名顧客會來參觀汽車展、會來找張瑪麗、會期待她的笑容與熱情接待，然後沒有任何一個人會買車，她也必須承受經理的白眼。這是蘊含了所有情緒過程的紙堆。因此每當看到這些邀請函的時候，她都會懷念巧克力而欲罷不能。但是不可能有巧克力的。上個月當她的腰圍接近二十九吋時，她就將常吃的甜食給戒了，可是腰圍也沒有減少。成旭雖說他喜歡稍微隆起的肚子和開始長肉的腰身，但她不相信。

「這只是想安慰我的招數。我也知道，我正慢慢老去。」

「不，我真的很喜歡這些肉。」

這類對話像站哨衛兵的口令一樣，已經重複了多次。成旭撫摸著瑪麗的肚子讚美，瑪麗則對此懷疑，成旭再次正色說是真的。

有一天，成旭如此說道：

「集合了女人所有缺點的，就是年輕女人。」

「是嗎？」

「尖銳、挑剔、不穩定，像孩子一樣什麼都想要，卻根本不知道自己想要的是什麼。但是瑪麗不同，只具備了女人的優點。妳會給人溫暖擁抱、會仔細聆聽別人的話語，非常穩定，而且已經準備好接受一切事情。」

你根本不了解我，以後也不會了解，而且也不應該了解。很抱歉，我不是那樣的女人，我只是陷入愛情而已。

瑪麗雖想如同拉斐爾畫的聖母一樣面露微笑，卻仍無法壓抑嘴角浮現的一絲冷笑。年輕的愛人未能察覺她的心思，兩人只是用親吻代替要說的話。他的舌頭攻擊似的伸入瑪麗的舌根。你真的對人生太自信滿滿了，所以你覺得可以對眼前這個上了年紀的女人為所欲為。我也曾經有一段時間認為我可以改變世界，可是現在才知道，我連想吃甜食的衝動都無法控制啊！

瑪麗又把下巴末端抵住鎖骨切痕。和一個比自己小將近二十歲的年輕男人談戀愛，分明有種被虐待的快感，就好像全身被剝光吊在天花板上，向眾人展示自己私處一樣。只是她感受批判的雷達，發達得近乎畸形，即便是周圍稀鬆平常的白眼，她也會極度敏感，躲避著對方的視線。儘管情不自禁地陷入兩人的關係中，但另一方面，她又會覺得這是在處罰自己。

PM 04:00

28　保齡球與殺人

「我要開心果和杏仁的。」

「我要綠茶的。」

錢是基榮付的。臉上還長著青春痘的店員，將銀色挖冰勺深深插入冰淇淋桶中，把挖出的冰淇淋裝進紙杯裡，依序遞給兩個男人。他們乖乖地拿著塑膠小匙子，坐到位子上。基榮悄悄察看玻璃窗外，在像似螞蟻窩的貿易中心地下，許多人真的就像是工蟻一樣，行色匆匆地走向某處。

「好久不見。」

基榮說道。

「就是啊！」

三一冰淇淋的賣場裡人不多，雖然有三名看來像是中學生的女孩，但她們只自顧自的說話。

兩個男人用小匙子吃起冰淇淋。

「最近我喜歡上吃冰涼的東西了。」

「是嗎？一般人上了年紀都不喜歡冰涼的東西。」

「好像是身體上火。」

「這是好事。」

「還經常流汗，夏天更不好受。」

基榮愣愣地望著男人。沒想到這麼容易就找到他了。在一三〇聯絡所的時候，他倆關係並不親近，李相赫透過完全不同的路線管理他和這個男人。

「我還以為自己已經完全忘了你的大名……」

基榮說道。男人看著基榮，面無表情，眼神裡隱含著強烈的疑懼。喂！你到底為什麼要來找我？

「這都過多少年了？你竟然還能找到我。」

「剛才我走在鍾路上，彷彿得到啟示似的，突然想起你的名字，就像數位電子看板一樣。」

男人噗嗤一笑。他皮膚黝黑，彷彿因為酗酒導致肝臟不好。整體看來，他的身體健康已經走下坡。基榮發現自己對此覺得不滿，因而大吃一驚。他就像從平壤派來進行思想考核的檢閱者那樣，注視著男人。也許男人也是以同樣的視線注視著基榮也說不定。想到這裡，基榮覺得有些不舒服。

「也就是說，你想起我的名字，心想『啊！是啊！應該見一面。』所以不管三七二十一就來找我？」

「不是這樣的。」

基榮又挖起一匙冰淇淋，甜滋滋的乳脂肪順著喉嚨而下。基榮抬起頭。

「李社長。」

「怎麼了？」

被稱為李社長的男人緩緩從嘴裡抽出小湯匙，眼神中交織著不安和不滿。

「這兩天有沒有什麼奇怪的事情？」

他開始抖起腿來，桌子輕輕搖動。基榮用右手手肘輕輕壓住桌子，讓抖動平息下來。

「你到底想說什麼？」

男人的眼珠子到處亂轉。

「我問你有沒有發生特別的事？」

男人轉身觀看玻璃窗外的動靜。

「沒有人跟蹤，我這一路上都確認過了。」

基榮要他安心。男人開口說道：

「喂！」

「你說吧！」

基榮催促道。男人低下頭，降低聲音說：

「……孩子生病了。」

「什麼？」

「腦性麻痺。我和妻子已經離婚了，如果我不在的話，沒有人能照顧孩子。剛才你也看到了，我在手機通訊行工作，勉強度日。送孩子上特殊學校以後，就剩不了多少錢了。」

男人幾乎要哭出來了。基榮非常難堪。

「你為什麼要對我說這些？」
男人挺起腰來。每次彎腰的時候，他都會微微皺眉，看來大概脊椎有問題。
「放過我吧！」
「……」
「我說要你放過我啊！」
基榮環顧四周，握緊了他的手腕，心想此時必須讓他冷靜下來。
「喂，李弼同志，我知道你現在在想什麼。不要擔心，我不是被派來要把你帶走的人。」
李弼面露懷疑的表情，向右偏著頭，似乎還不能完全相信基榮的話。
「真的？」
「當然，如果真是那樣的話，我會約你在這裡見面嗎？」
男人再次環視周遭，心情似乎稍微平靜下來了。
「那倒也是。」
「我能理解你為何如此驚嚇。」
「換作是你也一樣吧？過了十年突然出現，又把我拉來這裡。」
「我沒硬把你拉來。」
男人顯得很不滿，原本想把剩下的冰淇淋吃完，但不知道是不是失去了食欲，把湯匙放進杯子裡。
「那你到底有什麼事？」

男人問道。基榮仔細觀察他的臉孔，眼睛底下有黑眼圈，眼角也出現好幾道皺紋，身材發福，整體看來非常疲憊，讓人聯想到達利畫作中因融化而低垂的時鐘。

基榮把椅子拉過來，將身子貼近男人，兩人的距離更近了一些。

「李祕書好像回來了。」

男人好像從噩夢中驚醒的人一樣，眉間緊縮，顯露出不安的表情。他整個臉看起來就像是黑色的問號。

「誰？李相赫？我聽說他已經遭到肅清了……」

「是啊！當時那件事，我們最後做完了那個，他就……」

基榮鼓起右腮，頭部則扭向左邊，看來像是在表現某個物體飛向遠方的樣子。

「飛走了。」

男人點頭同意，神情中也隱含著祈求。

「現在李相赫……」

「？」

「在這裡？他來到首爾了嗎？」

「還不知道。」

「那？」

「我也不太清楚。可以確定的只有一件事情，好像有人知道我們的存在。」

男人的呼吸變得急促。

「斷線都已經多久了啊？」

「今天早上……我接到命令了。」

基榮伸出四根手指頭。

男人的表情更加陰沉了。

「有人打電話來，要我確認電子郵件。我打開郵件一看，正是四號命令。」

「回歸的時間呢？」

「明天凌晨。」

「哎呀！」

他很明顯不安了起來。

「你和我不都是李相赫那條線的？不可能只找到你。是啊，沒有這個道理。啊！我兒子怎麼辦？他死也沒辦法住在北韓的，因為他不能忍受這樣的環境變化。這次上的學校也是好不容易才進去的。剛開始雖然幫他報了一般學校，但他受不了。這些混蛋，腦性麻痹不是傻瓜啊！孩子們把衛生紙塞在他嘴裡，還用腳踢他屁股。那些傢伙不是孩子，是惡魔啊！這些首爾的孩子、這些資本主義的王八蛋不知道怎麼和別人一起生活。他們不知道共同體是什麼，不知道互相幫助是什麼。這也不是他們的錯，因為是他們的父母這樣教他們的。」

「不要激動！」

男人炯炯的眼神中露出強烈的敵意，看著基榮。

「你會不會是……」

「是什麼？」

基榮的手和腿都不自覺地用起力來。

「你該不會成了叛徒吧？」

基榮也皺起眉頭。

「安企部，不，最近改成了國情院，你是不是被他們吸收了？你這傢伙……」

「喂！說話小心點。」

基榮的聲音雖然放低了，但每個字似乎都透出被刺痛的感受。

「你老實說啊。喂，金基榮，我們現在打開天窗說亮話吧！」

他因為情緒過於激動，不覺冒出平安道地區的腔調，這引起了基榮的警覺心。基榮開始深呼吸。冷靜下來、冷靜下來，不能受他的情緒影響，無論如何我都不會動搖的。

「你這樣認為也是無可厚非。總之我不是叛徒。」

男人瞇起眼睛，從座位上起身，繞過塑膠桌子朝基榮走來。像小孩子開玩笑一樣，他突然撲向基榮，以極快的動作摸遍他的口袋和褲腰。他的動作十分敏捷，根本不像剛才那個癱軟的身軀可以做出的動作。他大概是在找手槍或手銬之類的東西。基榮抓住他的肩膀，猛地站起來，兩人就像拳擊選手一樣開始扭打。哐噹噹。一把塑膠椅倒了，年輕的工讀生尖聲大叫。啊！喂！你們搞什麼啊？

「你這個臭小子，不要在這裡，我們出去吧！」

他向基榮提議道，語氣很不客氣，兩人的手臂還糾纏著。

「好。」

基榮也點了點頭。他雖放手了，但視線還是緊盯著對方。兩人將椅子扶好，向工讀生道歉之後，把冰淇淋紙杯丟進垃圾桶裡，走到外面。坐在店裡的中學女生完全不理會他們的騷動，依然聊著天。一走出冰淇淋店，基榮就舉起雙手。

「來，你翻吧！」

「剛才已經翻過了。」

男人環視周遭，接著說道：

「對不起，但如果你是我的話，也會那樣的吧？」

「現在行了吧？」

男人搖搖頭。

「不，還不行。」

「你還要什麼？」

「你是不是想收買我？如果是的話，我同意。錢，對，如果給錢的話。操！要我向你下跪幾次都可以，真的。」

男人眼珠亂轉，看著基榮的臉色，但基榮沒有回答，而是指了指對面的小啤酒屋。時間尚早，客人還不太多。那是來電影院看電影的戀人為了打發時間，喝幾杯生啤酒、潤潤喉嚨的地方。他們進了啤酒屋，餿啤酒的氣味十分刺鼻，裡面暗暗的，職員正打掃著內部。

「開始營業了嗎？」

他們眼睛慢慢適應了黑暗，這才看到已經進來喝著酒的年輕人。繫著蝴蝶結的服務生，用一副心不甘情不願的臉孔為他們帶位。兩人一坐定，基榮就點了海尼根，李弼則點了健力士。

「一天喝一兩杯啤酒對身體很好。」

他聽到這句話，突然覺得剛才的騷動已經是很久以前的事情了。對基榮或李弼來說，今天都是一個運氣不好的日子。不管艱不艱難，他們都算是過著還算平穩的每一天。兩人默默等待服務生把啤酒送過來。過了一會兒，服務生快步走來，送上兩瓶啤酒、一碟墨西哥玉米脆片和莎莎醬。服務生把海尼根拿給李弼，把健力士拿給基榮，然後就走掉了。兩人將放錯的啤酒交換過來。基榮安靜喝著這瓶荷蘭產的啤酒。啤酒十分涼爽。李弼先開了口。

「所以呢？你要怎麼做？回去嗎？」

基榮嚼著玉米脆片問道：

「你記得韓正勳嗎？」

「誰？」

「一三〇聯絡所的同志韓正勳，那時我們仨……」

李弼皺起眉頭。

「啊！那個人。」

「不見了，昨天的事。說要去國外出差，就離開公司了，到現在還沒有消息。他老婆也在找他。」

「到底是怎麼回事？」

他正色瞪著李弼。

「為什麼從剛才開始就一直追問我啊？我也什麼都不知道啊。我能知道什麼呢？你和我都一樣，已經斷線這麼久了，現在只是每天忙著生計，不是嗎？」

「誰知道呢？」

他翹起嘴角笑了，繼續說道：

「沒人知道啊。你幹嘛在我面前裝出一張苦臉？我怎麼知道你安的是什麼心？」

基榮努力讓自己的心情平靜下來。他過去的同僚現在比他更不安，變得神經質也是當然的。可是基榮也同樣想抱怨，也想獲得安慰。

「李社長，反正我們同在一條船上。韓正勳究竟是回去了，還是躲到哪裡去了，我也不知道。可是我已經接到命令了，想必你遲早也會收到的。」

「你怎麼知道？」

他用挑釁的語氣頂回去，但是聲音很低。基榮並未回話。他接著說道：

「李相赫已經被拔掉了，來接他的人應該不會動他這條線的，因為不能相信我們，也許繼任者根本不知道我們的存在。人員換來換去，終於新來了一個非常仔細的傢伙，翻閱文件夾時發現了韓正勳和你。也許他還沒找到我，以後也不一定能找到。你也知道現在北邊簡直就是一團糟。」

「我也希望如此。」

「一定是這樣的。我一定會沒事的，到目前為止也沒發生什麼事，不是嗎？」

基榮輕輕嘆了一口氣。

「好吧，你好像真的什麼都不知道。算了。好，我的問題我自己解決。」

基榮說道。李弼好像又找回了從容，往後靠上椅背。

「你會回去嗎？」

「也許吧！」

他又坐直身體。

「回去的話，會說我的事情吧？」

他把啤酒杯靠近嘴邊，輕輕抬起雙眼，觀察基榮的眼神。

「這個嘛……」

「我有個腦性麻痹的兒子，剛才也說過了。」

「我也有女兒和老婆啊！」

「我知道，那個時候還在喝奶，名字是……」

「什麼那個時候？」

「就是那時候啊！」

基榮當然知道「那時候」意味的是什麼，但是他不想再說那件事，而且他也不想在這種情況下，提到賢美的名字。他害怕會有什麼不吉之事牽扯到賢美。

「那件事情就別再說了。」

李弼用雙手搓了搓臉孔。他的臉就像面具一樣扭曲。

「我偶爾會夢到打保齡球。」

「保齡球？」

「在空無一人的保齡球館裡，我獨自站在某個球道，可是我覺得好像有人在哪裡看著我。我有種必須打出好成績的壓力。我把手指插進球孔裡，擺好姿勢後，踩著步伐向前跑去。」

「所以呢？」

「我盡全力把球扔出去。突然間球不見了，出現在我面前的是破碎的腦袋……」

「別說了！」

基榮雖然舉起手制止他，但他仍然繼續說著。

「我以為那是我的保齡球，所以想用兩隻手去抓，但怎麼也抓不到。那個腦袋對我說：保齡球絕對不是簡單的運動。」

「那是什麼意思？」

「我也不知道，不就是夢嗎？總之，那個聲音一直重複，保齡球絕對不是簡單的運動、必須控制你的思維等等。我雖不知道正確的句子，但大概就是一直重複類似意思的話。我聽著聽著，真的覺得很可怕，因為是破碎的腦袋說的話。我把兩根手指插入黑色的眼睛裡，然後把那個腦袋像保齡球一樣舉起。有時候因為太滑，腦袋一直從手裡掉出來。」

十年前，他和基榮、韓正勳接到了來自李相赫的最後命令（不過當時不知那是最後一次），他們的目標是代號為北極星的間諜。他們無法得知為何要除掉他，然而命令是未轉成暗號就緊急下達的。暗殺雖不是他們三人的專門領域，卻憑直覺知道已經沒有時間去了解情況。他們三個都沒有殺過人，但是必須做，而且沒有商議的餘地。

韓正勳的任務是引誘北極星，決定由金基榮和李弼負責處決。正勳拿著要轉交給北極星的背包。北極星認為那裡面裝的是現金。在黑暗的公寓地下停車場柱子後面，北極星接過正勳交給他的背包，用左手拿著。他大概是想掂掂重量，數次微微舉起背包。正勳先上了車，離開停車場，安心的北極星緩緩走回他事先停好的車。北極星打開車門，坐上駕駛座，把背包放在副駕駛座上，繫上安全帶，完全沒有慌張的神情。可是正觀察著他的基榮，覺得腎上腺素達到頂點，腦袋裡似乎有一臺自動灑水器在咻咻旋轉一樣。北極星繫好安全帶的同時，基榮朝他走去，懷裡有一把裝著滅音器的點四五口徑六連發科爾特手槍。基榮用中指關節輕輕敲打駕駛座的車窗，貼著黑色防晒紙的車窗緩緩降下，該死之人的臉孔終於顯現。北極星兩眼睜大，向他笑著。

「你不是基榮嗎？金基榮？」

可是基榮實在無法回以微笑。會不會是搞錯了？這傢伙會是那大名鼎鼎的北極星？一瞬間，許多念頭從基榮的腦海裡掠過。因為洶湧而來的念頭太快太多，腦袋簡直要轉不過來，此刻，說出口的話反而變得極為平常且冷靜。

「是啊！志勳，是我。」

基榮從懷裡掏出手槍對準他的腦門。不，事實上，情況沒那麼單純。槍身的準星被西裝內裡勾住，不能順利拿出來，他不得不拉斷幾根線。這個場面雖很滑稽，但這種不熟練反而使氣氛更加真摯。

「基榮，為什麼？」

北極星臉上的笑容為之消失。他沒說「別開玩笑！」這種老掉牙的話。從基榮上下劇烈抖動的手指間，可以讀出其內心的決絕。基榮說道：

「對不起，我也是現在才知道，原來是你。對不起，我也沒辦法。」

為了防止他出差錯，李弼在副駕駛座旁緩緩地抽出手槍。基榮啪、啪、啪連開三槍，兩發命中頭部。北極星的胸膛像是遭到電擊器電擊一樣，在重重彈起後，又平復下來。基榮清楚看到他的嘴半張，就這樣僵住。在此同時，李弼打開副駕駛座的車門，拿出背包。關上門之前，他瞟了一眼破裂的右側頭蓋骨，那裡遭螺旋形飛出的彈頭穿過，如同新挖掘的油田一樣，冒出黑色的血和腦髓。沒想到這不到半秒的一瞥，竟讓他每晚做著噩夢。何況人還是基榮殺的，並非他所為。

他的噩夢太過赤裸裸。暗殺和打保齡球實有相似之處，都要先靜下心來，對準目標，之後慢慢竭盡全力朝著目標突進。他也知道李弼現在為什麼想說這個事情。那天晚上，他們開著自己的車離開停車場，過了十年以後才再次相逢。十年來，他們都不希望再次見面，但另一方面，他們又需要有個人能傾吐不能和別人分享的經驗。

「那個朋友，我是說北極星。」

基榮開口說道。李弼將健力士喝乾，褐色的氣泡貼在玻璃杯上，緩緩流下，有如骯髒的泥濘。

「大學的時候，我們曾經一起合作過。」基榮接著說。

「對了！你不是上過大學嗎？」

「是啊！所以我現在比你和韓正勳過得要好。」

李弼不是滋味地笑著說：

「那不就是資本主義嗎？貧富差距、學歷差異、財富世襲，80／20的社會。」

「你什麼時候變成了左派？」

可是李弼沒聽懂笑話。

「你說什麼？」

「沒什麼。」

「我問你剛才說了什麼？」

他不放棄地問道。

「我問你是什麼時候變成馬克思主義者了？」

他還是聽不懂笑話。

「那是什麼意思？」

「我不是說了那是笑話嗎？」

「這是什麼笑話？」

基榮抓了抓頭表示歉意，但是李弼似乎仍感不快，不理會基榮。

「對不起，我道歉。我想說的不是那個。該怎麼說呢？我只是在想，為什麼偏偏讓我幹那件事情？為什麼我必須對跟我笑臉迎人打招呼的朋友開槍？你覺得我的心情如何？」

「我們當初不就是為了做那些事，才接受訓練的嗎？」

李弼似乎也有點驚訝自己口中說出如此冷酷的話，接著說：

「我能理解你的心情。」

基榮搖搖頭。

「你不會知道的。」

李弼的呼吸變得急促。他似乎不想再陷入感傷之中，冷冷地說道：

「由誰開槍是我們自己決定的。剪刀、石頭、布猜拳的。」

奇怪的是，這句話聽起來好像是溫暖的安慰。

「是啊！可是我認為那個猜拳好像是騙局，連那個都是上面指示的。一開始的劇本就是寫好由我金基榮開槍。」

「你覺得那可能嗎？」

「不可能，可是我總是這樣想，這也沒辦法。」

基榮自己比誰都清楚這是強詞奪理。他看了看錶。不管是在哪裡，都不要停留太久。李弼如果什麼都不知道的話，那應該去尋找可能知道的人。那是誰呢？

「喂！」

基榮拿起帳單對李弼說：

「如果是拷打的話，那就沒辦法了。我的意思是說，如果有人拷問我，我就不得不說出你在這裡了，我沒有自信保密。但如果不是這種情況，也就是可以協商的話，我會保守祕密的。我希望你也跟我一樣。」

李弼點點頭。基榮起身。

「我來結帳吧！」

李弼沒有阻攔他。兩人就像順利簽下併購合約的企業家一樣，佯裝熱情地互相拍了拍對方的肩膀，離開啤酒屋分道揚鑣。人多了起來，基榮又再次提高警覺，走向地鐵站。走著走著，他突然覺得很奇怪，為什麼李弼沒有收到任何命令？自己在十年後也能這麼輕易找到的人，怎麼可能如此安然無事？為什麼沒有人動他？基榮的腳步越來越快。他大步走在韓國貿易中心（COEX）複雜的地下迷宮，不斷改變方向。在角落轉彎的時候，或者出現鏡子和玻璃窗的時候，他都會確認有沒有人跟蹤。他發現至少有兩人的腳步隨著他的節奏忽快忽慢。跟蹤的人也很緊張，盯梢真的不容易，那可以說是情報戰的起始，也是終結。跟蹤這個遊戲幾乎都對被跟蹤者有利，只要一識破被跟蹤的事實，從那時起，幾乎都由被跟蹤者所主導，就好像在事先知道答案的前提下猜謎一般。他走進 BANDI & LUNIS 書店。他知道大型書店都另有進貨的通道，還有職員出入的路徑。他乾脆連假裝翻書的動作都省略，直接打開寫著「職員專用」的鐵門走進去。沒有人制止他。比賣場昏暗的走道上，有幾個穿著制服的女職員從他身邊走過，一臉漠然。他相信一定會有出口，於是以堂而皇之的態度走著。走道終於到了盡頭，出現了消防門。他很輕易就打開門，出現了堆滿箱子的開闊空間，從那裡搭電梯的話，可以下到地下停車場。他按下按鍵，貨梯哐噹噹開始運行，但是他沒搭乘，而是經由緊急出口走向地下。

地下室停了很多車，如果這是電影的話，主角大概會毫不猶豫地用熟練的技巧打開車門進去，接通電線、發動車子以後，開始一場飛車追逐戰。但是基榮沒學過那類神奇的技術，也不認為那是可能的。他快速走在汽車之間。地下停車場因為必須支撐高樓的重量，牆壁極厚，柱子也很多，有很多視線死角。他往洲際酒店的方向移動，然後又轉向首爾都心機場站的方向。在那前面大概會有計程車排班等候乘客。他的背部被冷汗浸濕。為什麼流這麼多汗？他本來是不太會流汗的體質，啊！如果能換一件襯衫該有多好？穿著這麼濕的襯衫被帶去某個地方，想來就不舒服。他似乎想重振變弱的決心，於是打緊鬆弛的領帶，再次加快步伐。

29

朴哲秀坐在書店準備的輕便椅子上。李弼的情報是正確的。就在剛才，金基榮分明還在這裡，還在這個地下都市，還出現在他的眼前，可是此刻卻又再次不見蹤影。光從他選擇這個聚集飯店、貿易中心、首爾都心機場站、複合式電影院、地鐵站和展覽中心的場所來看，金基榮果然不是等閒之輩，對於首爾瞭若指掌。

他本來就很討厭跟蹤。在本質上，跟蹤就是苦行。如果決定好目標，整個人就必須投入其中，目標會成為主人，而他則變為僕役，受支配的心情自然不可能太愉快。目標可以按照自己的自由意志選擇方向，移動到任何地方，但他只能跟著目標物。不管是進去咖啡廳還是搭乘地鐵，那是目標的自由。他就好像一條忠誠的獵犬一樣，必須耐心等待主人再次移動。他渾身神經都繃緊了。為了不錯過目標，他必須側耳傾聽，還必須處理塞滿整個都市的大量視覺資訊，檢視招牌和指示牌，傾聽從後方來的摩托車排氣音，同時還得準確配合目標的移動速度調整跟蹤的節奏。每當這個時候，他會覺得全身的毛孔都為之大開。最重要的是不能錯失走在前方的目標，那才是凌駕所有跟蹤原則的真理。

但是他失去了目標。他心情糟透了，簡直他媽的跟狗一樣。只要引用一次狗的比喻，就很難將之從腦海裡去除。被丟棄的狗也是這種心情嗎？是吧？想把狗丟掉的話，像這個 COEX 就是最好的地方。他真的像狗一樣嗅聞。對狗來說，這種地方是最糟糕的，要在各種氣味的洪流中，再次尋找跟丟的主人。

手機靜靜發出震動的聲音。

「哦，不是的，我雖然已經預約好了……可是可能得取消。知道了，我會跟您聯絡。」

他把手機放回口袋裡。書店人很多，他走向出口的方向。他才剛想走出書店，就有兩名穿著青色西服的男人擋在面前。他們禮貌地說道：

「對不起，請您過來這裡一下。」

「什麼？」

朴哲秀皺起眉頭。

「要請您協助一下。」

旁人紛紛向他投以目光。他暫時陷入兩難，是要出示識別證，還是乖乖接受他們的盤查？他不想引起騷亂，於是跟隨穿著青色西服的男人，走進書店角落寫著「職員專用」的門。門一打開，就出現長長的走道，他似乎知道了進入書店的金基榮是如何消失的。

他們進入小會議室，要求他打開手提包。

「那條走道通到哪裡？」

「為什麼問？」

穿著青色西服的兩名男人中，個子較矮的人反問他。朴哲秀沒有打開手提包，而是拿出皮夾，出示了識別證。那是國家情報院發的漂亮識別證。

「我現在是臥底，不，我正在暗中追查犯人。」

可是穿青色西服的男人並沒理會他。高個子接過他的識別證，仔細審視，但是沒有再還給他。

他們看了一下彼此，撇嘴笑了。

「沒有身分證嗎？」

他取出皮夾內側的身分證交給他們。他們也拿走了，並且說道：

「可以打開一下手提包嗎？」

他覺得受到侮辱，決定絕對不能讓他們看手提包。

「你們好像聽不懂我的話。我現在在抓間諜。你們真的要倒大霉了，如果間諜跑掉的話，你們能負責嗎？」

他正想走出去，高個子擋在他的前面。

「讓我們看一下你的手提包就行了。」

矮個子說道：

「先生，如果你是清白的話，為什麼不能讓我們看呢？」

「你們有這樣的權利嗎？這是侵犯我的隱私啊！」

「權利？」

「翻看別人手提包的權利。你們有搜索票嗎？」

「如果懷疑有偷竊行為時，在徵得同意後就可以搜查。」

他故意嘲笑道：

「只有司法警察官才有這種權利吧？」

兩名青色西服嘻嘻一笑。他們就好像約好了似的，同時將識別證出示在他的眼前。

「我們就是司法警察官，行了嗎？來，現在把你的手提包打開。」

識別證證實他們真的是江南警察署的刑警。他忍不住懷疑自己的眼睛和耳朵。究竟為什麼會這樣？他打開手提包給他們看。他們拿出包裡的小臺東芝無線對講機，仔細查看之後，放在書桌上。他們如此煞有其事的搜查，搞得朴哲秀也開始對自己失去信心。他突然想到，那個手提包裡，難保不會出現證明他說謊的東西。

「喂！我的識別證上不是有住民號碼嗎？用無線電向狀況室確認一下吧！」

他提高了音量，但他們只是仔細地檢查手提包。矮個子看著高個子搖搖頭，高個子拿出ＰＤＡ，將他的住民號碼和發證日期傳給狀況室。

「你們到底想幹什麼？」

他抗議道。過了一會兒，身分調查結果傳到了ＰＤＡ。高個子將識別證遞給他。他伸出右手接下識別證的瞬間，矮個子抓住他的手臂向後一扭，那是在現代柔道中也禁止使用的腕挫腋固動作。他的手臂一眨眼間就動彈不得。

「這張身分證是你的嗎？」

「你在說什麼啊？」

他的臉被按在桌面上，痛苦地大喊。

穿著青色西服的男人將他銬上手銬。

「發證日期錯了。那張身分證已經掛失很久了。」

直到此時，他才明白過來。

「啊！那個，我可以解釋。我的身分證有陣子弄丟了，所以領了新的。但我忘了，還帶著以前的出門。」

可是他們好像不相信他說的話。有人抓著他的手臂讓他起身。他的手被反銬到背後，站在兩名青色西裝面前，模樣比一開始還要狼狽。他感到無比的屈辱，其程度更甚於憤怒。那是只有雄性之間才能感受到的羞恥。

「請你們打電話給我們公司，皮夾裡有名片。」

青色西服中的矮個子再次翻找皮夾，找出一張名片，推到朴哲秀面前，他點點頭。他拿著名片走出房間。朴哲秀從來沒有想過有人會檢查自己的身分證，以前只要「公司」的識別證就足夠了。

從外面傳來什麼聲音，高個子大聲回答知道了，把他扶到椅子上坐下，慢慢開門走到外面去。大概是矮個子在外面叫他吧。獨自留下來的他環視著房間。這簡直令他太難堪了。他不想就這樣被他們拉出去，但也沒有什麼好辦法。他腦中出現各種想像。他們會不會是北邊派來的？為了保護逃走的金基榮，他們是有可能耍這種詭計的。要不然也有可能是偽裝成警察的騙子，用這種方法在大型書店洗劫別人錢包。他越想越覺得奇怪，可是他們的確知道他的身分證發證日期是錯誤的。他起身朝門口走去，用銬著手銬的手好不容易把門打開，走到外面去。兩個穿青色西服的人剛好站在門邊。他們的目光相遇，他覺得對方的眼神比剛才要柔和得多，正在納悶的時候，從走道的另一側傳來動靜。他轉頭望去，是「馬鈴薯」。雖然在不同的辦公室工作，但屬於同一家公司，他喜歡用「馬鈴薯」這個代號代替自己的名字。參加防諜等相關研修時，兩人因為經常碰面，而且年紀也相仿，所以彼此說話不用敬語。馬鈴薯看到上了手銬的他嗤嗤一笑，那是一種幸災樂禍的表情，意思是「看你這個丟人現眼的樣子」。他的身後跟著四名職員。馬鈴薯走近青色西服，低聲問說是什麼事，青色西服慌忙找出手銬的鑰匙，解開他的手銬，並把識別證和身分證還給朴哲秀。青色西服看起來十分懊喪，並且退後一步。他把錢包放進後口袋，立刻回身用牛津鞋尖踢了高個子的小腿一腳，然後破口大罵：

「你們這些狗娘養的！」

高個子當場彎腰倒地。朴哲秀踢向矮個子的第二腳卻沒踢中，因為他拋下同事迅速跑掉了。馬鈴薯和那些部下跑過來拉住朴哲秀。

「算了！」

可是他的憤怒一時難以褪去，氣得直喘粗氣。癱坐在地的高個子一瘸一拐地朝同事跑掉的方向追去。

「算了，讓他們走吧！」

「那些王八蛋……」

「冷靜點吧！他們也是因為有諜報所以才出動的。不就是聽命行事而已嗎？」

馬鈴薯很平靜。朴哲秀摸著留下手銬痕跡的手腕。

「你怎麼會過來？」

「我們狀況室確認你身分的，剛好我們在附近祕密行動。好像是鄭組長聯絡我們組長的。」

他說的是灰色背心。

「所以你們也在這裡？」

「我們也接到諜報了。」

馬鈴薯拍了拍身上的灰塵。

「什麼諜報？不就是看到我的身分被調查，想跑來看看有什麼新鮮事嗎？」

「這也是啦，隨便你怎麼想。有沒有受傷？」

馬鈴薯嘻皮笑臉的。這件事大概會在公司流傳好一陣子。他竟然跟傻瓜一樣，被警察銬起來，真是可憐的傢伙。

「那些王八蛋的名字究竟是什麼？」

「怎麼？還想向青瓦臺檢舉嗎？你也不是完全沒錯啊。聽說那張身分證已經掛失了？」

他深呼吸了幾次之後，開始慢慢朝青色西服逃走的方向走去。幾名書店職員探頭看熱鬧，與他目光相對後，立刻關上門。馬鈴薯和部下留在原處商議事情。他來到走道盡頭，打開門，走出書店區域之外，那裡有專用貨梯和緊急通道。他現在已經很清楚金基榮是如何逃跑的。他和跟上來的馬鈴薯道別後，慢慢經由緊急樓梯下到地下二樓，他開來的車應該在那裡。他翻找西裝口袋，確認停車券是否還在。

30

賢美很喜歡下午打掃結束後的教室。她偶爾會留在教室填寫手冊的空欄，或者做一些簡單的作業。教室朝西，那時的陽光會越過第二排，照進第三排的中間。透過窗戶向下看，可以看到只穿背心的男孩子，在運動場角落的籃球場上流著汗。這段時間一切看起來都非常平和。但是今天不只她一個人，賢美面前還有另外三個學生，正靠在書桌上看著她。

「我們得去補習班。」

說話的是在京，她為了上藝術高中必須去美術補習班。

「是，我知道，在京。大家都來了，我們就開始吧！」

賢美環視著其他人，開始說話。

「剛才導師的話都聽到了吧？要做教室布置，你們都得幫忙。」

「什麼幫忙？妳不就是要我們做全部的事嗎？」

韓泉撇著嘴說道。她在上個月的考試中輸給賢美，只得了第二名。她父親是整形外科醫生，家境富裕，聽說許多明星去她爸爸開的醫院，還聽說有幾位女老師也利用假期去那裡整容。

「我也會做，但你們也知道我在這方面才能不足。」

「喂，這種小事情需要什麼才能？」

韓泉又故意作對。此時一直保持沉默的泰秀站了出來，他是聚在一起的四人中唯一的男孩。

「不要這樣，既然已經決定了，我們就快點把該做的事情做完以後回家吧！班長，我該做什麼？」

泰秀暗戀美術很好的在京是公開的祕密，賢美心想，如果不是這樣的話，他才不會自願參加這種會被男生取笑的活動。無論原因是什麼，她都很感謝泰秀。這種時候，比起女生，還是男生比較好。

「今天先決定後面的牆壁、布告欄和窗戶要怎麼裝飾。從明天起，大家在放學後都暫時留下來一起做。」

他們圍在書桌旁，拿出筆記本，擬定了各種計劃。無論是要去補習班的在京，還是討厭賢美的韓泉，在會議開始之後，都很認真地參加討論。泰秀雖不時偷看在京的臉孔，但在京故意不看泰秀。賢美並沒有堅持主導一切，韓泉趁機站出來，整合了各種意見，也因為如此，她的聲音越來越大。無論如何，事情順利進行。討論即將結束的時候，在京戳了一下賢美的大腿。

「班長，妳不去洗手間嗎？」

賢美雖然不太想去，但還是跟著在京起身。一走進洗手間，在京就向賢美說道：

「班長，我真的很討厭泰秀。」

「是嗎？泰秀好像喜歡妳喔！」

「我才不管，我太討厭他了。」

「他哪裡不好？妳為什麼討厭他？」

「討厭一個人需要理由嗎？」

「連看到他的臉都討厭嗎？」

「嗯。」

賢美以嚴肅的神情看著在京。

「我要退出。」

「不行，沒有妳絕對不行。誰來畫圖？」

「跟我有什麼關係？妳以為我是為了教室布置才畫畫的嗎？」

在京撇了撇嘴。

「泰秀對妳做了什麼？」

「沒有，可是他老是看我，太噁心了。」

「那要不要我跟他說一下，讓他不要看妳。」

「不，沒那個必要，別跟他說。」

「為什麼？」

「那樣的話，他會以為我在乎他，我也不喜歡那樣。」

「好，妳畫圖就好，讓泰秀釘釘子、搬花盆，做那些粗重的活，好不好？你們倆不會湊在一起的。要找到一個男生很不容易啊！」

「妳沒搞懂我說的。如果我和他一起做教室布置，他會好像獲得什麼獎盃一樣，珍藏這個記憶的。我不想留在他的記憶當中。我存在於他的腦袋裡這件事，實在是太可怕了。妳懂我的意思了吧？」

賢美想說點什麼，但一時之間忘了。因為她認為泰秀並不是那麼招人厭惡的男生。他非常平凡，身高在同齡孩子中算是比較矮的，成績在第十名邊緣徘徊。他非常迷日本漫畫和 J-POP，下課時間總是戴著耳機看日本漫畫，雖然有點御宅族的傾向，但不會讓別人不愉快。一個人可以如此毫無理由地討厭另一個人，賢美感到有點訝異。

在京從口袋裡拿出面紙，擦掉眼裡的一絲淚水。她的心情似乎也有點激動。賢美雖不理解何必如此，還是抱住她的肩膀安慰她。雖然應該要安慰的人並不是在京，而是泰秀，但此刻的情況並不需要公平。

「我要退出。看在導師的份上我不得不來，但看到泰秀的臉實在是受不了。妳幫我跟導師好好說一下，好嗎？」

兩人回到教室，韓泉瞇著眼觀察一起走進來的在京和賢美。她好像看出有什麼不對。賢美匆匆打圓場。

「明天下課以後，像這樣留下來討論一下再走。」

在京默默拿起書包，最先走出教室。泰秀也跟著離開，卻走向與在京完全相反的方向。

「在京怎麼了？」

韓泉抓住也想走出去的賢美。

「什麼？」

「為什麼鬧彆扭？」

「她沒鬧彆扭。」

賢美來到走廊，向樓梯走去。韓泉緊緊跟著她。

「聽說妳今天要去振國家？」

「什麼？」

賢美停下腳步，瞪著韓泉。韓泉得意洋洋地笑著。

「幹嘛那麼驚訝？不去了嗎？」

「誰說的？」

「妳去還是不去？」

「妳幹嘛問？」

「我連問都不行啊？」

賢美再次向前邁開腳步。

「不去。」

「是嗎？聽說是振國的生日。」

「所以呢？」

「妳沒收到邀請啊？」

賢美這才覺悟到自己騎虎南下了。收到朋友的生日邀請雖不是罪，但她非常了解同齡女生。明天這件事就會傳遍全校，不久之後，老師也都會知道。最後，顯然各種醜陋的謠言都會開始流傳。她不太清楚應該怎麼從這種狀況中全身而退。然而，彷彿獲得天啟似的，她的腦海裡突然浮現某種念頭，這念頭轉為話語，經由自己的嘴流瀉於空氣之中。

「收到邀請的人不是我……是雅英。」

「是嗎？」

韓泉因為這個新的情報，兩眼睜大。

「啊！原來如此。」

韓泉以一副我就知道的表情點點頭。

「我還以為妳跟他在交往。」

「事實上，他是在跟雅英交往。妳也知道雅英的情況，所以我在中間幫他們傳話……」

韓泉打斷她的話。

「啊！原來如此，難怪……」

「雅英一直要我跟她一起去……」

「她真是太奇怪了。那妳要去嗎？」

「我也不知道。」

她對於自己順口說出的謊言如此奏效感到內疚，但同時也感受到工匠在製造出非常有用的東西時，只有他自己能感受到的優越感。從無創造有，且其效用立即獲得驗證。被逼上絕境的她突然開始主導狀況。非但如此，她還進一步說：

「對了，剛才在京說她太討厭泰秀了，所以要退出教室布置的工作。」

「是嗎？」

韓泉這次也一樣兩眼發光。

「瘋女人，泰秀哪裡不好？」

「就是說嘛！」

韓泉挽住賢美的手臂。賢美本來不喜歡女生挽手走路的習慣，但此刻也沒辦法果斷地甩開韓泉的手，反而向韓泉嘻嘻一笑。韓泉將賢美的手臂挽得更緊了。

31

蘇智一整天都在想著基榮的事情。認識他也不是一兩年了，但像今天這樣子還是第一次看到，她也確實了解到自己對他實在是所知甚少。舉目無親的孤兒、表情總是略帶灰暗、不會說笑話、似乎不會害別人或誣陷他人。有時看起來，他像是遺失了才能和力量的數學家；有時看起來，他又像是個想要引發女人母性本能而故意哭喪著臉的男人。但他無論在任何情況下，都不會給人邪惡或卑劣的印象。他身上有種歷盡滄桑的男人才有的冷漠，而他就是以此武裝自己。在任何情況下，都不會輕易表露自己的感情。但反過來看，前面所言其實也就昭示了自己對他著實一無所知。

今天的他和過去認識的他完全不同，像是方才開槍打死人的男人一樣。蘇智想起不久前殺死妻子卻還照常上班的某個公務員，那人一整天慌慌張張，甚至還因為妻子沒接他的電話而向警察報案，後來才承認是自己殺了妻子。丈夫可以殺死妻子。不，沒理由不行。他們的力氣比妻子大、更具攻擊性，聽不太懂女人的話，不願意受到責備。

他五年前交給自己保管、突然急著要拿回來的那個包裡，究竟放了什麼？她從五年前起就對此相當好奇。當時流行尋找同窗的網站，只要建立一個厲害的主頁就能大賺幾百億元，就在那風險熱潮即將結束之時，許久不見的他突然將那個包遞給她。

「妳可不可以幫我保管一下？」

「這是什麼？」

那個包很鼓，上面鎖著用三排數字組合的小巧金鎖。

「我對寫小說也產生了興趣，所以寫了一點東西，放在家裡不太好。裡頭還有日記本，我暫時不想讓瑪麗知道。」

她嚇了一跳，從來沒想過基榮會寫起小說。她雖然知道他喜歡書和電影，但沒想到他會直接創作。那時她剛躋身文壇，成為作家，正在寫第一篇長篇小說，題目暫定為《水獺》，內容敘述一個男人為了守護自己家而奮戰的故事。在這個男人都拚命想買房子的國家，卻沒有一本關於買房子和保護家庭的小說，對此，她覺得非常奇怪。

「山姆·畢京柏（Sam Peckinpah）的電影中有一部關於這個內容的，片名是……」

基榮聽完她的構思後說道：

「Straw dogs，《暴力正義》？應該是這個吧。達斯汀·霍夫曼飾演一個為了躲避暴力的城市，來到妻子鄉下故鄉的數學家。可是從以前就和他的妻子有過關係的那些男人，在修建車庫的時候，一步步地接近他的家。」

「有這種電影啊？」

「達斯汀·霍夫曼無法拒絕他們的提議，跟著他們一起去打獵。突然間，他發現打獵場只剩他一個人，那時候，村裡的男人正在輪姦他的妻子。內向、膽小的達斯汀·霍夫曼拿著獵槍，為了保護自己的家，開始跟他們對抗。」

「我得看看這部電影。」

「也許和妳想寫的小說沒有任何關係。與其說是保衛家園，還不如說是雄性暴力本能的電影。」

「那倒是。雄性的暴力本能？什麼時候會發揮呢？為了保衛家園而奮戰這句話，還意味著保護女人和孩子的意思。」

基榮表示同意。蘇智繼續說道：

「可是為什麼我們國家的小說缺少了這個部分，我是說死守家庭的男人的故事。有多少人的房子和家庭被強取豪奪？打個比方，在最近這個信用不良的時代裡，很多男人因為為數不多的債務，把自己奮鬥了一輩子購買的房子抵押給別人，可是大部分的人也只是袖手旁觀而已。為什麼沒有人拿起武器？為什麼不靜坐示威或者自焚？我們讀大學的時候，為了不認識的人遭到拷問憤然而起，那些人現在都是家庭裡的家長，成為這個社會的中堅，為什麼自己的房子被高利貸公司或銀行搶走也無力反抗？」

「妳在問我嗎？」

基榮問道。

「這間啤酒屋裡除了你還有誰？」

「我也不知道。」

她喝了一口啤酒。

「美國西部電影都是這類情節，如果有人要奪取自己的家和農場，至死都會抵抗，如果不行的話就會報仇。我們為什麼沒有報仇的文化？遭遇這麼嚴重的事情，為什麼報仇的故事仍不發達呢？你曾經看過我們的小說裡有討論報仇的情節嗎？」

「好像沒有。如此看來，大家好像寬容的比較多。」

「是吧？我覺得我們對於善跟惡的關注，不像西方人一樣那麼強烈，因為不去思考對與錯，所以報仇也變得無力，結局往往都是：其實他們也都很可憐，就這樣結束了。」

「對！」

「可是即便是對善、惡的概念不清楚，自己的家被奪走，總是會憤怒的啊！」

「讓讀者發火是妳的目標嗎？」

「不，但我想去挑動隱藏在人們心裡的憤怒，只想告訴大家憤怒是存在的。偉大的作品不是都這樣嗎？問世以後才醒悟到過去從沒有發現過的東西。」

兩人之間流淌著不自然的沉默。

「妳會成為偉大的作家的。」

基榮勉勵她。

「連自己都不相信的話就不要說了。」

她難為情地說道。他也笑了。

「其實我也不是真的很相信。」

她又摸著基榮交給她的包問道：

「你寫的小說是關於什麼內容?」

「沒什麼啦!」

「說說看嘛!」

在蘇智催促下,基榮無法拒絕,只好說了幾句,然後又閉上嘴巴。

「就只是八〇年代的故事,大學時期的內容……」

她打斷了他的話。

「如果是那種內容的話,不要現在寫,以後再寫吧!現在寫的話,會讓人覺得太老套了。」

「是嗎?」

「當然,那類小說不知道出版了多少。」

「那倒是。」

她如果真的知道他在寫什麼的話,恐怕就不會說得這麼武斷了。基榮一直持續在寫跨越人類生死界限的故事,只是沒有寫在紙上而已。自從一九八四年南下後,他十幾年來一直負責創造職位。數百名情報員經由他四散到南韓各地。他為他們創造了適合的名字和職業。只有在南韓這個語言混亂的海洋中長久生活的人,才能從事這個工作,北韓三十五號室是無法做到的,因為那裡只能接觸到間接的資訊、圖書和雜誌。北韓編寫的故事總有不合時宜的漏洞。語言會隨著歲月的流逝逐漸老化,新的詞彙出現,過去的詞彙則以不同的意義留存下來或者消失。成為一個情報員,僅憑書本或連續劇熟悉的語言是不夠的。基榮的任務就是準備新鮮的詞彙,以及不會遭到任何人懷疑的故事。李相赫判斷他是適當的人選,他也很喜歡這個任務。

這個工作不用舉槍瞄準別人的心臟，也不用穿著潮濕的潛水衣，呆在氧氣稀薄的潛水艇船艙裡嚼著乾拉麵，與暈船對抗。他閱讀韓國文學全集，錄下紀錄片《人類時代》，讀著錄影帶的字幕，將句子完全背下來。他認為應該了解南韓各階層的人是如何生活的，所以在周末去市場與人交談，在光化門搭乘即將出發的觀光巴士，去到江原道的山裡。周末去登山的人聚集在巴士裡、在寺廟的山泉出口、在山頂的直升機起降場、在結霜的山脊芒草田裡，毫無保留地傾述自己的人生大小事。有時他覺得自己像是劇團雇用的專屬劇作家，所做的事情就是只要角色一定下來，就為他創作故事。經由金基榮之手分赴各地的情報員，把蔚山的工人、菲律賓出身的留學生或者退休教師的故事背下來，然後離開職位創造站。他沒有必要知道他們的演出如何，演出和演技是別人的任務，他只要像收音機的編劇一樣，無止境地編寫新的故事即可。有些人接受他所賦予的角色進入社會，在任務完成後平安回歸，偶爾也有結局與此相反的。每當接到不幸的結果時，他雖然會變得憂鬱，但他很難區別這份憂鬱究竟是對於一個人不幸的感同身受，還是對於自己創造物不完美的不快。

「寫完以後會給我看吧？」

「妳先幫我保管好包包。」

「知道了。想再動筆寫小說的時候告訴我。」

「要是有個K書中心可去就好了。可是我真的不知道有沒有時間可以寫。」

「時間才不會平白無故地等你，要自己抽出時間來。」

蘇智記得他倆的對話就是在這裡結束的。她下了地鐵，往家裡走去。她在阿峴洞都市更新預定地租了一間平房，即將開始的都更卻無限期延遲。多虧如此，她才能以低廉的房租住了好多年院子裡能看到蘋果和木蓮的房子。這是個老社區，沒有遮擋天空的高樓，只有小巷子。電線桿和電線桿中間，掛著「慶祝都市更新促進委員會成立」的襤褸橫幅，隨風飄蕩。鄰居在路上遇到會打招呼，小店也可以爽快地賒帳。在這個社區裡，不太可能隨便把男人帶回家裡，但對於寫小說的蘇智來說，這裡是一個很有意思的地方。只要打開氣窗就能瞧見只穿著背心的男人與老婆破口大罵的生動場面；有時她也會和偷別人家辣椒醬的大嬸四目相對。鄰居都叫她蘇老師，也稱呼她住的房子為蘇老師家，還有些人以為她是房東，不是租房子的房客。

她打開大門進去，將電子鑰匙對準數位鎖，大門應聲而開。她進到家裡，關上門，隨著叮鈴鈴的聲音響起，門又自動鎖上。她脫掉鞋子，走進客廳，將帶回來的手提包往沙發上一扔，走進作為工作室的隔壁房間。因為窗戶朝北，所以房間陰暗而潮濕，好不容易照進來的光線還被百葉窗擋住，如果不開燈的話，什麼都看不清楚。她把檯燈打開，坐下來，仔細想著基榮交付給她的包包放在哪裡。實在想不起來。因為她認為這是重要的東西，所以藏得很深，但究竟「深」到什麼程度，她實在是想不起來。

她打開衣櫃，翻看被子，但沒找到。她也踩著化妝檯椅子查看衣櫃上方，但也沒有，只看到厚厚的灰塵、不知是誰的博士論文以及從美國帶回來的書。她從椅子上下來，查看書架周邊，如果是包包的話，不會像書一樣插在書架上，也不可能放進抽屜裡。她打開流理臺下方櫃子，甚至連鞋櫃也翻遍了。她看了沙發下面，還走到陽臺外面張望。她不可能把地板挖開，放到裡面去，也不可能放在浴室天花板上。包包裡又不是有槍或毒品……想著想著，她突然覺得似乎也不無可能，包裡面也許有金基榮這個人完全不同的一面。

她看了時鐘，快五點了。她有些著急，另一方面，她又對包包裡究竟放了什麼感到好奇，幾乎到了無法忍耐的地步。到最後，她乾脆看到什麼就翻出來，並開始翻抽屜。抽屜裡除了雜物以外，什麼都沒有。終於，她的視線就像艾德加・愛倫・坡〈失竊的信〉內容一樣，停留在書桌旁的大型行李箱。這個用彈性極強的聚丙烯製成的行李箱看來極為堅實而頑強。不知是否因為已經翻遍家裡之後才發現的緣故，那個紅色行李箱看起來十分陌生，好像從她身後悄悄靠近，挖苦她說：「妳這個傻瓜在找我嗎？」雖然知道看起來很傻，但她還是出聲問道：

「你從什麼時候開始在這裡的？」

行李箱沒有回答。她把箱子拉出來放倒，隨著「啪」的聲音倒下的箱子，並沒有乖乖地張口，因為箱子是用密碼鎖上的。蘇智按了783，但箱子並沒有開啟，783是家裡電話的前三碼，接著調417，也沒有奏效。既不是她的生日531，也不是姑且試試的000。她在好像遭小偷的凌亂房間裡，與密碼展開搏鬥，額頭上冒汗，散亂的劉海貼著額頭。她原本打算在見基榮之前整理頭髮，再重新化妝，但時間已經不夠了。腋下也出了汗，她把襯衫脫掉，丟在一邊，只穿著胸罩再次與行李箱搏鬥。沒辦法了，她只能按照000、001、002、003的順序開始嘗試……。轉動每一個數字盤，檢測所有的數字並非易事，偶爾兩個數字盤同時旋轉，010之後變為021，將其再往後調時，竟然不是011，而是010。她又看了時鐘，已經五點二十了，數字盤只轉到183。她從鞋櫃裡取出工具箱，不知是不是工具箱的拉鏈打開了，六角扳手掉下來，擊中她的頭頂後掉到地上。她有些頭昏眼花，而且扳手還差點砸中她的腳背。她從工具箱裡拿出錘子，深呼吸之後，走向那個該死的行李箱。她扶起箱子。「起來，臭婊子！」在美國認識的一個男人，經常會拉著她的頭髮在房間裡走來走去。她睡到一半，意識還沒清醒、內衣也沒穿，就被他從床上一把扯下來，像山羊一樣咩咩叫，眼睛看著地板被到處拉扯，這自然不是愉快的經驗。那個男人十歲時跟著父母移民到美國，在紐約大學拿到ＭＢＡ學位後，在曼哈頓南邊世貿中心大樓裡的日本投資銀行工作。他父母一到美國便離了婚，他由父親撫養長大。他父親是放射線科醫生，雖然很早就找到工作，卻是個酒鬼。當時她是留學生，需要擁有房子、工作和醫療保險的男人，紐約物價太高，但她厭惡父親寄來的髒錢。

二〇〇一年九月十一日，她在首爾的這間房子裡無所事事，看著有線電視播放英格麗・褒曼主演的老電影，當時出現「輕型飛機撞上紐約世貿中心大樓」的字幕，她沒有轉換頻道，但是當字幕從「輕型飛機」改為「民航機」時，她立刻將頻道轉到ＣＮＮ。人們如同被風吹落的花瓣一般，嘩啦啦地從高處往下墜落，不一會兒，北側的大樓突然開始崩塌，捕捉逃跑的圍觀者的畫面四處搖晃。攝影師也在跑，電視裡傳來阿拉伯語、中國語、英語、西班牙語、韓國語、日本語以及無法分辨的世上所有語言的慘叫聲。他也死了嗎？他像往常一樣，一早就起床上班了吧？穿著乾淨、熨好的棉襯衫，繫上絲質領帶，外面套著剪裁合身的灰色西裝，用眼神向接待櫃檯的胖女人打招呼。可是蘇智不認為他會死。他的辦公室位於美國聯航ＵＡ１７５航班撞擊的南側大樓九十二樓，撞擊位置在八十樓附近，據說在該位置上方的人，死亡人數要遠超過存活人數。

九月十二日，一個在紐約一起住過的室友打電話給她。那名室友輟學後，在布魯克林開了一家美容院。她傳來他奇跡似生還的消息，她雖用了好幾次「奇跡」二字，但蘇智絕不相信那是奇跡，因為他不是會那樣輕易死去的男人。聽說他一得知美國聯航飛機撞上了旁邊大樓的消息後，沒有等待任何人的指示和援救，就搭電梯直下一樓。許多美國人按照從學校和電視裡學到的，在辦公室裡等待救援隊員到達，但他是絕不會期待來自那種社會體系善意的人。警衛雖然告訴他不需躲避，要他回到辦公室等候，但他無視那名警衛的制止，甚至還用力將他推開，跑向樓下。他到達一樓大廳的時間不到上午九點，走下地下商場的瞬間，再次聽到了強烈的爆炸聲。他辦公室所在的南側大樓也遭飛機撞擊。飛機尾翼的鋁合金碎片、水泥塊、影印機的碳粉盒、愛馬仕包、迴紋針、班尼頓行李箱、強化玻璃、組合音響、小型保險庫、彎曲的鋼筋、樓梯扶手等滾燙的物質，就像冰雹般落下的時候，運氣好的他正在地下商場。不一會兒，他在西街的北端好整以暇地看著一起噴火的兩棟大樓。蘇智對他已經沒有任何感情，只是訝異於這世上有人活著只關注生存和控制。這個人內心空虛，完全不相信神或超自然的存在，甚至也不相信來世。

她拿起錘子，小心翼翼地推著行李箱的手把，對準指著183的數字盤，然後又放下錘子，撥著184、185、186。箱子還是沒開。她又拿起錘子重擊箱子的密碼鎖，彈性極強的聚氨酯素材將錘子彈回，差點擊中她的額頭。她又開始錘箱子，一次、兩次、三次，數字盤已經破碎，無法辨識號碼，但行李箱仍然沒能打開。如果家裡有鋸子的話，也許她會把箱子鋸開也說不定。她從廚房取來菜刀，插進行李箱的隙縫，然後往旁邊移動，傳出鐵和刀刃碰撞的尖銳聲響。聲音雖然十分刺耳，但她沒有停止。她一不做二不休，乾脆用刀砍密碼鎖，聲音雖大，但沒有任何效果。她氣急敗壞，心想要是有鐵鋸就好了。她走進廚房，拿起擋門的木墊，塞進用菜刀好不容易撬開的隙縫，加以固定，再用錘子狂砸木墊的後方。隙縫漸次擴大，那個頑強的密碼鎖終於「啪」

的一聲掉落。行李箱無力地倒下，張開了嘴巴。行李箱裡還有一個更小的文件箱子，而且也是用密碼鎖上。

PM 05:00

32 獵狼

朴哲秀停下車，將駕駛座的車窗玻璃降下來，帶著濕氣的風讓他感覺到些微涼意。馬路對面的福斯汽車展示廳，內部要比外部更加明亮，看來像科幻電影裡的太空站。一個看起來像張瑪麗的女人坐在裡面工作，偶爾起身走向坐在後方的男人，與他交談。

如果是金基榮會怎麼做？他想像著。此刻金基榮已經確定自己受到追蹤，會來找自己的妻子嗎？會這樣做嗎？

他給灰色背心打了電話。灰色背心好像正拿著什麼東西吃，話筒裡一直傳來「嘖嘖」的聲音。

「喂，你以為人都是靠頭腦生存的吧？並不是。人啊！是靠本能生存的。你知道以前美國佬是怎麼捕狼的嗎？他們把發情的獵犬綁起來，然後等待。聞到氣味的公狼就會跑來。牠們一旦交尾，公狼的龜頭便會漲得極大，所以拔不出來。你知道我在說什麼吧？釘釘子的時候不是需要固定栓嗎？就是這個原理。等牠們黏在一起的時候，就是那時候跳出來，用木棒把狼打死。」

「那母狗呢？」

「母狗？啊！那條獵犬？就摸摸牠、稱讚牠幾句，牠就會高興得猛搖尾巴，然後又會散發氣味，等待下一匹狼。」

他又發出嘖嘖的聲音，開始嚼起什麼東西。他的胃雖然變小了，卻比以前需要更多的食物。

「等著瞧，一定會出現的。公的都一樣。」

他說再見後掛斷電話。灰色背心強調現在監聽小組已經加入，只要金基榮打電話來，立即就能發現他的位置。他放鬆心情，半躺在座椅上，疲憊突然一擁而上，在COEX遭逢的意外，似乎奪取了他大量氣力。他活到現在，還沒有遭人逮捕過。他生平第一次想到嫌疑犯的疲勞。必須在陌生的地方面對左右自己命運之人，這股壓力他第一次能感同身受。他閉上眼睛，卻老是想起剛才灰色背心說的話。他想著大白天也陰森森的十九世紀森林；撕裂寒冷空氣的狼嚎；綁在木樁上叫個不停的母狗；拿著棍棒和獵槍等候公狼，臉色通紅的盎格魯─撒克遜獵人；在周圍徘徊，搖擺於欲望與恐懼之間的狼。那匹狼大概地位極低，或者是被群體排除的流浪者，如果不是如此，絕不可能冒這種險。公狼遲疑地走上前來，將前腿搭上母狗的背部，然後把生殖器插進母狗腫脹的陰戶中。他想著這場面，竟不知不覺睡著了。那是毫無意識、等同於死亡的一段時間。他處於這種毫無防備的時間多久？簡直無法估算。他睡著的時候，人們依舊忙碌奔波、打電話、約好見面。

他打了一個輕微的寒噤，睜開眼睛的時候，世界和他睡著之前並無任何不同。現實感如同浴缸的水一樣緩緩湧上來。他觀察福斯汽車展示廳，天色更暗了，展示廳裡看起來更加明亮，幸好張瑪麗還在那裡。她正在收拾桌子，好像要準備下班似的。他看了看錶，剛過五點五十分。

33

基榮避開離 COEX 最近的三成站，在下一站宣陵站搭乘地鐵二號線，為了換乘三號線，又在教大站下車。他注意四周是否有人跟蹤，並快步走著。他邊走邊想，我究竟是要逃離什麼？剛才的跟蹤也是，是否真有需要擺脫的急迫感？現在這個瞬間，我最想擁有的究竟是什麼？它是否真的存在？

地鐵裡非常冷清。他坐在空位上，思緒還是一團混亂。過了一會兒，在高速巴士客運站上了許多人。這裡經常人潮擁擠，他的注意力集中在男人身上，但是沒看到有特別的動靜。他把眼睛閉了起來，雖然疲倦，但精神特別警醒。旁座的女人正用手機通話。

「……我知道，我知道，我不是說了嗎？我知道。」

她知道什麼呢？

「我說……我是說……嗯，嗯。」

每當對方說了什麼話的時候，她總是反覆「我是說……」這句話。

「我知道，我是說，她那個人原本就是這樣，真倒霉……我說……」

她的電話不知為何突然斷線。她反覆著「喂！」然後又再次按下通話鍵，地鐵裡終於出現短暫的安靜。這時，坐在她對面的五十多歲男人接到電話。

「嗯，這裡？」

他環視了一下周圍。

「這裡現在是藥水站。嗯，快到了。」

他公然說著謊。地鐵剛經過新沙站，藥水站還有幾站才會到。他掛斷電話，神情有點尷尬。「我是說……」再次出現。

「你為什麼掛斷電話？沒掛？嗯，我還以為你掛斷了。剛才說到哪裡？啊，對，對，對，我說，對嘛，我是說……」

她把手機貼著耳朵，然後在狎鷗亭站下了地鐵。基榮突然想到回到平壤以後，這些事情都不會發生了，不禁輕輕一笑。地鐵從狎鷗亭站出發，進入東湖大橋區間。哐噹哐噹。地鐵正越過漢江，遠處下游方向的火紅夕陽，正張開嘴吞噬漢江。

34

雅英在文具店遊戲機前面等著賢美。

「等很久了吧？」

「什麼事情需要這麼久？」

雅英念叨著。賢美沒有回答，反倒是雅英自己說出答案。

「同學不聽話嗎？什麼事那麼複雜？」

「不是啦，沒什麼。東扯西扯，就到了這個時間。」

「嗯，是嗎？」

兩人慢慢走著，感覺有點彆扭。

「妳要去振國家嗎？」

雅英問道。賢美答非所問，語氣冷淡。

「妳不去補習班真的沒關係嗎？」

雅英停下腳步。賢美又往前走了幾步，看到雅英沒跟上來，隨即轉身不耐煩地說道：

「妳是不是喜歡振國？」

「什麼？」

雅英一臉啼笑皆非，提高了音量。

「妳為什麼這麼煩人？我不是說不去了嗎？」

「妳什麼時候說過？」

「我剛才不是說過了嗎？」

「妳的個性真的很奇怪。」

雅英橫了她一眼。

「我怎麼了？」

「算了。」

賢美看到雅英眼裡噙滿淚水更加生氣。

「妳是在哭什麼啦？」

「誰哭了？」

雅英用右手擦掉眼淚，留下賢美，自己走開了。

「妳要去哪裡？」

「算妳厲害，妳行！」

賢美雖然叫她，但雅英還是頭也不回地繼續走著，最後終於開始跑起來。賢美沒有跟上去，只是叫了她兩、三次，但兩人距離越來越遠，最後也放棄了。賢美覺得心情有點難過，她拿出手機，又放回去，心情更加憂鬱。她用力踢著路上滾來滾去的小石頭，小石頭咕嚕嚕滾進下水道裡。喂！金賢美，妳到底幹了什麼事？啊？雅英相信妳，把妳當作朋友，可是妳卻背叛了朋友，而且妳還把她弄哭了。妳明明知道她是社會上的弱者，需要妳金賢美這個厲害的人幫助啊！

她邁開腳步。也許雅英會在家附近兩人經常坐著聊天的小公園長椅上，等著自己也不一定。她還準備了類似「又哭又笑，屁股就會長角」之類的幼稚話語。賢美越走越快，心跳也突然加速，好像有東西壓著似的，心情變得急躁而迫切。她遠遠看到自己和雅英居住的公寓社區之後，索性跑了起來。到處都看不到雅英的人影。她走進網球場和公寓社區之間的小門，三名高中男學生在抽菸，盯著她跑過去。她跑過用玫瑰藤蔓製成的拱門和蔭棚，也跑過已不再噴水的小噴水池。她繼續跑著，終於跑進小公園，只覺得上氣不接下氣。她在攀爬架前停下腳步，環顧四周。小公園裡只有兩個人，一個是還坐著學步車的孩子，另一個是看來像孩子母親的女人。孩子的媽媽用奇怪的眼神看著突然跑來、氣喘吁吁的她，並觀察後面是否有人跟來。母親一把抱起正在玩泥土的孩子，放進嬰兒車裡。賢美坐在模仿原木模樣的水泥長椅上，感覺屁股很冰涼。孩子的母親推著嬰兒車，離開了小公園。小公園裡再也沒有其他人了，帶著濕氣的風吹過她裸露的小腿。

為什麼會是這樣的心情？要雅英走的人明明是我，為什麼我會有被丟棄的感覺？她拿出手機確認簡訊，只有一條媽媽白天傳送說自己會晚歸的訊息。她把媽媽的簡訊刪掉。要不要回家泡杯麵吃？還是去好久沒去的漫畫店租漫畫？就在那時，簡訊鈴聲響起。

「我在等妳，好無聊哦！☺」

是振國。她回了簡訊。

「你在哪？☺」

「要來？哇！☺」

賢美正在猶豫的時候，振國的新簡訊來了，訊息裡寫著他家的地址。她沒回覆，但是卻已從長椅上起身，走向振國家的公寓社區。她生平第一次想到，在精神和肉體之間，也有可能存在非常難以理解、另一層意義的自律神經，與生物課時學到的自律神經不同。那條神經既不接受理性的控制，與肉體的欲望也沒有關係，但她的身體和心靈卻受那條來歷不明的自律神經控制，彷彿外星人入侵，掌握了她的精神，讓她去做邪惡的事情一樣。既不是產生幻覺，也不是在催眠狀態，她好像抽離了自身，從旁冷靜地俯視自己的所有行動，卻無力阻止。

PM 06:00

35　往日時光

雖然已經六點，但張瑪麗並未從座位上起身。其他職員已經相繼下班，最後經理收拾好公事包，向她走來。

「不走嗎？」

經理問道。她用有點嘔氣的表情回答：

「您先走，我還……」

「那明天見！」

他慢慢地走出展示廳，似乎有些不情願，也或許他是意識到瑪麗在背後看著自己。此時分公司就只剩下她獨自一人了。看著他走出去的背影，瑪麗突然想起和他一起生活的時裝模特兒。這兩人過得好嗎？有一次，他在酒席之間和男職員竊竊私語說道：「瘦女人沒意思，骨盆容易受傷。」瑪麗從洗手間回來，無意間偷聽到這句話。他們做愛真的那麼激烈，連骨盆都會碰撞嗎？也許曾經有過，現在不會了吧？瑪麗用原子筆開始在白紙上亂塗，三角形的上面再加上三角形，然後就像大衛之星一樣，成為六角形；在那上面又畫上三角形，再畫上三角形，圖畫漸漸接近圓形。她在旁邊寫下「骨盆」二字，也寫下「骨盆受傷」，然後又在上面重覆畫上三角形，又在空白的部分寫下大大的「骨盆」二字。她寫了無數個「受傷」和「骨盆」，最後感覺這兩個單字是毫無意義的，看起來只像是類似三角形的一種記號而已。她又拿起一張Ａ４紙張，在那上面又開始畫上三角形，又開始寫下「受傷」和「骨盆」。

「妳在幹嘛？」

她嚇了一大跳，回頭一看，金利燁正站在後面。她雖然遮住紙張，但為時已晚。

「你還沒走？」

「車動不了。要等三十分鐘，緊急道路救援的車才會來。」

他和經理不同，車子是停在大樓後方的收費停車場。因為不是福斯車，所以不能停在展示廳前面。

「我只是在隨手亂塗。七點有約。」

兩人之間暫時流淌著尷尬的沉默。金利燁原本想開她一個玩笑，於是悄悄走上前偷看，卻只見紙上寫滿「骨盆受傷」。他的腦海裡只剩這兩個單字閃爍不停。

「車子哪裡有問題？」

她問道。

「我也不知道，就是不動了。我也不想把手弄髒，連引擎蓋都沒打開，反正保險公司會處理的。」

「能發動嗎？」

「不能。」

「那大概是電池完全沒電了。」

「大概是吧？糟了，孩子的阿姨一定會生氣的。」

「啊，孩子是他阿姨在照顧吧？」

「最近好像在談戀愛，只要稍微晚點回家，她就會皺眉頭。」

「我有連接電線。」

這原本是很平常的話，我有連接電池的電線，可以借給你。但一說完，她就覺得自己太輕率了。如果打個誇張點的比方，就好像是在誘惑路過的男子。她心想這是因為語調的緣故，還是這個提議本身的問題？

「啊？妳連那個都帶著？」

「當然。」

她得意洋洋地從座位上起身。他一臉驚訝，跟著瑪麗走出賣場前面。警衛大叔立刻跑過來將鑰匙交給她，大剌剌的說道：

「啊，我把車子開出來了。」

原本停在地下停車場的Golf已經開上地面。不知從何時起，警衛不顧她的意願，就開始一點一點進入她的領域，就如同現在一樣。沒讓他做的事，他卻自作主張，或者擅自對各種問題發表己見。

「謝謝！」

她打了招呼後就坐進Golf裡，金利燁則坐在副駕駛座上。她發動車子熱車的時候，突然從後視鏡裡看到警衛站在車身後方，注視著Golf的車尾，表情令人不舒服。他是在嫉妒還是怎樣？她搖搖頭，今天究竟怎麼了？為什麼要把所有表情、所有語調都做如此解釋？我是不是變得太敏感了？又或者人與人的關係原本就是如此？瑪麗用舌頭潤了潤嘴唇。此時，警衛大叔走過來，敲了敲她的車窗。

「賣場的燈得關掉，門得鎖上吧？我來做嗎？」

「不，我不是現在要下班。金利燁先生車子的電池沒電了，我想去幫他發動。」

「啊啊！」

警衛那時才好像安心似的，不停地點頭，然後站到旁邊，在後面看著瑪麗倒車。瑪麗把車倒出來之後，轉入巷子裡，開往金利燁的車停放的付費停車場。金利燁降下車窗，向停車場管理員大聲說這輛車是來幫自己的，不要收停車費。瑪麗把自己的車停在金利燁車子的正前方，兩輛車面對面，好像在彼此打招呼說「你好！」似的。她發動Golf，然後從後車廂拿出粗重的電線，將自己車子的（＋）極與金利燁車子的（＋）極相連，（－）極與（－）極相連。她打著石膏的左手老是碰撞到什麼地方，每當此時，金利燁就會代替瑪麗發出「哎呀！」的聲音。他出神地俯看著兩輛車裸露的五臟六腑。

「你進到車裡去。」

他坐在自己車的駕駛座上，好像從來都沒做過這種事情一樣。

「發動車子看看。」

轟隆隆，車子發動了。他踩了幾次油門，表情雀躍地下了車。

「哇，太神奇了。」

從無能的男人身上散發的這種魅力，會不會就是進化過程的產物？她無力地笑了笑。

在他的注視下，她先將連接（－）極的電線拔掉，然後再將連接（＋）極的電線拔下。之後他將兩輛車的引擎蓋放下。

「二十分鐘以內不能熄火。」

「好的，明天見。啊！石膏什麼時候能拿掉？」

「不知道，快了吧？」

他好像乖巧的少年一樣點點頭，再次坐到駕駛座上。她也上車，倒車後駛出停車場。他也跟著把車開出停車場。她把 Golf 再次停在公司前面，並向警衛說以後再來取車，要他不用費心。她一看手錶，已經六點三十五分，和成旭見面的時間快到了。她回到賣場，鎖上抽屜後，將後方所有的燈都關掉，只留下展示廳的燈，然後去洗手間洗手之後，開始補妝。口紅幾乎都已經掉了。她仔細在臉上補妝，然後用紙巾擦手。雖然很想抽根菸，但還有第一次見面的人，她不想渾身上下沾滿菸味，況且年輕的愛人也不喜歡。她走出賣場，向出來告別的警衛點頭示意，然後站在斑馬線前面。

信號燈轉綠之後，她和別人步調一致，越過了斑馬線，坐上一輛正停著的計程車。

「到江南站。」

司機默默開車出發。

36

張瑪麗突然開車與金利燁一起消失在大樓後方時，朴哲秀錯以為他是金基榮，因此急忙迴轉車子，緊緊跟著他們，但她卻開進公司正後方的收費停車場。仔細一看，那並不是金基榮，而是其他男人，兩人非常認真地連接電池、發動車子。不久之後，瑪麗再次回到公司。他又把車子停在公司對面的路邊，等待她下班。過了一會兒，她獨自出來，這次她把車留在公司，走過斑馬線。她究竟為什麼要留下車子？是不是要去附近吃晚飯？是要加班嗎？可是她一走過斑馬線就坐上計程車。計程車經過他的車後，開始加速，他急忙追上那輛計程車。計程車並不求快，順著其他車輛的節奏慢慢往南移動。下班時間的江南地區，無論何處都十分擁擠，汽車密密麻麻覆滿路面。朴哲秀報告了現在的情況。從瑪麗拋下自己的車，利用計程車前往流動人口極多的地方看來，他研判去見丈夫的機率極高，他需要支援。可是隊長卻有些懷疑，說這似乎太招搖了，反而有可能是分散注意力的計謀，得小心，還補上一句支援人力可能會晚到。

計程車停在江南站。她下了計程車之後，就毫不猶豫地走進紐約麵包店後面的巷子。他把車子停在安全地帶，在駕駛座前面的儀表板上貼了「執行公務」的標識牌後，下車跟在她的身後。她看來對於跟蹤完全不設防，反而更注意在人潮中前進時，如何不與其他人相撞。她似乎到達目的地了，停下腳步，從手提包裡拿出小鏡子，再次照了照臉孔，然後把小鏡子放回包裡。她站在名為「紅酒發酵五花肉」的紅色招牌前，朝向街頭的抽風機猛烈排放出燃燒脂肪的油煙來。

他從五年前開始就不再吃肉了。那是在看了史考特・聶爾寧（Scott Nearing）的妻子海倫・聶爾寧（Helen Nearing）寫的《儉樸的餐桌》（*Simple Food for the Good Life*）一書之後，那本書裡寫著史考特．聶爾寧活到一百歲。海倫本人後來則活到九十二歲。

他想活久一點。

他知道，如果說那是願望的話，大家會嚇一跳，所以他從來沒有說出口。可是他認為未來幾十年後，現在的人類壽命會以無法想像的程度增加。為此，他認為在那種革命性醫學的發展到來之前，自己應該維持比較健康的身體。他看了看周圍，江南站後方道路上這些為數眾多的年輕人，究竟能活到幾歲？不過幾十年前，七旬壽筵可說是家裡的喜事，但如今卻成了再平常不過、令人覺得麻煩的活動。有人會在內心深處詢問，活那麼久要做什麼？他的答案是，長命百歲，其本身就是目的。有人夢想成為情聖卡薩諾瓦；有人想當拿破崙；有人想征服喜馬拉雅山脈所有超過八千公尺的高峰；有人想徒步環遊世界一周；還有人想創一百公尺賽跑的世界紀錄。但我只希望能比別人活得更久，在活了很久很久以後，看著那些出人頭地的人、那些擁有很多女人的人無可奈何地死去。我們拿到相同的門票，進入名為地球的劇場，那麼既然已經入場了，希望看到更多東西不是很自然嗎？

海倫．聶爾寧曾如此說道：肉食是不自然的，想想吧，如果看到路邊的蘋果樹結了蘋果的話，我們會毫無罪惡感地摘下來吃，可是幾乎沒有人看到路過的雞，會把雞腿扯下來吃掉。他同意她的意見，是的，肉食太殘忍了，而且人類的腸子也是因應素食而進化的，所以比肉食動物的腸子要長。肉類在通過腸道的期間會腐爛，這點他也同意。因為在吃了肉類的隔天，他經常苦於腹脹。可是在社會生活中，特別是像他一樣在情報機構這種男人世界的組織中工作的人，遠離肉類不是件容易的事。在烤肉店聚餐的時候，他會說肚子餓，先點了大醬湯吃，然後再用生菜包飯和辣椒一起吃。如此經過一年後，他慢性腹脹的症狀消失，臉色也好多了。口臭沒了，令他難為情的打嗝也不再出現。他每天早上起床後，會在河邊跑步，晚上則鍛鍊肌肉，只要聞到烤肉的氣味，就會讓他感到噁心。他又買了《熵》（*Entropy*）的作者傑瑞米．里夫金（Jeremy Rifkin）寫的《肉食的終結》（*Beyond Beef*）來讀，更強化了他的信念。那本書裡詳細描寫被飼養的牛、豬和雞是在多麼惡劣的環境下生活，人類的殘酷讓他咬牙切齒，並決定要默默實踐素食。確切說來，並非素食，而是非肉食。他認為野生的魚類和海產類並無一定要避開的理由。牠們的身上並沒有抗生素或基因改造穀類，也沒有動物虐待的問題。

可是自從他遠離肉類開始，奇怪的事情發生了。以前每隔幾個月都會有一些女人和他偶爾見面吃飯、看電影，雖然還沒遇上想要結婚的女人，但他認為那只是時間問題而已。只要常見面，就會找到另一半，他認為沒什麼了不起的。但自從他遠離肉類之後，身邊的女人就消失了。不定期見面的女人也因各種理由和他疏遠，和以前女朋友的關係也是如此。她們要嘛結婚，要嘛和其他男人相戀。他跟別人介紹的女人也無法有下一次約會，她們覺得他沒意思，到晚上十點就會打哈欠。只是不吃肉而已，而且他也不曾表明「我不吃肉」，可是女人都會離他遠去。會不會是肉裡面有費洛蒙的成分？他甚至做過這種毫無根據的猜測。也許女人從他身上感受到放棄競爭者的怠惰也未可知。也許更多的女人喜歡什麼都吃、具攻擊性的男人。她們覺得活得久的男人不如活得短暫卻壯烈的男人有魅力。可是對此他並沒有深究。海倫不是比史考特小二十歲嗎？我也會有像海倫一樣的女人，喜愛我的植物性的女人。反正他很自豪自己一次就改變了超過三十年的習慣。

按照這種方式，還可以改變更多東西，再過不久，他就會擁有完全排除全身廢物和毒素的清新肉體。如此想著，他對自己似乎更加肅然起敬了。

可是張瑪麗毫不猶豫地走進那家冒出惡臭的烤五花肉店。朴哲秀對她的興趣突然消失。那些冒出令人作嘔的味道、吱吱作響的烤焦肥肉越過她的嘴，通過胃、小腸和大腸，這想像並不愉快，卻無法輕易從他腦海裡消除。他通過玻璃窗上「紅酒發」和「酵五花肉」之間的隙縫，觀察烤肉店裡的情況。燈光雖較為暗淡，但室內裝潢成所謂的禪風，以烤肉店來說，算是比較高級的裝潢了。她坐在角落。他觀察坐在她身邊的細眼男人是誰，很明顯並不是金基榮，是一個很難與她的顧客或家人聯想在一起的二十出頭男大學生。他的長劉海稍微蓋住額頭和眼睛，下身穿著寬鬆的牛仔垮褲。不久以後，又有一名男子從洗手間走出來，坐到同一張桌子，他們互相給彼此斟滿燒酒。

37

基榮從乙支路入口地鐵站出來，經過樂天百貨公司前面。正逢下班時間，大樓不停地將人們吐到街頭，想要在行走時不碰到他人的肩膀都很困難。百貨公司後方是威斯汀朝鮮酒店，他沒有進入大廳，而是在酒店周圍繞圈。他看了看即將沒落的朝鮮王朝最後的虛榮象徵——圜丘壇[12]，

12　建於一八九七年，朝鮮時代祭天的地方，現存於朝鮮酒店庭園內。

又用眼睛餘光瞟了瞟代客停車專用停車場的車子。如果情報機構派出監聽用車輛的話，應該就是停在那裡。可是他沒看見沒有車窗的轎車。他又觀察了一下坐在大廳入口處沙發上的人，也沒有什麼可疑之人。蘇智坐在禮賓服務處後方的沙發上看著書。

這家酒店場所絕佳，發生事情時無論從何處均可輕易逃逸。往樂天百貨公司方向的話，可以迅即融入人潮之中；走小公洞地下道的話，可以連接到南大門市場入口；明洞或市政府方向有無數的地下商場和陰暗的巷子，逃亡者可以輕易藏匿於其中。酒店的地下停車場，還連接著總統酒店的停車場。

他看了看錶，六點十五分。他走向公用電話打電話，話筒中流瀉出的並非信號音，而是俄羅斯浪漫曲，過了一會兒，蘇智的聲音傳來。

「喂？」

「噢，是我。」

「啊？哦，這是什麼號碼？」

「我的手機快沒電了……這是公用電話。我臨時有點事，所以晚點出發，可能會遲到……對不起。」

「沒關係。」

他仔細聆聽她的語氣有沒有不自然的地方。他掛斷電話後，又走向外面，再次觀察她坐著的模樣。過了五分鐘、又過了十分鐘，沒有任何人靠近她，也沒有人打電話給她，她只是靜靜地看著書。即便如此，他還是沒有走進大廳，持續觀察了一會兒。小心一點總是好的。他轉身再次走向明洞，可是明洞方向的出口處有許多穿著制服的警察排成一列。有什麼事嗎？是外交官或高官要來嗎？還是預計會舉行示威？總之他不想經過警察面前。他佯裝接電話，停下腳步，拿出手機放在耳邊，然後改變方向，再次走向朝鮮酒店。到了酒店入口，他又再次觀察四周。

許久沒有游泳或打網球的人，也許會對自己僵硬的肌肉和頻頻失誤感到失望，但也會對身體並未忘記基本的原理感到訝異。現在的基榮就是如此，就在這幾個小時裡，他再次使用許久未曾動員的精神肌肉。五感更加敏銳，視野愈發寬廣，進入視網膜裡的形象立即化為文字儲存起來。穿著西裝的健壯男子有三人，戴著墨鏡的女子一人，坐在車裡的司機兩人，門僮兩人，沒有可疑的車輛。

他轉入酒店後方，從後門進入大廳，幾個男人正從冷凍貨車裡搬運貨品，從打開車門的車裡流瀉出瑪麗．霍普金（Mary Hopkin）〈往日時光〉（Those were the days）的後半部。「朋友啊，我們年歲徒增，卻未增長智慧。啦啦啦啦啦啦，啦啦啦啦啦……」

他站在蘇智前面。她抬起頭看著他。

「來了？」

「很早就到了嗎？」

「不，我也是剛剛才到，大概是剛才接到電話的時候。」

「我們下去吧！得吃飯啊！」

兩人走樓梯到地下一樓。日本料理餐廳的經理親切且鄭重地迎接他倆。兩人坐定後，用溫熱的毛巾擦手。他看了看她的手。

「蘇智，妳的手怎麼了？」

她的手背上有著紅色的傷口，上面擦了藥膏，傷口透出粉紅色。

「受了一點傷。我在做事的時候弄的。」

她笑得好像做錯事受到指責的學生一樣。

「早上就已經這樣了嗎？」

「不，下午受的傷。」

「妳打學生了啊？」

「怎麼可能？」

她大吃一驚，連忙搖手。

「我開玩笑的。」

基榮點了壽司。蘇智原本想點蒸鱈魚頭，但服務生說準備的魚頭都已經賣完了，於是她也點了和他一樣的壽司。他覺得分量可能不夠，於是加點了炸蝦。

「清酒，熱的，怎麼樣？」

「當然好。」

基榮向要收回菜單的服務生點了熱清酒。

「我去一下洗手間。」

他起身走出日式餐廳，環視了一下周遭，沒有徘徊的人。地下一樓的通路大致分成三個方向，他快步確認了每條路的退路。日式餐廳和西餐廳的廚房之間有一道門，廚房應該會有從酒店外面搬運食材進入的小門。他也確認了通往地下停車場的通路後，回到位子上坐下。

「對了，東西帶來了嗎？」

兩人目光相對，蘇智問道：

「大哥，我可以問你一個問題嗎？」

「沒帶來嗎？」

「這個嘛，我能不能問你一個問題？」

「妳問吧！」

他不情願地點點頭。

「那裡面究竟是什麼東西？真的是小說嗎？」

「妳為什麼突然對那個感到好奇？」

「我是想說……」

她不自然地笑了笑，繼續說道：

「保存了那麼久，就好像是我的東西一樣。你知道那種心情嗎？」

「嗯，我知道，但那是我的，暫時讓妳保管一下而已。」

「是啊，不過我保管了那麼久，覺得至少應該知道這五年來我到底是保管了什麼東西吧？有個作家叫李承雨，他的小說集裡有一篇叫〈人們連自己家裡有什麼都不知道〉。」

頭髮盤成髮髻的服務生端來蒸蛋和兩杯清酒。基榮拿起湯匙插在柔嫩的蒸蛋表面。

「不知道有時也是一件好事。」

蒸蛋極香，但是滑進食道的時候感覺不好下嚥。

「據我所知，無知對於人類毫無助益。無知只是所有無意義之暴力的源頭而已。」

基榮把湯匙放在空碟子上。噹的一聲，聲音格外響亮。

「蘇智，這跟人類完全無關，是我金基榮個人的問題。是我個人的，和我未來有關的。」

她無言地舀著蒸蛋吃，然後說道：

「大哥，說到那個個人問題，好吧，我難道絕對不能參與那個所謂的個人問題嗎？在那個未來裡，絕對不能有我嗎？」

她的聲音雖然低沉而柔和，但其中蘊含的迫切意味，讓他嚇了一跳。

「妳在說什麼啊？」

「大哥，你以前從來沒有這樣子，我覺得奇怪不也是當然的嗎？」

「奇怪？」

「突然出現在學校，要我交還五年前交給我保管的東西，在酒店的日式餐廳請我吃飯，這不是很奇怪嗎？好像是要到很遠很遠的地方，一走了之一樣。」

他用筷子夾起生薑放進嘴裡，然後問道：

「妳喜歡生薑嗎？」

「不喜歡。」

她睜大眼睛，搖頭回答。

「那蜂蜜呢？喜歡蜂蜜嗎？」

「你不要轉移話題。」

「我不是在轉移話題，我是真的很好奇才問妳的。」

「這兩者我都不喜歡，雖然偶爾會吃，不會刻意去找來吃。」

他嚥下生薑後，喝了一口熱清酒。

「是啊，生薑或蜂蜜都是那樣，大家偶爾都會吃，比如像這樣來到日式餐廳，或者前一天喝了很多酒。」

「是啊！」

「蘇智，我啊，也許我要去一個蜂蜜或生薑都很貴的地方，在那裡，產婦生完孩子後，醫院會用幾湯匙的蜂蜜泡水給她喝。產婦喝的時候都會感激不已，因為這太過貴重了。」

她緊皺眉頭。

「你到底在說什麼啊？」

他注視著她的眼睛。

「如果是妳的話，妳會去嗎？」

「這個嘛，要去多久？」

「好一段時間，去了也許就不能再回來了。」

因為服務生端來炸蝦和壽司，他倆的對話暫時中斷。她吃了一口生薑，基榮又喝了一口清酒。

蘇智說道：

「我好像以前就知道，終究會有這一天。我一直覺得好奇怪，大哥不像是這裡的人，也許因為你是孤兒吧？看起來就像是在陌生的火車站下車，然後左顧右盼的人一樣。」

「我看起來是那樣嗎？」

「跟我說吧！大哥，你到底要去哪裡？」

他把一塊壽司塞進嘴裡，不知道那是什麼魚，只知道是脂肪較少的白魚。

「妳還是不知道比較好。」

「為什麼？」

「吃壽司吧！」

他用筷子指著蘇智的壽司。蘇智夾起蝦壽司，放進嘴裡，然後慢慢地嚼著。基榮舀起味噌湯喝，味道溫潤而順口。蘇智說道：

「大哥，我呀，要說點真心話，我的意思是，不是剛剛突然想到的。我從以前就覺得，自己好像不會以老師這個身分終老。我相信眼前會展現悲劇、戲劇化的人生。我的夢想是像海明威或喬伊斯那樣離開故鄉，在遙遠的地方寫小說。瑪麗姐姐也說要跟你一起離開嗎？」

「我沒跟她說。」

「什麼？」

她張大嘴巴，可是又立刻閉上了嘴，開始仔細思考這句話意味的是什麼。

「是還沒跟她說，還是以後也不會跟她說？」

「我不會跟她說的。」

「為什麼？」

「她不可能跟我一起去的，而且我也沒有權利讓她變得不幸。」

「可是你們是夫妻啊！」

「曾經是，直到現在。」

「大哥，你怎麼這麼無情？以前都看不出來。」

「妳真的要跟我去啊？」

「可是你得等我一陣子，我得領退職金，還有得把房子的租金拿回來。」

他露出進酒店以後最燦爛的笑容。

「哈哈哈！」

「笑什麼？覺得高興嗎？你現在很高興嗎？」

「不是。」

他搖搖頭。

「妳真的一點概念都沒有啊。我要去的那個地方。」

「當然不知道。我怎麼會知道？」

「可以把包包給我嗎？」

他伸出手來，蘇智從旁邊的座位上拿起手提包，遞給基榮。

基榮看了一下手提包，露出微笑。

「這應該不是全部吧？」

「是啊，還有一個更大的行李箱，被我弄壞了，因為我太好奇那裡面裝的究竟是什麼。對不起，大哥。」

「還好這個沒被弄壞。」

「因為我後來恢復理智了。」

「我能夠理解，如果是我的話，早就把這兩個箱子都打開了。」

「謝謝你的理解。我想直接聽你的說明，那裡面到底放了什麼東西？」

他們暫時沉默了一陣子，兩人的壽司盤子也漸漸空了。基榮問道：

「蘇智，妳不是作家嗎？」

「嗯，怎麼了？」

她回答道。

「身為作家，無論人生中發生任何事，都能欣然接受，妳是這樣想的嗎？」

她想了一會兒，點點頭。

「好像是吧，我還覺得過去這幾年過得太安逸了呢。海明威參加過西班牙內戰，法國作家安德烈．馬爾羅（André Malraux）參加過毛澤東的長征，可是我環顧四周，突然覺得革命已經不可能了，任何地方都沒什麼危險，除了外遇以外。可是我連攪入那種再平常不過的冒險都不想，你知道我在說什麼吧？」

「經驗這種東西，不管在任何情況下，都會對創作有幫助嗎？」

「至少比沒有要好。盲人也能畫畫吧？他們甚至能畫出令人十分驚訝的畫作。但如果他們的眼睛能看見，一定能畫得更好。」

「可是如果他們受到能看見的東西所影響，會不會連他們原本具有的感覺都為之動搖？」

「你是不是在說燕巖[13]的故事？他的散文裡有過這樣的描述：有一個盲人突然能看見了，他去了鬧市，但卻迷了路，所以盲人發牢騷說，他完全不知道回家的路，拜託誰能來帶他回家，於是有一個經過的路人勸他說，要他再把眼睛閉上就行了。」

基榮畢生不曾著迷於雋語。他不喜歡精彩的話語、機智的表達和矛盾的修辭。他也不認為那些東西能呈現生命的真實。每當聽到這些話的時候，他總會如此回應：

「很有意思的說法嘛！」

「但我覺得那是燕巖的傲慢。在那當下可能會迷失方向，但如果能結合眼盲時和能看見以後的感覺，也就是能調和視覺的話，一定會更好的。」

他知道一個這樣的人，阿道斯．赫胥黎（Aldous Huxley）年輕的時候失去視力，接受手術之後，在接近三十歲時再次恢復視力，從此以後盡全力寫作，他並沒有「再次把眼睛閉上」。

「就像辯證法的發展？」

「對！就是這個，依存直覺而讚美無知，那終究只是放棄自己而已。」

她的眼睛發光。基榮覺得好像又看到了大學時期的她，他把眼睛閉上。和許久未曾謀面的人見面之後又得分手，回去的路上總會感到悲傷，那是因為他們帶著自己年輕的模樣逐漸老去之故。不是少年變成老人，而是少年老了，成為衰老的少年，少女也成為衰老的少女。

13 朴趾源，1737-1805，號燕巖，著有《熱河日記》、《燕巖集》、《許生傳》等作品，為朝鮮後期實學家兼小說家，強調利用厚生的思想。

「大哥？」

「嗯？」

他張開眼睛。

「你累了嗎？」

「不，只是眼睛有點刺痛。」

他用雙手使勁按了按眼睛。

「什麼時候離開？」

他把手從上眼皮挪開，眼睛雖然睜開了，視線並不清晰。

「明天。」

「那麼快？都準備好了？」

「沒有。」

「你該不會有什麼奇怪的念頭吧？」

她瞇著眼睛。

「奇怪的念頭？」

「你沒有憂鬱症吧？」

「沒有。」

「你好像得了憂鬱症。」

「我如果得了憂鬱症，應該就會躺在家裡吧，怎麼會這樣到處亂晃？」

「那我就放心了。」

「謝謝妳，至少有一個人擔心我會不會自殺。」

「不是有瑪麗姐姐在嗎？」

「瑪麗只是我的室友。」

「你如果是想勾引我，帶我去上面的話，現在可以停止了。」

蘇智用右手食指指了指天花板。天花板上面應該就是鋪著潔白床單的客房。

「瑪麗好像沒有性慾，是不是已經到了男性荷爾蒙大量分泌的年紀了？」

「我能不能說實話？」

「妳說。」

「她不喜歡你，你到現在還不知道嗎？」

「就算不喜歡，也會有性慾的，她完全沒有。」

「你怎麼知道？」

「我能知道。」

「用什麼方法？」

「我能知道。」

對話好像乒乓球一樣，在球網上方來來去去，兩人的呼吸也變得急促。

「是嗎？用什麼方法？」

「我受過訓練。」

「什麼訓練？」

「偷聽別人談話，刺探情報的技術。分辨出話語是真實或謊言的技術。」

蘇智突然像是領悟到什麼，眼睛瞪大。

「你以前不會是國家情報院情報員吧？是嗎？」

對於蘇智的追問，基榮不自覺地笑了出來。

「有點像妳的推測，但不是啦。妳知道我的故鄉在哪裡嗎？」

「哪裡？」

他從口袋裡拿出筆來，在餐巾紙上用漢字寫下「平壤」。蘇智瞇起眼睛讀著，突然大為驚訝地抬起頭來。

「啊？是真的嗎？」

「別激動，小聲點。」

他把剩下的最後一塊壽司放進嘴裡，因為口乾，喝了一口味噌湯。

「是真的。」

「怎麼可能？我們都認識多久了？從大學的時候就認識了……不是嗎？」

「我是在那之前下來的。」

蘇智用右手撐著額頭。她震驚的時候，就會出現這個習慣。

「我比妳所知道的還要大幾歲。」

「啊，原來如此，所以……是啊。噢，難怪，原來是這樣。是啊，所以……大哥，不，唉！

真是的。喂，金基榮先生，不，這個名字也是假的吧？到底……那麼，真是的，為什麼啊？我們究竟做錯了什麼，不，也不一定是要我們做錯什麼才會被派來。」

「妳冷靜一點，我只是接到命令而已，我沒對別人說過這個事情。」

「瑪麗姐姐也不知道嗎？」

「不知道。」

她的臉上同時浮現得意和困惑的神情。

「那瑪麗姐姐這十五年來究竟認為自己是跟誰一起生活？」

「一個微不足道的電影進口業者吧？」

「你為什麼要告訴我？」

她眼睛睜大，凝視著基榮。

「妳……」

基榮猶豫著。

「妳……不是作家嗎？無論人生中發生什麼事，作家都能欣然接受……」

她的表情變得冰冷。

「就只是這樣嗎？」

「怎麼說呢……」

「所以你現在是在給我素材嗎？我是不是要給你謝禮，表示感激呢？」

「不是那樣的，我希望妳能了解。今天早上我接到命令，明天早晨得回去。這太殘酷了，不是嗎？我今天一整天被跟蹤，好不容易才擺脫他們，在這裡喘一口氣。」

「韓國的國家保安法裡知情不報是有罪的，你知道吧？」

他點點頭。

「看到像你這樣的人，卻什麼也沒做的話，也構成犯罪事實，對吧？」

「對。」

「我以前覺得，這實在是非常獨特的罪行，不是做了什麼，而是沒做什麼。我一直覺得，遭遇這種事情的人一定覺得很荒唐。」

「對不起。」

「我要收回剛才我說的，無知對於人類毫無助益這句話。知道本身就已經構成犯罪了，我連這個都不知道，還在這裡大放厥詞。」

他低頭吃下生薑，又吃了韮蔥。他的腦海裡突然閃過一個念頭，如果現在被逮捕審問的話，嘴裡一定會冒出韮蔥的味道。

「大哥。」

「嗯？」

「別走。」

「不走的話能怎樣？」

「自首吧！」

「妳不怕我嗎？我是情報員，也是發誓對黨和首領效忠的勞動黨員啊！」

「你已經變了。不，是一定已經變了，我了解你。你不是喜歡鰭酒、壽司、海尼根啤酒，和山姆．畢京柏、文．溫德斯（Wim Wenders）的電影嗎？你熱愛莫梭槍殺第三世界人民的故事[14]，你也在極右派同性戀作家三島由紀夫的美麗詞句下劃線，星期天上午吃海鮮義大利麵，星期五晚上在弘大前面的酒吧裡喝蘇格蘭威士忌，不是嗎？你不就因為不想回去，所以才向我透露的嗎？你不就是滿心期待我能夠挽留你嗎？不是嗎？」

「這所有的愛好也許只是偽裝，妳沒想過嗎？」

「為了什麼？為了拉攏我？」

「諸如此類的。」

她閉上眼睛，好像在整理思緒一樣。

「不是有那種演了非常久，十年，甚至二十年的戲劇嗎？你就像是演了太久裡面的角色，而忘了自己原本是誰一樣。不管白天過著怎樣的生活，一到晚上，就得變成那個角色。如此一來，晚上的生命要比白天的生命更有連貫性。奧斯卡．王爾德的小說《格雷的畫像》裡不是有代替主人公老去的畫作嗎？我不知道你原本是怎樣的人，但是你因為將這個角色演得太好了，此刻到了無法和角色區分的地步。就好像那張畫像是真的，而格雷是假的一樣。這個世界的你才是真的，你就忘掉原來的自己吧！」

「那邊的朋友不這樣想。那邊認為我金基榮是假的。事實上，在過去十年當中，我完全被遺

14 此句為卡繆《異鄉人》內容。

忘，但是好像有人下定決心要把我找出來，把文件上的我和實際的我疊合。鼓掌吧，啪啪啪，表演結束了，回到化妝室吧，說起來就是如此。」

她把手伸到桌上，抓住他的手。她的眼淚滴在他的手背上。

「別走吧，大哥。」

「我不回去的話，他們會派人來，會殺掉我的。」

而且南韓的公安當局也會逮捕他，以殺人罪加以起訴，但是這句話他並沒有說出口。

「你回去也不會安然無恙的。」

「可是回去的話，至少有一半生存的機率，不回去的話……」

服務生走上前來，在杯裡倒入抹茶。她鬆開他的手，擦了擦眼角。茶水溫暖而柔和。

PM 07:00

38 正如初次

瑪麗拿起燒酒瓶。

「正如初次[15]。」

飛鳥的翅膀下面用類似木刻板畫的字體如此寫著。她把商標下端印製的文句念出聲來。

「含有豐富自然礦物質的鹼性水燒酒。」

成旭舉起酒杯。她在他的酒杯裡滿上燒酒，然後說道：

「正如初次！」

她無意間吐出這句話，竟好像有種苦苦乞求的氛圍。成旭也笑得意味深長，複誦道：

「正如初次！」

兩人碰了碰斟滿燒酒的酒杯，尷尬地坐在旁邊的朋友，也慌忙舉起自己的酒杯。那男孩把Von Dutch 的帽子壓得極低，以致無法捉摸他的眼神，名字聽過之後就忘了。成旭管他叫熊貓，說是因為他眼圈極黑而被取這個外號。若不是聽成旭說過，光看他外表很難相信他已經通過第一

15 此為韓國知名燒酒品牌，也有人翻成初飲初樂。

輪的司法考試。

三個人的杯子雜亂交錯，各自的酒杯碰觸各自的嘴唇。酒精濃度二十度，不淡也不烈的無味燒酒濕潤了舌根和食道。

「繼續剛才的話題吧。」

成旭對熊貓說道，烤肉店裡播放著節奏強烈的舞曲，聽不太清楚他的聲音。

「那是虛無主義。」

熊貓似乎在嘲笑似的，嘴角略微上揚。

「什麼、什麼、什麼是虛無主義？」

熊貓有口吃的習慣。

「大家在觀光景點穿著印有切．格瓦拉臉孔的T恤，並不意味他所追求的願景變得毫無意義，我的意思是，切．格瓦拉作為商品銷售是商品銷售，而革命就是革命。如果沒有古巴革命，現在古巴人民會怎麼生活？一定跟海地沒有不同，政治不安、軍事政變、無止境的混亂……」

「你怎、怎、怎麼知道？」

有口吃的話，也能成為優秀的法官嗎？她一邊摸著燒酒杯，一邊胡思亂想。

「拉丁美洲的國家哪個不是這樣？」

「智、智、智利啊。」

成旭明顯露出不悅的神情。

「你該不會是支持獨裁者皮諾切特（Pinochet）的吧？」

「我、我、我是說還是有政、政、政治安定的國家，不管是不是皮諾切特。」

「你支持那些慘絕人寰的拷問、綁架、屠殺、軍事政變嗎？」

「那你對於毛澤東假文化大革命之名進行的大屠殺怎麼認為？全中國死了幾千萬人，比史達林有過之而無不及啊！」

熊貓反擊了。這次他沒有口吃。

「所以你現在是說皮諾切特和毛澤東一樣嗎？」

瑪麗插嘴道：

「喂喂喂，肉都烤焦了。」

兩個男人的視線都落在烤盤上。焦黃色的五花肉在烤盤上冒著煙。她加了一句：

「你們兩個再繼續吵的話，我就要走了。」

成旭瞪了熊貓一眼，開始安慰她。

「對不起，這不是吵架，只是小小的政治爭論，彼此的立場不同而已。」

她用右手食指摳了一下左手手腕。你們還真方便啊，政治立場即便不同，也可以在同一張床上做愛。

「是嗎？原來如此，可是太可惜了，肉都烤焦了。你們乾脆爭論一下肉食和素食怎麼樣？你們怎麼沒有一個人說說看壓榨可憐家畜的肉食？」

氣氛更加冰冷。成旭坐到瑪麗身邊，悄聲說道：

「怎麼突然這樣？是不是我們只顧著說自己的，所以生氣了？」

瑪麗搖搖頭。她打著石膏的左臂癢得要命。

「我哪有生氣？我只是好奇才問你們的。」

成旭向熊貓使了一個「我們走吧！」的眼色，熊貓拿起包包。

「我們要不要走了？」

瑪麗環視了一下烤肉店內部。肉類烤焦的煙氣和香菸的煙氣混在一起，煙霧繚繞，整個店裡都是白色的。她突然非常想抽根菸，只要一根，只要能抽一根，那就還能再稍微忍受這個不愉快的飯局。

「能不能等一下再出去？」

店裡的空氣雖然很糟，但她也不想就這樣出去。出去的話，他們一定會像石器時代的雄性一樣，得意洋洋地帶她去陰暗的旅館。

「我們不是都吃完了嗎？要不要出去喝杯啤酒？」

成旭把烤盤的風量調節開關轉到「Off」，然後把那上面的幾塊肉迅速放進嘴裡。圍繞在頸部的熱空氣突然消失，好像有人從後面把圍巾搶走一樣。她起身拿起手提包，兩個年輕的男人跟在瑪麗後面。她走向櫃檯，遞出信用卡。

「四萬五千元。」

老闆笑著遞給她噴霧式纖維除臭劑。她交給成旭。成旭在她的背部和臀部噴了幾下，人工紫丁香的香氣十分刺鼻。她好像辯解似的說道：

「不這樣噴一下的話，會有肉味……」

烤肉店老闆把信用卡簽單交給她。她簽名以後，拿著簽單走出店外。

「謝謝。」

熊貓向瑪麗致意。成旭滿臉得意的神情，好像是他自己付了錢一樣，輕輕地拍了熊貓的背部一下，熊貓也故作親密的撫摸成旭的手臂。他們就好像兩頭十分友好的大猩猩。

39

雖然義大利麵上只有番茄醬料，但賢美卻吃得津津有味。難以置信這是和自己同齡的十五歲男孩做的義大利麵。麵條柔軟，卻很有筋道，而麵心有點硬，很有嚼勁。

「振國，你在哪裡學的？」

「跟我媽媽學的。怎麼樣？好吃嗎？」

「嗯，太好吃了。」

「很簡單，如果再加一些別的東西的話，會更好吃。披薩也一起吃吧！」

盛著酸黃瓜的小碟子旁邊，放著裝在紙盒裡的必勝客大披薩。

「我都已經快吃飽了。」

賢美拿起一塊披薩放進嘴裡，她感覺到強烈的馬芝瑞拉起士味。她嚼著披薩，喝了一口加滿冰塊的可樂，心情更加平復下來。因為和雅英吵架的事，她來振國家的路上心情都不太好，可是因為番茄醬料的氣味和振國熱情的招待，賢美的心情變得好多了，而且義大利麵和披薩都是她極為喜愛的食物。

「其他同學什麼時候來？他們去補習班了嗎？」

她嚼著披薩問道。

「啊，小哲嗎？他出去一下。」

「是嗎？他已經來過了？那個沒上學的孩子。」

她看了看四周。

「嗯。」

「他去哪裡了？去買東西嗎？」

一定是去買酒或者香菸、下酒菜這些東西吧？她心裡揣測著。身為模範生的她雖然從未經歷過，但這些事情實在聽得太多了。

「不，他比較認生。」

「哦，那他是因為我才走的啊？」

他慌亂地連忙搖手。

「啊，不是啦，他等下就會回來。他說他出去晃一晃，而且他收集槍，啊！不是真槍，是假槍，剛好跳蚤市場有好貨，他想直接去買。他說跟賣家約好在地鐵站見面。」

「啊，原來如此，但是只有他來嗎？其他同學不來？」

「嗯，大家都說要去補習班，沒辦法來。」

她點點頭，放下可樂杯。他眼睛發亮地說道：

「他那個人真的很好笑，帶著槍讀書耶。一回到家，他就揣著槍坐在書桌前打遊戲或讀書，好玩吧？」

「真的？真好笑。」

「他偶爾會從槍套裡拔出槍來，砰砰砰，射完之後再插回槍套裡。」

「他射什麼？」

「只是對著空中開槍。他實在太喜歡槍了。」

「他……對了，他叫什麼名字？」

「小哲。」

「嗯，小哲為什麼不上學？」

「他沒必要上學。」

「是嗎？」

「他什麼都知道，如果有好奇的東西，就去圖書館找書看，有時候也在網上找。」

「他爸媽也太特別了。雅英的父母也很奇怪……」

「雅英的父母怎麼了？」

「他們信奉比較奇怪的宗教，好像是相信人不會死，能永遠活著。」

「原來如此。」

一陣短暫的沉默後，她先開了口。

「振國，你覺得人可以永生不死嗎？」

「這個嘛……妳呢？」

「我覺得有來生。如果沒有的話，那人生不就太沒有意義了嗎？你看了昨天的報紙沒？」

「怎麼了？」

他輕輕地向右偏了偏頭，流露出好奇心。

「有一個社區裡的錄影帶店大叔，殺死了八歲的女孩，而且跟他兒子一起把屍體丟棄在田裡燒掉，你沒看到啊？」

「啊，那個。」

「那個孩子如果沒有來生，豈不太冤枉了嗎？她只是聽媽媽的話，去還錄影帶而已，就在那裡結束她的一生，不是太虛無了嗎？」

「也許吧。」

「所以會不會有鬼魂呢？」

賢美的話讓振國笑著搖手。

「哎呀，世上哪有鬼魂？」

他拿起空的義大利麵盤子站起來，然後又用左手拿起她的盤子。賢美說道：

「我呀，我覺得世界上用眼睛看不到的東西，比能看到的東西更多。」

振國把盤子放進洗碗槽裡，打開水龍頭，將盤子泡在水裡。

「那是什麼意思？」

振國轉身問道。賢美動了動腳趾頭回答道：

「下圍棋的時候啊，我以前不是下過圍棋嗎？空位更重要，那叫做家，我說的不是擺滿棋子，可是家越大，空位越多的話就贏了。圍棋就是這樣。所以人也是，比起看得見的，看不見的更重要。啊，我在說什麼啊？」

振國用抹布擦著餐桌，說道：

「就是啊，我一點都聽不懂妳在說什麼。我們去客廳吧！這裡的椅子太硬了吧？」

她從座位上起身，椅腳刮著地板的聲音很大。

「呃……」

振國身子一縮。

「怎麼啦？」

「樓下住著一個神經病大嬸，她一天到晚都豎起耳朵，聽我們家有沒有發出什麼聲音，剛才的聲音她應該是聽到了。」

就在那時，對講機音樂響起，是〈詼諧曲〉。振國不得不拿起客廳的對講機。音樂中斷了。

「是……是……是……我知道了。啊……媽媽啊？她不在……好的，我知道了。」

他掛斷對講機，不住搖頭，用右手食指指著樓下，然後指著自己的太陽穴劃圈圈，意思是樓下的女人瘋了。賢美噗哧一聲笑了出來。振國要她安靜，將食指放在嘴唇上，輕聲說道：

「樓下原本住了一個讀高中的姐姐，從這棟大樓的十八層跳了下去。」

「什麼時候？」

「那個姐姐的功課很好，說是全校前一、二名。」

她睜大眼睛問道：

「那剛才那個大嬸是那個姐姐的媽媽啊？」

「不是，那家人因為這件事，把房子賣掉搬走了。樓下那個大嬸不知道這個事情，買了現在的房子，房屋仲介沒有告訴她。」

「……」

「其實也不一定就是仲介的錯，也不是在家裡發生那種事情的。總之，那個大嬸可能是搬來之後才知道，之後就變得很奇怪。我媽說的。」

「嗯。」

「對了，坐沙發上吧！我去拿蛋糕，媽媽已經幫我買了生日蛋糕。」

「要不要我幫你？」

「不用，我來就好。」

過了一會兒，他切了一塊蛋糕，放在白色的盤子上端過來。那是白色的起士蛋糕。蛋糕不差，如果不是肚子太飽，感覺應該會更好。兩人舔著叉子吃蛋糕。

「小哲還不回來？」

她看了看錶，已經七點四十分了。

「是喔？馬上就會回來了。」

他漫不經心地說道。突然間他好像想起什麼似的，進去自己房間，拿出相簿來。

「小哲他家在哪裡？」

她問道。

「他家？」

他用手擦了擦相簿的封面。

「妳問他家幹嘛？」

「對不起，不能問嗎？」

「不是啦！」

他搖搖頭。

「小哲……住在這裡。」

「這裡？跟你一起？」

「嗯。」

她又再次環視家裡。這裡不是容不下另一個中學生住在這裡的狹小住家，而是有三個房間的典型三十多坪公寓。她指著洗手間旁邊的房間。

「那個房間是他的房間嗎？」

「不是。」

他稍微沉下臉來。很顯然，他不喜歡這個話題。她雖想是不是不要再問了，但此刻突然轉移話題的話，似乎也很奇怪。

「那他跟你用同一個房間？」

「嗯。」

他一直摸著相簿。比起相簿，賢美對與振國使用同一房間的小哲更加好奇，但她想既然小哲住在這裡，而且馬上就會回來，到時就能看到人了。而且說不定他是振國的遠房親戚，那就讓人比較放心了。在來這裡之前，她對於振國這些不上學的朋友有些反感，到底這些人一整天是在哪裡做哪些事情？他們會不會是向孩子勒索金錢的流氓？這讓她擔心不已。儘管振國看起來不是這樣的人，但是誰知道呢？

「小哲是不是在你父母的ＫＴＶ工作，所以才不上學的？」

振國的表情更加僵硬。

「我爸媽不認識他。」

賢美不由自主地皺起眉頭。

「啊？怎麼可能？」

她又看了一下公寓內部，知道這樣看起來很蠢。這個空間怎麼看也不可能發生這種事。無論父母再怎麼因為ＫＴＶ的事情忙到深夜，回來時已累癱了；無論再怎麼無暇照顧兒子，怎麼可能不知道家裡有另外一個和兒子一樣大的男孩？

「我沒告訴過任何人，妳也不要告訴別人。」

「好，我不會告訴別人的。」

他抬起頭來，看了看賢美的臉色。

「他是個好孩子，很小的時候，父母就過世了，雖然進了孤兒院，但很快就出來了。從那時候起，他就跟我住在一起。」

「你爸媽都不知道？」

「當然……知道的話，就不會允許了吧？」

她翻開相簿問道：

「這裡面有沒有小哲的照片？」

他再次闔上相簿說道：

「沒有，他不喜歡照相。」

「為什麼？」

「他不喜歡在人前露臉。」

「那他只有你這個朋友？」

「可以這麼說。他喜歡的只有網路和槍。他很懂網路，還是駭客呢！」

「真的？」

「他說如果他願意的話，連青瓦臺的主頁都可以入侵，可是如果他這麼做的話，就會因為留下紀錄而被追蹤，那他住在我們家的事情就會曝光，而且會牽連到我，所以他不想這麼做。他還用別人的身分證號碼玩遊戲，總之他沒有什麼不會的。」

「真厲害啊！」

他興致勃勃地說道：

「他讀了很多書，網聊也很厲害。」

「讀了很多書跟網聊有什麼關係？」

「這很好懂吧，女孩子都非常喜歡這種的啊，他還和大學女生聊呢！」

「是嗎？」

「當然，他還賣遊戲裝備賺取零用錢。裝備也是駭來的，然後再賣給其他使用者。我上學的時間他也很忙。」

「你們是小學時候的朋友嗎？」

「不是。」

他搖搖頭。

「那是什麼時候認識的？」

「上小學以前，我們在公寓的遊樂園認識的，每天都一起玩，所以就變成好朋友。我們還一起去網咖玩遊戲，還去看棒球。」

「那你們是老朋友了。」

「是啊，可是我們從剛才開始一直只聊他。」

「對啊，是你的生日呢……再次祝你生日快樂。」

「謝謝！」

兩人默默坐了一會兒。電視關著，從房間裡拿出來的相簿已經闔上。振國微微抖著腿，賢美伸出右手，輕輕按了按他的膝蓋，力道輕得好像兩隻蝴蝶同時停佇時的重量。

「我爸爸說，抖腿的話，福氣就會溜走。」

兩人的身體第一次接觸。這個接觸變成信號。他一把抱住她，將嘴唇對準她的唇。她雖然嚇了一跳，但並沒有積極掙脫，兩隻手伸向虛空，沒有抱住他的背部，卻也沒有把他推開，只是輕輕掙扎，然後迎接了他的嘴唇。他生疏地碰觸她的嘴唇，然後小心翼翼地將舌頭伸進她的嘴裡。振國的舌頭試探著撐開她的門牙，伸進她舌根處。她的舌頭慢慢迎接他。兩人的舌頭終於相遇，變得滑潤。就好像漫行許久的蝸牛伸出觸角，確認彼此的存在一樣，兩人的舌頭小心地彼此碰觸。每當此時，他們的舌頭會羞澀後退，然後又前進迎向彼此。最終，少年和少女的舌頭激烈地纏繞在一起，填滿了口腔，為了讓他的舌頭能更自由地伸展，她將嘴巴略微張大。唾液從嘴角流出，滴落到大腿上。

她的手抱住了他的胸膛，略微施力，把他的身體拉向自己。他的右手撫摸了她的腰際一陣，伸進襯衫裡。賢美此刻才如夢初醒，突然把振國推開。兩人的目光相遇，他垂下了視線，她則猛然起身，衝進洗手間裡，然後坐在馬桶上想著剛才發生的事，心臟劇烈跳動。她並非第一次接吻。小學的時候，她也曾和同桌的男生糊里糊塗地在公寓的走道上深吻過，但那終究只是比較過分的玩笑而已。可是這次不同。她覺得全身變得濕潤。好像生氣的時候一樣，渾身發熱，臉孔滾燙，不知道該說什麼才好。她難以原諒剛才的自己。可是另一方面，她又想打電話給別人，訴說這種感覺。她想閱讀能完美表現這種感覺的文字，也想聽那樣的音樂。

扣扣。振國在外面敲著門。

「嗯？怎麼了？」

她回道。

「沒事吧？」

他的聲音傳來。

「嗯，我沒事。」

「不會是生氣了吧？」

「沒有啦，我等下就出去。」

她按下馬桶的沖水閥。唰唰唰，水被吸進那個深而又深的地方，自由落下的聲音從底下傳來。她重新拉好衣服、稍微整理一下臉孔之後，走到外面去。他好像罪人一樣站著，充血的臉孔泛紅。她像媽媽一樣安慰著他。

「振國，我沒事。我們去看照片吧！」

他默默地跟在她身後，走向沙發。兩人之間稍微保持了一點距離，慢慢翻看照片。他小時候的模樣還留存至今，在百日的照片裡，他露出小雞雞，燦然笑著，可是在周歲照片裡，他似乎有些驚嚇地睜大雙眼。他在相冊裡快速成長，才穿著白色長襪上幼稚園，一下就變成穿著制服的童子軍；被母親抱在懷裡，坐著旋轉木馬的小孩，一晃眼就在補習班的車裡揮著手。她突然思索起變成母親意味的是什麼？那是否會發生在自己的生命中？她覺得那想必有些可怕，但接吻不也一樣嗎？就像剛才，曾經覺得可怕的事變得司空見慣，而這種情況一再重複，或許這就是人生？

40

在陰暗網咖的角落裡，基榮悄悄地環顧四周。裡面有抽著菸埋首於星海爭霸、天堂或跑跑卡丁車的青少年，和無事消磨時間的失業者，還有一些女生戴著耳機，看著用鏡頭傳送的畫面吵鬧不已。每個人都只集中於自己的顯示器，對旁邊發生什麼事毫不關心。他偷偷地看了旁邊熱衷於星海爭霸的高中生的螢幕，戰場是土黃色的荒蕪地，敵人蜂擁而至，子彈不斷飛來，友軍死亡人數越來越多，體力也逐漸減弱。得活下去，遊戲的準則只有這個而已。碉堡裡的陸戰隊軍人在碉堡粉碎之後也不撤退，向著奔來的蟲族展開激烈的回擊，但蟲族殘酷且無情，蹂躪了碉堡的蟲族攻擊大本營前方的指揮中心，後援隊立刻前來大本營展開交戰。被感染的火蝠身體裡跳出了兩隻小怪物，飛上天空的皇后吃掉被破壞之前的指揮中心，將其變為己用。從垮掉的指揮中心裡走出自殺炸彈，跑向泰倫聯邦的坦克。陸戰隊軍人在山坡上的坦克周圍形成防禦陣容，很快就會被炸死。

少年的十九吋ＬＣＤ畫面中鮮血飛濺、情況危急，但只要離顯示器五十公分，就能看出那是騙取孩子零用錢的一場遊戲而已，絲毫感覺不到一絲危急的氣氛。

他打開從蘇智那裡拿回來的手提包，從包裡拿出護照。護照內頁的名字並不是寫著金基榮，而是李萬熙。他將手伸進包裡，拿出英語版《舊約聖經》。書很厚重。他打開《聖經》。五年前，他挖空《聖經》內部放進去的科爾特手槍，依然原封不動。貫穿鄭志勳腦袋的子彈，就是從那裡射出的。基榮蓋上《聖經》，再次放進手提包裡。一捆百元美金面額的紙幣也還在，如果他沒記錯，應該是三萬美金。這些錢足以讓他在馬尼拉這樣的都市落腳，短時間內生活無虞。

他把手提包放在膝蓋上，右手握住滑鼠，打開搜索引擎，在鍵盤上輸入「折扣機票」，網路上的機票銷售網站接連出現，他選擇馬尼拉為目的地，旋即又改為曼谷，但是過了片刻，他又選擇了經曼谷前往巴黎的飛機。他當然不會去巴黎，而是要在曼谷下飛機以後消失不見。他輸入名字，收到預訂號碼。但是在完成所有預訂手續之後，他在網站下端發現一行小小的警告文字，寫著一定要確認護照的有效日期。他從包裡拿出護照，打開封面，翻到標示有效期間的那一頁。十個月前已經到期了。他看了好久形同廢紙的護照，那本護照再也不能延長。他將護照再次放回包裡，然後拿出從鍾路新買的預付手機。他想不起妻子的電話號碼，花了好一會兒才想起來，由於心急，按鍵還沒按對，甚至出現兩次號碼錯誤的訊息。他深呼吸，慎重地按了十一個號碼的按鍵後，才發出正常的訊號音。

PM 08:00

41 波希米亞旅館

瑪麗停下腳步，打開手提包，因為左手不方便，想只用右手打開拉鏈並不容易，拉鏈好像被什麼東西卡住，沒法順利拉開。成旭幫她抓住手提包，她伸手進去，拿出手機。這號碼從來沒見過。成旭和熊貓背對她站著，警戒周邊的態勢，好像在護衛她似的。瑪麗將持續震動的手機再次塞回包裡。

「是誰啊？」

「不知道，第一次看到的號碼。」

她在成旭的幫助下，將拉鏈拉上，抬起了頭。正面用黑色大理石裝飾的高級小旅館映入他們的眼簾。

「我說的就是這裡，在網上看到的。」

成旭最先踏上階梯，瑪麗回頭瞥了一眼，像是期待誰會來救她一樣，但是沒有任何一個路過的行人對他們感興趣。她此刻的心情好像回到了大學新生那時，扭到腳踝後，獨自跛著腳走在狎鷗亭街道上。

他們三人經過自動門後進入旅館。入口沒有任何人，只有二十五吋的觸控螢幕等著他們。

螢幕上只出現一句：「歡迎光臨，請選擇您喜歡的房間。」瑪麗用右手食指按下「地中海主題」的選項，於是「地中海主題」房間的照片出現在右側，模仿粉刷過牆壁的壁紙、明亮的燈光和按摩浴缸的照片依序出現。不知是否是使用廣角相機拍攝，房間顯得十分寬敞而舒適。她像在詢問同意與否似的，輪番看著站在兩邊的人。他們用力點頭，顯得很心急。她有種主導一切的感覺，像是站在舞臺上的歌舞女郎一樣。只有一個男人的時候，她總有被牽著走的感覺，但此刻是兩個男人，情況就稍微不同了。

她按下「確認」鍵後，螢幕詢問他們：

「您要結帳嗎？」

成旭慌忙掏出皮夾。

「我來。」

瑪麗安靜地制止了揮舞著信用卡的他。那是一張從建築師父親那裡拿到的預付卡。

「不，我來吧！」

「我來啦！」

「成旭，你結帳吧！」

熊貓在後面插話。她更果斷地宣告：

「我來結帳，不喜歡的話我就走了。」

兩個男孩一下子就洩氣地向後退了一步。螢幕旁邊裝設了黑色細長溝槽，她將信用卡輕輕從上劃下，無人愛情賓館的電腦經由網路將她的資料傳送到信用卡公司，VISA 卡公司確認她的信用紀錄後，回傳了同意訊號，可以在四面密閉的空間裡和兩個年輕男人盡情做愛的許可終於下達。愛情賓館的電腦在接收到 VISA 卡公司的認可後，畫面上出現他們三人應該去的房間樓層和號碼。他們默默走向電梯。在電梯前面，瑪麗專注想著的並非即將要發生的事情，而是剛才為何要如此頑強地堅持？為什麼一定要堅持自己結帳？讓這兩個假裝對她無可奈何的男人付錢也可以啊，而且這才公平。她究竟為什麼要那樣？

這時，她手提包裡的手機又響了。這次雖然比較快就把手機拿出來，但還是和剛才一樣的號碼。她搖了搖頭，把手機電源給關掉，覺得按「End」按鍵的時間相當長。門一開啟，三人一起進入電梯裡，電梯裡隱約散發出乾燥玫瑰香味和淡淡的腥味。一坪多的狹窄電梯一口氣就直上五樓，速度之快，讓人懷疑電梯門是不是有什麼問題，會不會再度開啟？

他們被指定的房間是503號，一轉動門把，門很容易就打開了。他們進到房間裡面。她把手提包放在梳妝檯上，男人則隨意將書包亂丟。他們由此簡單地標示了彼此的領域。

「你們先洗吧！」

瑪麗對他們說道。兩個男人不知道應該做什麼，只是呆呆站著。

「可以嗎？」

他們就像一起長大的兄弟一樣，一起走進浴室裡。她聽到有人轉開水龍頭、他們嘻嘻哈哈的笑聲，和什麼東西掉到地上的聲音。瑪麗靜靜地坐著，環視房間裡的一切，她突然想起布亨瓦德和奧許維茲等猶太人集中營的故事。她在很久以前讀過，猶太人遵守秩序，在毒氣室前排成一列。猶太人領袖指著沒排好隊的人說道：「就是因為這樣，我們才會被稱為骯髒的猶太人！」他們秩序井然地脫掉衣服，放在寫有自己名字的籃子裡，在洗澡、消毒、理髮之後。他們會成為「乾淨的猶太人」。他們對任何命令都不加反抗，乖乖地走進毒氣室裡。關於死亡的傳言雖已傳遍，但他們努力不去相信，僅遵守命令。瑪麗也是一樣，在來到這裡、來到這張床之前，有過很多的機會，可以跑掉、也可以藉口去洗手間然後消失不見，就算是現在離開也是可能的。可是所有事情是環環相扣的，一個小小的決定會導致另一個小小的決定，最終會成為無法逆轉的決定。這所有的一切都緊密相連。其實她現在已經不記得，當初在拿波里餐廳時究竟是什麼心態，總之，她接受了成旭的提議，所以才會去了紅酒發酵五花肉店。在那裡，她請他們喝酒、吃肉，和他們一起進來無人愛情賓館，還用自己的信用卡結帳。是啊，現在留住她的，正是那張微不足道的信用卡。如果沒有結帳的話多好！

可是如果不是她，而是他們付錢的話，她更無法一走了之，因為那是傷害別人的舉動，也是強烈違背信用的行為。但是她沒有想到這裡，她只是後悔自己剛才的愚蠢之舉——耍帥似的用自己的信用卡支付賓館費用而已，但是這個行動帶給她滿足感也是事實。幾分鐘以後，她將向兩個男人張開雙腿，但因為是自己付了錢，所以是自發性的選擇，他們只是受雇的面首而已。很多男人雖然相信是自己誘惑了女人，但根本不是那回事，事實正好相反。她如此說服自己。

浴室的水聲中斷，她不由自主地吸了口氣。她不得不承認，無論再怎麼想、無論再怎麼相信，無論再怎麼想像，這個地方對她而言都是不自在的。是的，不可能自在的。過沒多久，她就要向皮膚富有彈性的二十一歲法律系大學生顯露自己的肉體，長出贅肉的腹部還留有因為懷孕產生的妊娠紋，曾罹患濕疹的腹股溝變得微黑，大腿則是脂肪成塊。她的心情好像是在婦產科等候診察，全非做愛之前的興奮狀態。她用床單擦拭了手心流出的汗水，然後突然站起來。她不想讓即將從浴室走出來的男孩看見自己跨坐在床上的模樣，也不想讓他們知道自己坐立難安。她看著陽臺上布置的小花園，虎尾蘭和仙人掌種植在人工花園的花盆裡。陽臺使用半透明玻璃，看不清楚外面，而因為照明十分光亮，難以分辨外面究竟是白天還是黑夜。她看了看錶，已經是晚上八點多了，卻好像只是下午兩點。

成旭和熊貓用浴巾圍著下體，從浴室走出來。

「請洗、洗、洗澡吧！」

熊貓結結巴巴說道。她從手提袋裡拿出化妝包，走進浴室，正想關上門的那一剎那，成旭探進頭來。

「手都這個樣子了，怎麼洗啊？」

她俯視自己打著石膏的手。

「就是啊！」

「我們可以一起洗嗎？」

成旭回頭望了望熊貓，然後問她。她想了一下，說道：

「成旭你進來吧！」

成旭得意洋洋地關上門，進入浴室。他解開她襯衫的鈕扣，舉起她的雙臂，脫掉襯衫，又解開她胸罩的鈎扣，脫下她的裙子，丟到浴室外面。瑪麗用自己的右手脫掉內褲後，他替她疊好，放在暖氣管的架子上。她舉著左手進到浴缸裡，成旭用右手握著蓮蓬頭，打開水龍頭。水流在浸濕她的腳以後，慢慢地往上移動，剛開始時，水還很冰涼，但立刻就變成適當的水溫。成旭赤身裸體，關掉蓮蓬頭，咬住她的乳頭。她搖搖頭。成旭按出幾滴沐浴乳，在她的陰毛上搓出泡沫。她閉上眼睛。他將泡沫均勻地塗抹在她的全身。泡沫溫暖柔和，瑪麗感覺癢癢的。

「好了啦。」

成旭用右手搓揉她兩瓣屁股中間的溝縫，溜滑的手經過瑪麗的肛門後，刺激著她的會陰部。她的腰部微彎。成旭將泡沫塗抹在她的乳房上，劃著圓搓揉起來。

「男人為什麼喜歡女人的胸部？妳知道嗎？」

「為什麼？」

「因為和屁股很像，也就是說，乳房是長在前面的屁股，如果不是的話，那就沒有必要凸出，只要有乳頭就行了。男人看到乳房，其實是在想著女人的屁股。」

「胡說。」

「我在書裡看到的。」

她看著他的胯下。因充血漲得通紅的生殖器對準她帶有乳頭的屁股，隨著他的動作不住搖晃。成旭再次打開蓮蓬頭，水流猛烈傾瀉而下。瑪麗低頭打量自己的身體，附著在身上的泡沫看起來好像是誰吐出的口水。十九歲時，第一次一起做愛的男人對著她乾澀的陰部吐口水。他將那口水塗在龜頭上後，插入她的陰道裡。瑪麗閉上眼睛，那王八蛋到底是在哪裡學到這個習慣的？成旭用蓮蓬頭的水流洗掉瑪麗身上的泡沫。

「妳轉過身去。」

她對他露出自己的背部和屁股，水流噴注在她看不到的部位。成旭用乾毛巾慢慢仔細地擦拭她沖淨泡沫的身體。這個時候，瑪麗突然覺得他像丈夫。她身上的水分還沒乾，就抱住了拿著毛巾的成旭。

「知道吧？我只愛你一個人。」

「當然。」

「我得先說清楚，我從來不想這樣做。」

「我知道，不是我提議的嗎？」

「你現在再好好想想，我和其他男人做愛真的好嗎？沒關係嗎？」

「我已經說過了，不是和其他男人做愛，是我和妳做。他只是幫助我們做愛的一種假陽具而已。」

「你真的愛我吧？」

「當然，我會更愛妳。為了我做出這樣的決定，我大概一輩子都不會忘記的。」

「……我和你朋友……啊，算了。」

「怎麼了？妳說嘛！」

「就是……你希望我和你朋友……做到什麼地步？」

他咧嘴一笑，表情好像是怎麼連這個也要問。他垂下雙手，抓住她的頭。她把成旭的陰莖含進嘴裡。

「全部，我想看別的男人侵犯妳。妳就想是和我做就行了。這只是遊戲，不要想得太嚴重。」

42

朴哲秀坐在車裡，出神地看著「波希米亞旅館」的招牌。

「波希米亞人都死光了。」

他自言自語說道，然後坐在狹窄的椅子上伸展身體。他伸手拿起放在副駕駛座的手機，然後又丟了出去。他用雙手往後順了順滑落到額頭上的頭髮，頭髮帶有水氣，所以溼溼的。他想洗手。他下了車，大步走向旅館裡，玄關的天花板上，有兩臺像蒼蠅複眼的閉路電視正看著自己。朴哲秀進入自動門後，等著他的只有ＬＣＤ螢幕而已。他環顧四周，裡面的結構好像不會有洗手間的樣子，真想洗手啊……

「有什麼事嗎？」

頭部上方傳來男人粗重的嗓音。他反射性的抬頭看著天花板，那裡裝有小型喇叭。

「什麼無人旅館？也不是完全沒有人嘛！」

對方再次漫不經心地問道：

「有什麼事？是不是來找誰？」

他對著天花板說道：

「不，我只是想來借用一下洗手間……」

「出去以後往左走三百公尺左右，那邊有地鐵站。」

「好，知道了。」

他再次對著空中叫喊，走出旅館。他看了一下旅館周圍，有個工地，不知道是不是在蓋其他旅館。他看到為了沖洗進出工地的砂石車車輪而連接的水管設備，工地的燈光熄滅，沒有任何工人。他打開工地入口的水管閥，水量比預期的要大，西裝也稍微被濺溼。他調整水壓，洗了手，要是有肥皂就好了……但是不可能有肥皂。他回到自己的車，坐在駕駛座上，用面紙擦手，然後又看著「波希米亞旅館」。他進了現在的「公司」後，雖然經歷了各種事情，但像今天這種情況還是首次。張瑪麗帶著兩個年輕男人，像女王一樣走進旅館。他們站在她的身後，像侍從一樣。現在他們應該在那上面的某處享受激情吧？她有多常做這種事情？他非常好奇，總之可確定的是，她對丈夫的情況完全不知。如果知道的話，至少她不會這麼做的。

他用手機打了電話。

「是我。」

「嗯，你還在那裡啊？」

「是的。」

「撤吧，好像不是那裡。」

「這會不會是金基榮的計謀？」

「你不會是也想加入他們吧？」

他皺緊眉頭，將手機從嘴巴旁邊拿開，用只有讀唇術師才能理解的程度，無聲地罵著髒話：操你媽的王八蛋，你在開什麼玩笑？

「那我應該怎麼辦……」

就在那時，一個年輕男人在附近徘徊後，進了旅館裡。那模樣是個典型的大學生，背著帆布肩包，腳下穿著運動鞋，腳步很快。

「等一下，出現了一個……奇怪的傢伙……」

「哪裡奇怪？是金基榮嗎？」

「不，好像是大學生。」

「大學生有什麼好奇怪的？」

「跟剛才和張瑪麗一起進去的兩個大學生非常相似，好像是他們的朋友。」

「也有可能是跟別的女人約好的。」

「應該吧？」

他覺得自己的聲音聽起來可能過於懇切，心裡的某個角落有些不安。灰色背心沒有錯過那種語調的變化。

「你好好禱告吧……」

「……」

「快點撤了！」

他掛斷電話後，又再次破口大罵，然後觀察旅館的動靜，剛才那青年已經不見了。

43

小棚子裡非常悶熱。基榮還沒做出決定，究竟要不要回去？過去二十年來，他竟然從來沒有思考過這種陷入兩難的窘境，他對此感到驚訝。是不是出於對命運的怠慢，或者是迴避？仔細想來，他也從來沒有接受過健康檢查。他不知道自己血壓和血糖的數值，因為他從來沒有想到要躺在床上，在家人的圍繞下安然死去之故。加布列．賈西亞．馬奎斯在被宣告得到淋巴癌之後，曾經說過他之所以變成大菸槍的原因。在幾近於無政府狀態的哥倫比亞，身為批判性的知識份子、反體制的媒體人，他從來不相信自己能活這麼久。他的祖國哥倫比亞，會有人在大白天射殺世界盃比賽中造成烏龍球的後衛；在暗殺和毒品充斥的城市波哥大，古巴產雪茄的煙霧幾近於香氣。他避開所有子彈、私刑、監禁和驅逐，一直活到癌症找上他為止。

槍。他想起自己曾幻想閃著金光的細小彈頭，猛烈進入自己布滿彈痕的頭蓋骨。這個幻想一直緊緊跟隨著他，延續到現實中的記憶——對準志勳太陽穴的科爾特四五手槍。想像和現實糾纏，現實感快速揮發，就像在皮膚上塗抹酒精的時候，會有短暫而刺激的快感。

他很久以前讀過一個男人的故事，那人和自己一樣也只剩下一天時間。埃瓦里斯特．伽羅瓦（Évariste Galois）。如同司湯達爾或巴爾札克的小說一樣，故事是從拿破崙開始。十九世紀初，拿破崙皇帝被驅逐到厄爾巴島，路易十八登基，法國革命時期的反動時代——波旁復辟開始了。但僅僅九個月後，「不死之神」拿破崙便逃離厄爾巴島，進攻巴黎。為此，整個歐洲的王室為了打倒拿破崙而團結在一起。三個月後他再次被捕，最終被流放到大西洋的絕海孤島聖赫勒拿島。

伽羅瓦的父親是個狂熱的共和派政治家，隨著皇帝的歸來被選為市長，他不得不跟隨拿破崙這個風雲人物的命運，經歷政治上的浮沉。少年伽羅瓦自然而然地長成性格剛烈的反體制革命家，同時也在數學上表現出驚人的才能。

伽羅瓦進入高等師範學校，開始對抗保皇派，最後參加共和派義勇軍的團體——州防衛軍，走向職業革命家的道路。他後來遭監禁入獄，釋放後，每天都去街頭示威，並成為酒精中毒者。他也和一名女子墜入愛河，這個名為絲黛芬妮—菲里斯．波特林．杜．莫特爾（Stéphanie-Felice Poterin du Motel）的女人原本已有未婚夫，可是偏偏未婚夫德爾邦比爾（d'Herbinville）是法國第一神槍手，因未婚妻的背叛傷心欲絕的神槍手，毫不猶豫地要求伽羅瓦決鬥。年輕的天才雖竭力避免，但未能如願。在舉行決鬥的前一天晚上，他坐在書桌前，翻開筆記本，開始拚命寫下求取五次方程式公式解的方法，這是當時數學界最關注的。在這個寫滿公式和證明的難解筆記本空白處，他近乎吶喊似的潦草寫下「我沒有時間、我沒有時間！」、「哦，那個女人，絲黛芬妮」等字句。那天晚上，他將計算和證明都完成後，寫信給他的朋友奧古斯特．謝瓦利耶（Auguste Chevalier），要求說如果自己死了，請他將這本筆記交給歐洲最傑出的數學家。

隔天，一八三二年三月三十日星期三清晨，伽羅瓦和德爾邦比爾在平野見面，用槍瞄準彼此，神槍手沉著地將子彈射入年輕天才的腹部，然後拋下流著血的傷者揚長而去。伽羅瓦雖在幾個小時後被送到醫院，但因出血過多和腹膜炎死亡。當時，這位提出五次方程式公式解重要證明，最終對數學史的發展有重大貢獻的數學家，只有二十二歲。

他想著那賦予伽羅瓦的最後一天，想著這個反覆說著我沒有時間、我沒有時間，卻執著地埋首於所謂五次方程式這個極其抽象之物的年輕人。但他畢竟有徹夜寫成、遺留下來的東西，處境也許比自己還強也說不定。

他又想到，年屆四十二歲，我的人生究竟算什麼？沒犯什麼過錯，在比別人稍微危險的職業中，沒有重大過失，過著安定的生活。前面的二十一年在北韓，剩下的二十一年在南韓。我的人生恰好一分為二，一半是前途光明的平壤外國語大學英語系學生，另一半是個安靜的非法移民者，自願成為孤兒，兩者像是對不上的拼圖一樣，四散一地。他沒預料過自己會過著這樣的人生，在過上這種人生之後，必須忘記自己的前半生。突然知道自己前世情況的人，心情是否就是如此？原本以為即便遺忘也無所謂的過去，如同病毒般潛伏著，在決定性的瞬間顯現自己的存在。

他曾在坎城影展中進口漢斯・舒伯尼茲導演的德國電影《吶喊》，最終卻未能上映。劇情描述一個罹患失憶症的男人，在醫生的悉心治療下終於恢復記憶的故事。男人躺在醫院的病床上，等待自己的記憶再次回復。他為了追逐若隱若現、忽明忽暗的記憶，身體翻來覆去。他拚命回想自己是誰、從哪裡來，終於，第一個記憶穿透雲霧而來，那是幾個星期以前醫生宣告自己時間所剩不多的記憶。因為這個衝擊，他彷徨於街道上，從而發生交通事故，也因此喪失記憶；不知此事的急診室醫生使用藥物和電療，完美地喚醒了宣告其來日無多的記憶。他從病床上一躍而起說道：「謝謝你，醫生！我剛才想起我馬上就要死了這件事。」

他偷偷環視自己所在的棚子。棚子很窄，空氣也很渾濁。坐在他面前的老人戴著似乎老人就該有的厚重老花眼鏡，翻閱泛黃的書頁，在壓著文鎮的Ａ４用紙上，用草書潦草地寫著只有自己才看得懂的漢字。

「父母應該很早就過世了吧？早年吃了不少苦。」

「母親很早就——」

「應該是的。」

算命先生打斷他的話。

「沒有什麼財運，也沒有妻運，會結兩次婚。」

「是嗎？」

他隔著老花眼鏡，望著基榮的臉孔出神。

「都看得出來。」

「看得出什麼？」

「你雖然穿著那麼體面，可是還是看得出來。」

「您在說什麼？」

「你的擔憂，擔憂啊。」

算命先生抽了口菸。

「如果沒有擔憂的話，我怎麼會來這裡？」

「被炒魷魚了嗎？」

「什麼？」

「我問你是不是被公司開除了？否則怎麼會這個時間還不回家，在外面閒逛？人也還很清醒。」

「我只是心情很鬱悶。」

他又仔細看了基榮的生辰八字，然後好像念書似的，嘟嘟囔囔地解釋起八字來。

「這是中年運，嗯……因為自信心不夠，常會在乎別人的眼光；老是為別人考量，努力創造和諧的氣氛。你雖然常常帶著爽朗的微笑，但看起來好像是想要吸引對方。為了不樹敵，你對任何人都很和氣，試圖用雅量寬待別人，但你不喜歡這樣的自己。你的思慮雖然很深、個性很溫和，卻過分猶豫不決，沒有決斷力……」

「今年的運勢怎麼樣？」

算命先生暫時看了一下八字後說道：

「我來看看，今年運勢相當好。到去年為止應該很辛苦，既有離別之運，也有損失財物之險，可是今年非常好，經手的每一件事情都能成，過去對別人的好現在都變成福報，回到你的身上。大家會把你視為貴人，也會很尊敬你。只是，你要注意搬家的問題，最好是沉穩地守住自己的位子，收穫過去撒下的種子。」

「……不是這樣的，您再幫我看看。」

「不是啊，真的只有這些。」

「事實上，我可能要去很遠的地方。」

「搬家？不是說過今年搬家不好嗎？如果非搬不可的話，東邊比較好。」

「東邊？」

「嗯，東邊。」

「北邊怎麼樣？」

「北邊？」

算命先生瞪大眼睛，露出覺得荒唐的表情，搖搖頭。

「北邊有什麼？」

「啊，沒什麼。只是在考慮東西南北的時候，隨便說出口的。」

他慌忙擺手。

「東邊比較好，或者東南邊。」

「知道了，謝謝。」

他從狹窄的釣魚椅上起身。算命先生對著正要走出去的他說道：

「喂，哪有人年輕的時候不辛苦的？年輕的時候是最辛苦的，一定要忍耐，那些都會變成福報的。」

他沒有回答，走到外面去。棚子比他的身高還矮，可是從外面看還顯得很幽靜。棚子的後方寫著「命運是從前方飛來的石頭，知道了的話，雖然可以避開，但身心會疲憊不堪。」他苦笑著。什麼？因為自信心不夠，常會在乎別人的眼光？他雖短暫出現想一腳把棚子踢翻的衝動，但一如以往，他不會付諸行動。**為了不樹敵，對任何人都很和氣……**

他又拿出手機，按了號碼，只傳回電話已經關機的訊息。他又開始頭痛，不，也許頭痛已經持續了一整天，只是他沒有意識到罷了，反正，頭痛是何時開始的也不重要。他使勁用右手按了按後頸，要不要像賢美說的，聽聽倉本裕基的專輯？他不停摸著後頸，醉鬼接二連三開始出現在街道上，像是吃了藥的蟑螂一樣。

PM 09:00

44 職業摔角

和兩個男人做愛，就好像只有前面拍得比較好的動作鉅片一樣，瑪麗張開雙腿想著。雖然延續了令人眼花繚亂的預告片和動作，在某一瞬間回過神來後，卻發現相似的場面反覆出現。動作的強度雖然提高，可是驚訝和興奮卻隨著時間的經過而遞減。她已經感受到兩次高潮了。每當這個時候，所有的神經都鬆弛下來，不再需要任何刺激。現在也是一樣的心情。可是二十一歲男孩的想法不同，他們讓瑪麗趴下，又翻過來，卻似乎並不滿意，於是讓她側躺著，插入她的身體。其中一人湊到瑪麗面前，將軟長的生殖器塞入她的嘴裡。在巨大的迴轉床上，她和兩個男人翻來覆去，已故父親的話語猶如神的聲音一樣傳來。

「啊！人生如歌。」

這是父親從他精神上的兄弟力道山那裡聽來的遺言。她嚇了一大跳，睜眼一看，房間裡除了兩個男人和她之外，再沒有任何人。瑪麗趴著，屁股高高翹起，一人從後面煞費苦心地插入生殖器，另一人把臉埋入瑪麗的胸前，吸吮著她的乳頭。因為手臂打著石膏，很難保持固定的姿勢，但在一個小時內變換各種姿勢後，她逐漸掌握了要領，再也不像一開始時那麼難堪。汗水從她的下巴流下，滴落在石膏上。力道山大概也是這種心情吧？登上四方形的摔角場，跟對手（也是朋友）糾纏在一起時，他也一定有只是等待時間經過的瞬間。因為世上充斥著太多無可奈何的事，而且生活裡也不可能只做自己喜歡的事情。她如此安慰自己，按照事先想好的劇本變換各種體位，應付了一輪又一輪。如此看來，職業摔角和做愛有著相同之處，那是遊戲，同時也是戰鬥，攻擊裡有關懷，關懷裡具有攻擊性。

「啊！啊！啊！」

每當他的身體進入的時候，她都會發出呻吟聲。

「爽吧？爽吧？嗯？爽不爽？」

「嗯，好爽，好爽。」

她的應和聲讓他們更加興奮，身體貼得更緊，更強烈粗暴的髒話灑在漂白的床單上，就在那時，不知是誰的手機響起，鈴聲是〈鬥牛士之歌〉。

所有動作瞬間停止。

「是不是你的？」

成旭厭煩地問熊貓。熊貓起身拿出褲子裡的手機，接通電話。

「喂，大、大、大哥？真、真的來了？」

「搞什麼？」

成旭問道。

「是泰、泰、泰守大哥……」

熊貓露出難堪的表情，輪流看著成旭和瑪麗。

「所以呢？」

「剛才在烤肉店的時候，我接到電、電、電話……」

「所以你告訴他了？」

熊貓點點頭。

「你這個笨蛋，你為什麼告訴他啊？你就說不行。」

「他說就在旅館前面。」

成旭向熊貓走近一步，但不像是要揍他的樣子。

「他怎麼知道在這裡？」

「剛才他發簡訊給我，我沒料到他真的過來了……」

此時成旭觀察瑪麗的臉色。

「怎麼辦？是一個跟我們很好的學長……他的口風很緊，是同一個研究小組的，人脈很廣。」

她慢慢地支起身體，然後墊著枕頭，將身體靠在牆上。

「成旭，可不可以把手提包給我？」

成旭連忙把她的手提包拿過來。她翻了一下手提包，然後又放下來，詢問熊貓：

「嘿，給我一根菸。」

熊貓慌忙從口袋裡拿出菸來遞給她。她將香菸咬在嘴裡，熊貓幫她點火，成旭的表情有點扭曲。她呼的一聲，吐出第一口煙。

「搞什麼？我是賣身的妓女嗎？」

兩人的生殖器已經軟垂下來，朝向地面。

「妳又沒收錢，怎麼是妓女？不是嗎？如果我話說得太過分的話，我向妳道歉。我的意思是說，反正都已經這樣了，能不能讓那個學長也來？可以吧？嗯？」

「……我痛死了，不行了。」

就在此時，叮咚，門鈴響起。起先聲音輕柔的門鈴，卻響得越來越急促。

「看來你連房間號碼都跟他說了？」

瑪麗用責怪的眼神瞪著熊貓。熊貓低下頭。門鈴聲停下，咚咚，外面的人開始敲起門來。另外一頭全身發熱的雄性就站在503號門前。成旭只是不安地看著瑪麗，沒有任何行動。她清楚預感到這是最後一次和他見面了。她是不是太早到達人生的絕路了？這太不公平了，太快了。我到底做錯了什麼？我一直努力生活，也算比較忠於家庭，在公司也獲得肯定，每個月還固定捐獻，朋友的婚喪喜慶也從不缺席。除了年紀大了以外，我到底做錯了什麼？

她張嘴說道：

「叫他進來吧！」

成旭的臉就像得到禮物的孩子一樣，表情豁然開朗，熊貓也跟著高興起來。

「反正都已經跟你們倆做了，對啊，反正都已經跟你們倆做了。」

她喃喃自語說道。她感覺好像瞬間老了十歲。這是最後一次了，過了幾天，石膏會拿掉，她也會忘了成旭，再次回到平淡的生活中，白天賣車，晚上坐在沙發上看電視。放假的時候，全家一起去露營，偶爾也會在晚上參加基榮進口的電影試映會。我會再次回到那樣的生活，今天就到此為止，就到此為止吧，我再也撐不下去了。

門一打開，外面站著一個男人，年紀看來太大，不可能是成旭的學長。那人頭髮微捲，夾雜白髮，戴著一副不適合的金框眼鏡。只用床單遮住下體的熊貓和成旭向後退了一步。

「你是誰？」

金框眼鏡大步走進房裡。

「你們這樣做，讓我很為難。」

「我們怎麼了？」

成旭說道。

「預約是兩個人，但卻進來了三個人。」

金框眼鏡看看房間裡，似笑非笑，可是毫不掩飾自己的不快。瑪麗用床單遮住臉孔。

「我給你們五分鐘時間，整理好東西後出來。」

「那個，我們得洗個澡……」

「對不起，你們違反規定了，趕快離開房間。」

「好的。」

「趕快整理好以後出來。」

他碰的一聲關上門出去了。成旭向熊貓發脾氣。

「操，你不是說是泰守學長嗎？到底怎麼回事？」

熊貓再次確認手機的簡訊後說道：

「他說在入口就被擋住了。」

成旭用腳踢書包。

「這是什麼無人旅館啊？操！」

瑪麗拾起散落一地的衣服，在兩個男孩進去之前，先行鑽進浴室，鎖上了門。她穿上衣服，整理頭髮，用洗面乳洗臉，清洗下體，化了淡妝。她把水溫調低，感覺很冷，皮膚變得冰涼。兩腿之間的抽痛好像有所緩解。她雖想淋浴，但沒有成旭的幫助好像很難，因此不得不放棄。瑪麗雖聽見幾次敲門聲，但沒有回應。她化好妝，整理好衣服，自己覺得已經準備充分以後，才以和下班時一樣的冷漠表情開門出去。她走出去的時候，兩人已經穿好衣服。

「今、今、今天很愉快，對、對、對不起。」

「算了。」

她打開門，走到外面去。房務員房間的門開啟，露出一條細縫，有人從裡面觀察他們的動靜。房務員大概手上拿著新的床單，等待客人趕緊消失。她對成旭說道：

「再見，這段期間我很愉快。」

他一臉不悅，問道：

「生氣了？」

「沒有。」

她搖搖頭，努力做出淡然的表情，但沒有把握對方能否如實感受到了。

「啊，對了，我們到此為止吧！」

「一定要這樣嗎？」

「一切都結束了，拜拜！」

她的聲音裡沒有一絲力氣。

「等一下。」

她剛要轉身，成旭就抓住她的手臂。她的心裡突然冒出一種這段期間和成旭交往時不曾有過的全新感受，那正是厭煩。她下意識皺起眉頭，用力甩開成旭的手。

「我算什麼？」

「什麼算什麼？」

「難道妳一直在玩我嗎？是那樣嗎？」

熊貓在旁邊拉著成旭的手臂。

「成旭，我們下去吧！」

她不知不覺笑了，厭煩的感覺突然消失，心情略微平和下來。然後她像深夜節目的主持人一樣，用溫潤又職業化的聲音安慰他：

「如果讓你有這種感覺的話，我很抱歉。我向你道歉，可以嗎？我愛過你，你也知道吧？你不知道嗎？你不可能不知道吧？知道吧？你一定知道的，因為你很聰明，而且很敏銳。那你走吧！嗯？我們分手吧！我現在太累了。」

她沒有坐電梯，而是從樓梯走下去，中間好幾次因為骨盆酸痛而停下來。兩個男孩並沒有跟著她，而是坐電梯下樓。她到達玄關的時候，他們已經消失不見。瑪麗穿過自動門，走到外面，四面的霓虹燈洶湧而來。進來的時候，為什麼都沒看見呢？她走向街道，生平未曾經驗過的沉重和疲倦襲捲瑪麗全身。她的頭痛了起來、精神恍惚，好像一口吞下甜膩的白色巧克力一樣。

PM 10:00

45 像似老狗的噩夢

進入公寓社區的所有車輛，都會在正門警衛室前停車。貼有電子標籤的住戶車輛接近的話，攔車桿會自動升起，可是外部車輛或計程車接近的話，只有在得到警衛的許可後才能通過。基榮坐在警衛室後面陰影下堆集保麗龍箱子的地方。那是一個陰暗角落，連剛才結束巡查的警衛都未能發現他。也許是警衛室的燈光過於明亮，那個地方看起來更加陰暗，但從那裡可以清楚看見通過正門的每一輛車。基榮在那裡靜靜觀察進出的車子。

瑪麗的身影尚未出現，會不會有人把她帶走了？一整個晚上都聯絡不上她，如果有人把她帶走，有可能就是國家情報院。也許她不會太驚訝。「啊，原來如此，難怪我覺得他有點怪怪的。」基榮想像她說出類似話語的表情。

他重新調整坐姿，嘩啦啦，背後傳來紙箱傾倒的聲音。他轉過身去，一隻黃貓在黑暗中眼睛閃爍、身體蜷縮著。

九點五十分，一輛計程車停在攔車桿前面，基榮清楚地看到坐在後座的瑪麗。差點就錯失了。為什麼她沒開自己的車，而是坐計程車回來？他猶豫了一下，但攔車桿很快就會升起，計程車會快速進入公寓社區裡。幸好只有她一個人。他從黑暗中衝向明亮的燈光處，然後打開計程車的後門，她大吃一驚，身體後仰。

「瑪麗。」

「怎麼了？」

司機也嚇了一跳，回頭看著他們。基榮確認計程表上顯示的金額，拿出一萬五千元遞給司機。

「不用找了。」

他拉著瑪麗沒有打上石膏的右手腕。

「妳下車，有重要的事情。」

「不能回家再說嗎？」

「如果可以的話，我何必這樣?求求妳，快點下車吧！」

「不要，我累死了。」

「妳以前看過我這樣嗎？」

「沒有，所以才奇怪，太可怕了。我要回家，太累了。」

「求求妳，瑪麗。」

司機按下按鍵，計程表停止了，後面不知何時已有其他車子駛來，等待他們讓開。瑪麗不情願地從計程車上下來，與其說是下車，倒不如說是像蘿蔔一樣，被基榮給拔出來還更正確。

基榮拉著瑪麗經過已經不噴水的乾涸水池，去到藤蔓懸垂的幽暗長椅處。氣溫寒涼，瑪麗坐下又站起來，然後又悄悄地坐回去。

「瑪麗。」

「為什麼？」

他欲言又止，然後又開口說道：

「妳知道妳最常說的話是什麼嗎？」

「是什麼？」

「就是『為什麼』啊，『為什麼』，我只是叫妳，妳不就開始問理由嗎？不是嗎？」

「你把我拉來就是想跟我吵架嗎？男人到底為什麼都這樣我行我素啊？你們以為女人是玩具嗎？」

她提高音量。

「好，我現在也不想糾正妳說話的習慣了。」

「說重點吧！」

「我原本想打電話跟妳說，可是電話一直打不通。」

她拿出手機，打開手機蓋。藍光照耀她的下巴和鼻孔下方。

「沒接到啊，什麼時候打的？」

「打了好多次，我換了手機。」

「怎麼不寫簡訊？」

「不是能用簡訊說明的事情。」

一陣沉默。

「今天有沒有發生什麼事？」

基榮問道。瑪麗的腦海裡閃過許多畫面，和聖塔菲駕駛人大打出手、和警察吵架、和兩個男人交纏。片段的畫面閃過之後，各種推斷如同煙火在她的腦海裡爆發。他說的「什麼事」是其中的哪一項？這個男人究竟是怎麼知道今天一整天在我身上發生的事的？他真的知道嗎？她的心跳開始加速。所以他故意避開在家的賢美，在公寓入口等我啊。那麼分明就是在波希米亞旅館發生的事了，可是他怎麼可能已經知道這件事？他是不是雇用徵信社跟蹤我？她的聲音不自覺地變得尖銳。

「沒有，哪有發生什麼事？」

「真的沒有嗎？」

「不是告訴你沒有了嗎？」

「那妳現在是從哪裡回來的？」

「今天晚上有聚餐。你為什麼一直這樣追問？你才有問題。今天發生了什麼事？嗯？到底為什麼這樣？」

「聚餐？早上妳沒說啊！」

「我都還沒說，你不就出門了？」

瑪麗伸出右手，放在基榮的鼻前。基榮聞了聞，隱約帶有蛋白質和脂肪燒焦的氣味。瑪麗後悔地想道，早知道就不噴纖維除臭劑了。

「我有話要說。」

基榮說道。瑪麗放下手臂。

「不能回家再說嗎？」

「拜託，讓我把話說完。」

她不情願地點點頭。強烈的疲倦襲捲而來，但她強撐著眼皮，看著基榮。基榮的態度裡有種讓她緊張的陌生感覺。

「你說吧，我聽著。」

「如果到目前為止還沒有事，而且運氣好的話，也許以後不會有事也說不定。但是這種可能性微乎其微。我們一定會經歷一些事的。可是在那之前，我必須跟妳……嗯，是妳，不是別人……我是說……妳必須聽我說，不，最好是從我這邊聽到。」

在此之前，瑪麗還一直停留在稍早之前情事的磁場中。可是她和基榮一起生活了十五年，她從基榮前所未見的表情中，預料到在這個陰暗的藤蔓下，將會揭露出足以讓剛才的情事完全化為烏有的祕密。即便她知道這毫無意義，知道再等一會兒就會揭曉，但她還是開始努力猜測基榮將吐露的祕密。難道是他出軌了？應該不會是一般的出軌，是跟我的朋友，還是跟我要好的閨蜜？要不然是不是公司發生什麼事了？會不會是在回家的路上發生肇事逃逸？不，是不是幾年前的肇事逃逸最近被揭穿了？她的猜測雖然不斷翻新，但沒有一個可以確定。

「不要吃驚，好好聽著。首先，我不是一九六七年生的。」

瑪麗偶爾也覺得他好像過於老成了。

「戶籍出錯了？」

「差不多，反正我是六三年生，而且我的名字不是金基榮。」

基榮說得很急切，好像要把所有祕密都說出來一樣。

「我原本的名字是金成動，在平壤出生，一九八四年來到首爾，進了大學，那之後，就如同妳知道的那樣。」

她噗哧一笑。那不是基榮預期的反應。她說：

「騙人，你在說謊。」

「是真的。」

「天啊，那是不可能的，不可能。你別誤會，我沒有受到衝擊，只是那種事情是不可能發生的。」

哐噹噹。社區外的大馬路上，傳來砂石車駛過減速帶時發出的聲音。

「可能。」

「不可能。」

他雖想盡量讓她相信，但語調仍充滿不安。

「為什麼不可能？」

「我不可能被隱瞞這麼久。我是你老婆。你也知道我有多敏感，不是嗎？」

基榮曾經聽過這樣的事情。簡單來說，歷史上有名的間諜都是失敗的，最優秀的間諜絕對不會被發現，所以能默默退休，享受愉快的晚年，直到死亡。因為管不住嘴巴、胡說八道或者不小心而暴露自己，甚至因為人性的弱點，陷入金錢或女色的誘惑，這些人正是失敗的間諜。他們因為失敗而有名。相反的，有些間諜就像是終生保障雇用的日本大企業正式職員一樣，厭惡出風頭，默默地工作，絕對不洩露公司的祕密。他們獲得的代價是領取退休金和年金，安享晚年。也許他們並未擁有可以賣給他人的高級情報，所以不會受到任何誘惑。因此可以這麼說，這個世界上沒有乾淨的人，只是還沒受到誘惑而已。

但基榮終究成為「失敗的間諜」，如今只等著被這個世界默默除去而已。就在這一天裡，所有事情都變了。不，世界並沒有變，變的只是他自己而已。在過去二十年裡，他沒有屈從於誘惑（或者說沒有受過足夠的誘惑），但也沒有收集到讓購買者感到興趣的驚人情報，大致上，順利遂行了上面指示的所有事情，可是他的命運突然改變方向，朝著無法得知的地方前去。無論你是間諜還是其他什麼人，成為失敗的男人是非常淒涼的。他把視線轉向旁邊，那裡坐著失敗男人的妻子。她壓低聲音顫抖著詢問道：

「你真的……是間諜啊？」

他既不承認，也不否認，兩人暫時陷入沉默。一個黑色塑膠袋被風颳到花壇旁邊，塑膠袋在道路分界石附近迴轉幾圈後，又被颳向空中。

「你到底在搞什麼鬼啊？是不是外面有女人了？公司倒閉了？所以一定要跟我離婚嗎？是嗎？是不是？你倒是說話啊！好，我不會相信你的，你說個能讓我相信你的理由。」

他從包裡拿出偽造護照，靜靜遞給瑪麗。她就著微弱的路燈光線，讀著偽造的文書，他的照片下端印著陌生的名字。

「真是瘋了！」

她低聲說道，像念經一樣無力地嘟囔著。護照掉到地上。她感到頭暈目眩，不知是因為累積的疲勞，還是因為突然暴露的祕密。他拾起護照。

「對不起，我也是不得已的。」

她什麼話也沒說。

「瑪麗。」

她還是沒有回話，兩人陷入長久的沉默。剛才飛走的黑色塑膠袋順著旋風再次出現，以令人眼花撩亂的方式迴旋著，又再次消失在他們的視野之外。她把臉孔埋進雙手之間，然後說道：

「你現在告訴我這些話幹嘛？」

她轉過頭來注視著他。

「今天上午命令下來了。」

「什麼命令？」

「明天凌晨以前回歸北韓。」

「……」

「我也不想回去。」

他的聲音微微顫抖。她張開雙臂抱住他。他彎下腰，將頭部埋進她的胸前，然後抱住她的背部。從她的襯衫纖維中隱約散發出混合著五花肉、消毒劑和煙味等令人作嘔的味道。

「剛開始是我騙了妳，但是從十年前開始，妳所知道的我就是我，和北韓的聯絡也切斷了。我按照自己的方式生活，像妳知道的那樣，為了養家活口而奮鬥，像無依無靠的孤兒一樣，為了在這個沒有一個親人的地方活下來而全力以赴。我都忘了，連我是從那裡下來的事實也……」

「如果不回去的話會怎樣？」

她鎮定地問道。

「那邊會很清楚我背叛了的事實。」

他能感覺到她正在點頭。

「可是，我還是不能原諒你。」

他抬起埋在她胸前的頭，看著她。

「我騙了妳，對不起。」

「不是因為這個。」

她說道：

「你聽好，人活著會做很多抉擇，我也曾經面臨過很多次那樣的瞬間，這些抉擇累積下來之後，變成了現在的我。你知道我在說什麼嗎？這就是人不能進行時間旅行的理由。回到過去，即使是改變一個極其細微的事情，這個世界，我們現在看到的這個世界就不存在了。所以我是說，我是說，你這個混帳東西，如果我十五年前沒有遇見你，不，就算是遇見了，如果我知道這個事實的話，我一定會做其他選擇。而因為那個其他的選擇，又會做其他選擇，也許現在的我會過著全然不同的生活吧。至少到今天早晨為止，我生命中並沒有什麼好後悔的，為什麼？因為那是我選擇的人生，是我自己選的。當然偶爾會有錯誤的判斷、也曾經失誤，但我都接受了。啊，我最害怕的是我的愚蠢。我是愚蠢的，以前是，現在是，今天也是，對，今天也很愚蠢，現在想來，那真是我的老毛病啊！我沒藥救了。等一下，等我把話說完，我知道你要說什麼。我沒哭，我連哭的資格都沒有。我真沒用，真是沒用的垃圾。我應該從這個世界消失。真是太蠢了，我連我自己的愚蠢都不知道，還以為自己是全世界最厲害的人。我呀，我以前認為你不肯打開心扉是我的錯，所以我努力過，真的很努力啊！可是不知何時開始，我覺悟到這些努力也是有限度的。我放棄了，可是不只是如此。我不只是放棄你、放棄和你溝通，不知不覺中，我對別人也封閉了自己。為什麼？因為我受傷了，不就是這樣嗎？我連和自己最親近的人都無法溝通，還能擁有什麼自信？垂頭喪氣、逃避人群、畏縮怯懦，我的二十來歲就是這樣過的。啊！你真是太邪惡了，你明明心知肚明。我在痛苦的時候，你從來沒有從心裡認同我過，你也沒想要安慰我，我還以為那就是你的天性。我心想：好吧，試著理解他吧，因為他原本就是這種人，我怎麼能改變別人呢？如果我能和你、和你真的形成某種親密的關係，也許我現在會變成比較不一樣的人，你不這樣認為嗎？我現在不能忍受的是，你明知道我的痛苦，但是內心還在跟你自己的痛苦做比較，不是嗎？我每次吃苦發牢騷的時候，你心裡就是這樣想的吧？這種程度的小事至於如此嗎？我是間諜啊，我有不能向任何人說的祕密，妳知道那種痛苦嗎？是吧？沒有嗎？我現在好像懂了，你的心裡對於痛苦有那種該死的優越感。你是一個將自己的痛苦絕對化，以為那才是世界上最痛苦的利己主義者、獨斷主義者。你啊，對，你是法西斯，法西斯認為只有自己才痛苦，別人的痛苦都是可笑的，所以你覺得自己可以想怎樣就怎樣。你臉上的表情總是那樣，一副假裝失敗、假裝憂鬱的臉孔，背地裡卻永遠都是蔑視世上一切的優越主義者模樣。我早就知道了，但我認為你很可憐，因為你是孤兒，因為你自己一個人生活得很困苦，所以才會變成這樣。我還想說，那是我成長過程太順遂，不懂生活困難的人的處境才會這樣。啊，我真是愚蠢啊！除了這個字眼外，實在是找不出能形容我自己的話了。啊，這些都是你自找的，為什麼能表現得這麼泰然？是我要你這麼做的嗎？不是吧？那我的人生究竟算什麼？我今年四十了，一切都無法挽回了。我過去想著我已經盡力了，所以即便有些欠缺，但還是過著滿足的日子。現在想起來，也許我也可以過著更好的生活，這所有的一切都是起於某個人的欺瞞，那我算什麼？你說啊！」

他默默地聽著。她深呼吸，調勻了急促的喘息，然後繼續說：

「我以前以為遭人背叛是因為覺得被欺騙、上當了，所以會委屈，現在看來不是那樣。遭人背叛會摧毀對自己的信任，就是那樣，再也沒有可以相信的了。我以前真的過得好嗎？現在也好嗎？這些我都無法知道。我從以前開始一直都是如此愚蠢的女人，其他的事情怎麼可能做好？以後還能做好什麼？還是像現在一樣被別人利用吧？是吧？不是嗎？」

「冷靜一點！」

「拜託你改掉那種裝酷的習慣，現在是裝酷的時候嗎？」

「好吧。」

她長嘆了一口氣，用雙手搓了搓臉孔，感覺手很粗糙。瑪麗的聲音不覺間平靜了許多。

「你接下來要怎麼辦？」

「我也不知道。」

「欺騙別人十五年了，你總會有一些想法吧？」

「我根本沒有想法，因為我沒想到這一天會到來。」

「……你會回去嗎？」

他沒回答。她緩緩地搖頭。

「如果你想回去的話，就不會在這裡等我了，早就一聲不響地回去了，不是嗎？」

「對。」

他同意。直到這個時候，他才清楚知道自己為什麼來這裡。

「你不想回去吧？對這裡更熟悉吧？是啊，你在這裡都住了二十年了，那你應該要自首吧？」

「是啊！」

她吸了吸鼻子。

「我的話，你聽了不要生氣。我現在已經平靜多了。你說的我都懂了，我也理解你欺騙我的事情。當時你也很年輕，上面命令你的，你怎麼可能拒絕？」

「黨沒有指示我跟妳結婚，是我選擇妳的。」

「獲得許可了是嗎？」

他點點頭，瑪麗追問道：

「因為我是主思派，所以才跟我結婚的，對嗎？順利的話，還可以收攬我。是不是這麼想的，你的上司？」

「可能吧。」

「總之，我要你知道的是，我現在已經非常冷靜，已經恢復理智了。我沒有被憤怒沖昏頭，也沒有把事情看得太悲觀。這個鼻涕是因為剛才流的眼淚，我現在沒事了。」

「我想是吧。」

「每當這個時候，我都會習慣想著，如果是我爸爸的話，他會怎麼做？因為他做每一件事情都很乾脆。這是不是從那個世界倖存下來的人，特有的動物本能？」

「他是那樣的人沒錯。」

基榮想起岳父。岳父不太喜歡他。他雖然努力讓岳父滿意，但那位老奸巨猾的酒類批發商似乎看穿了基榮內在的某一面。直到去世之前，基榮也無法在他身邊占有一席之地。岳父反對女兒跟他結婚，結婚後也沒有什麼親近的機會。瑪麗很清楚這些情況，所以不輕易在基榮面前提起自己的父親。

她站起來把面紙丟進垃圾桶裡，然後又回到長椅，開口道：

「回去吧！」

她說。他懷疑自己的耳朵，反問道：

「什麼？」

「我叫你回去，那才是答案。對不起，我喜歡現在的生活，你不回去的話，北韓也許會有人下來。」

「我不是金正日的內甥，不是什麼重要的人物。」

「那他們為什麼要你回去？」

「我也不知道，大概是有人找到我的檔案。」

她用右手指甲刮了左手的石膏。

「啊，真是癢死了。不過你得回去了才知道吧？不是嗎？」

他點點頭。

「而且我……也許你會覺得心裡不是滋味，但現在要我改名，在全然陌生的地方以不同的身分生活……我不想這樣。」

「那是什麼意思？」

「你如果自首的話，國情院或其他機構不就會把我們遷移到別的地方嗎？賢美呢？賢美怎麼辦？她放棄了曾經那麼喜歡的圍棋，剛對念書產生興趣，你要怎麼跟她說？我會留下賢美的。你想想，只要你回到北邊，所有人都會幸福。北邊的人會安心，運氣好的話，也許還會再派你下來，那麼就像去國外出差一樣，再次出現就行了。他們不會派遣暗殺小組南下，我們也不用改變身分，到哪個地方城市躲藏著過日子。你不看報紙嗎？世上的所有父親為了家人都自願犧牲，大雁父親把老婆、孩子送到美國，自己吃著泡麵，把賺來的錢都寄到美國給家人，這種人很多。更何況那裡是你的故鄉，父母親也都在吧？還在嗎？」

「父親還在。」

「應該還有朋友吧？不是嗎？我們因為你，你那個該死的……啊，算了，因為那個的緣故，我們得小心夜路嗎？我們得隱姓埋名嗎？不行，我啊，真的活得很辛苦。你記得我生了賢美以後，再找工作的時候嗎？每次投履歷表都失敗，不得已只能從賣保險開始，去賺家庭主婦能摸到的那點錢。現在終於找到我想去的地方，我已經到了門口了，可是……」

「知道了，我聽懂了。」

他無精打采地同意。

「對不起，但是你得為賢美著想，對吧？想想賢美的未來，想想賢美會經歷的事情，嗯？賢美她爸。」

「知道了。但我還以為妳會抓住我，說不要走……就算只是安慰的話。」

瑪麗將自己的手放在基榮的手上。他的手背冰涼。

「對不起，但為人母親就是這樣。我突然了解了。啊，我不是女人，我是母親。」

「是啊，妳是母親。」

他點了點頭，並說道：

「可是我還是決定留下來。」

她嚇了一跳，甩開他的手。

「什麼？你瘋了嗎？」

「今天我想了一整天。我在首爾市區裡到處徘徊，真的想了很多。我甚至還去算命，妳也知道我不信那個的。我害怕啊，現在那裡應該也變了很多。啊，爸爸雖然可能還健在，但已經很老了，那些不知道為什麼要派我來這裡的人，將會左右我的命運吧？就算我能活下來，大概就只能在黑暗的地下隧道裡，教育即將派往首爾的年輕情報員，度過餘生。那真的是非常可怕的事啊，妳不會知道的。在和首爾類似的某個地方，在那個奇異的攝影棚裡過一輩子……我見過的。啊，也許那還算幸運也說不定，也有可能更加悲慘。只要妳幫我就行了，反正我們已經一起生活了十五年，而且我們也不可能回到從前了，不是嗎？」

「不行，你把我想成壞女人也沒關係。你必須離開，那才是答案。你理智點想想，如果照你所說，你沒有犯任何錯，那黨為什麼會定你的罪？」

她斬釘截鐵地說道。

「妳真殘忍啊！」

「我也想跟你說好聽的話，但我沒有那種閒情逸致。」

「妳是在報復我嗎？」

「不，我只是很現實的在找出讓大家都幸福的結論而已。你也不需要太過委屈，不是已經過了十五年好日子了嗎？而且你對我一定也有不滿的地方，我不是那麼溫柔的女人。你也可能過上新的生活啊，有什麼好猶豫的？」

「我最後再問妳一次，不能做一點小小的犧牲嗎？我會對妳好的。我去自首，完成所有的手續後，當然可能得坐幾年牢，但是等到一切結束之後，我會努力做一個最好的丈夫和父親。」

「我剛才也說過了，那不行的。你也知道，為什麼還要這樣？」

「就算妳反對，我也有在那個家裡和妳一起生活的權利。」

她長長地嘆了一口氣後，攤出最後一張王牌。

「我再告訴你一個不能這樣做的理由。如果我告訴你今天我跟誰去了哪裡，你聽完以後，就不可能再和我一起生活了。」

基榮聽瑪麗敘述她和崇拜毛澤東和格瓦拉的青年、口吃的熊貓以及另一個來不及到達的男人的事情，還有關於波希米亞旅館的事。從瑪麗的嘴裡，從她的舌頭和嘴唇，他聽到鉅細靡遺的內容。他不得不聽。但奇怪的是，這些事情聽起來像是格林童話一樣，根本毫無現實感，還帶有幻想的感覺，像是弗洛伊德寫下的患者的夢。雖然第一人稱的「我」也登場，但他全然無法想像那是瑪麗，那是自己的妻子經歷的事情。一個女人遇見一個少年，陷入誘惑，然後被誘拐到塔裡，她雖然等待救援，但情況卻越來越糟……

他悲痛地問道：

「妳覺得我會相信嗎？」

「信不信是你的自由。不過此刻的我，已經不是今天早上你見到的那個我了。我學到了，人生總有必須說『不』的那一瞬間，現在就是那個時刻。」

「妳說得真容易啊！」

「一點也不容易。」

他調整了一下心情。是的，他努力說服自己，瑪麗說的絕非事實，她說的每一句話都是謊言，但有一件事情是他難以否認的，那就是瑪麗再也不想跟他一起生活了。這點無庸置疑。

「好。」

基榮說道。瑪麗看著他的眼睛。

「我走。我會回去。」

「這就對了。我知道這個決定不容易，但是你得走。」

「好，但是我也有條件。」

「什麼條件？」

「我要把賢美帶走。」

「什麼？」

她猛然起身。

「你瘋了？」

「不，我神智很清楚。」

「那是什麼地方啊！你怎麼會想帶賢美去那裡？」

「那裡也是人住的地方啊！」

「孩子連稀飯都沒得喝，不是嗎？你會不知道嗎？」

「不，只是沒有速食和電腦遊戲而已。啊，還有，激烈的競爭和補習、恐怖的大學考試、毒品和霸凌，這些東西都沒有。」

「我不相信。」

「妳以前不是也這樣想過嗎？妳不是相信北韓是我們的替代方案嗎？不是嗎？妳不是還嫉妒林琇卿[16]，急著想去平壤？」

她努力恢復冷靜，一字一句說道：

「那時候我不是還小嗎？而且，現在政治情況已經不同了。」

「好，就算是這樣吧，就算北韓的經濟情況比當年更糟，但我覺得應該要給賢美選擇權。這

16 林琇卿，1968~，一九八九年她就讀韓國外國語大學時，未經政府許可，以全國大學生代表協議會的代表資格，赴平壤參加第十三屆世界青年學生慶典，受到熱烈歡迎。她歸國後遭到逮捕，判刑五年，後來被特赦釋放。

不是在選擇體制，而是在選擇父母。她想跟誰一起住，我覺得應該要問賢美的意見。」

「你自己犯了錯，為什麼要賢美承擔責任？不就是你隱藏身分、欺騙我們母女嗎？現在為什麼要讓賢美做這麼困難的選擇？」

「如果我這麼說，妳可能會覺得我很卑鄙，但那是妳自找的。和二十歲的大學生濫交的女人有資格當母親，間諜就沒有資格當父親嗎？這像話嗎？」

基榮提高音量。瑪麗也不甘示弱地回擊：

「現在什麼話都說得出口了是嗎？你啊，原本就是這種人嗎？」

「為什麼妳連最起碼的權利都不給我呢？」

她從手提包裡拿出手機，右手哆嗦著。

「我要報警，我要向一一二報案，我不是開玩笑。你馬上從我面前消失。」

「妳不會的。不，妳不能打。」

「我完全沒有不能打的理由。我會報警，如果你被關進監獄裡，我會提出離婚訴訟，不，是婚姻無效訴訟，因為金基榮這個人從一開始根本就不存在。我百分之百一定會勝訴的，我有信心。哦，不要靠近我，我會大叫。」

她按了兩次按鍵一後，把大拇指放在按鍵二上，瞪著基榮。

「我也不想做到這個地步。」

「我知道了。算了，我認輸。」

她放下拿著手機的手，轉身離去。走了大約五步以後，她回頭看了看。兩人的聲音好不容易才傳達給對方。

「再見，自己保重。」

她的聲音輕微顫抖。他深呼吸之後，靜靜說道：

「快回去吧！賢美等著呢！」

她再次轉身，朝家裡的方向走去。走著走著，她突然發現一整晚籠罩自己的疲倦在某一瞬間消失不見了。新的力量從內部湧出。她邁開大步，離基榮越來越遠，消失在黑暗之中。

46

基榮看著瑪麗離去的身影。她沒入黑暗之中後，基榮再次坐回長椅上。悲痛宛如巨大的旋風，撼動了他的靈魂和肉體，壓抑了一整天的憤懣湧向即將崩潰的堤防。他靜靜地抽噎著。嗚，嗚，嗚，他用嘴阻擋迸發出來的哭泣。仔細想來，這是他來到南韓以後第一次流下眼淚。他想起賢美出生的醫院，想起和瑪麗結婚當日的禮堂。那兩個日子都非常熱。那些時刻，他都心驚膽顫地擔心有誰會突然出現，暴露自己真實的身分，搶走他的妻子或孩子。臨近婚禮和生產的時候，他都會連續做噩夢，噩夢對於基榮而言，就好像豢養了許久的老狗一樣，代替他咆哮，代替他痛苦。無法分離，但也不能經常在一起……新娘和孩子的臉孔消失的夢最常出現，前來祝賀的賓客像殭屍一樣撲面而來的夢也經常出現，他還夢見過新生兒露出牙齒生氣的模樣。可是不知從何時開始，噩夢這條老狗不知去向。那時正是他慢慢確信自己生命已然安定的時刻。正如某個中年男子一樣，他可以回想，啊，我曾有過痛苦而孤單的年輕歲月。可是那是基榮的錯覺，也是對人生的傲慢。

他擦乾眼淚，擤了擤鼻子後，發出啊、啊的聲音，清了幾下喉嚨，然後拿出手機。他非常緩慢地按著按鍵，鈴聲響了很久，但對方並沒有接。基榮仍將手機貼近耳邊，靜靜等候。好一會兒之後，鈴聲才中斷，傳來對方聲音。

「喂？」

「蘇智？」

「啊，大哥，你在哪裡？」

「外面。」

「你的聲音怎麼那樣？」

「怎麼了？奇怪嗎？」

「好像感冒的人一樣，外面有點冷吧？」

「嗯，聽妳一提，還真的覺得有點冷。」

兩人良久無語，他嚥了一口唾液。

「蘇智。」

「嗯？」

「我問妳一件事。」

「什麼事？」

「剛才妳在朝鮮酒店說過的話，還有效嗎？」

「我說了什麼話？」

「妳說妳不像是會一輩子當老師的人，也許會像海明威或喬伊斯那樣離開故鄉寫作那些話，還有效嗎？」

她久久沒有說話。基榮靜靜地等待她的回答，感覺時間非常漫長。

「大哥，你沒來過我家吧？」

「沒去過。」

「剛才我回到家，感覺心煩意亂，之前為了找你的包包，把整個家弄得一團亂以後就出門了，所以三更半夜的做了一次久違的大掃除。可是打掃之後，我覺得家裡乾淨得閃閃發亮。這個房子已經很老了，雖然馬上就要重新開發。」

「是嗎？」

「感覺家裡的鬼魂好像在歡迎我，你知道嗎？家裡沒有任何人，可是只要門一打開，就好像有人跟我搭話似的。」

「我知道這種感覺。」

風更冷了。流淚以後，體溫會上升嗎？他的身體瑟瑟發抖。

「你不知道那些孩子有多可愛。」

「什麼孩子？啊，學生？」

「嗯，有一些學生的語感非常優秀。我教那些學生的時候，都會覺得自己好像變成了非常偉大的人。賢美也是其中之一。」

「可是比起老師，妳更適合當作家。」

「……其實我也不確定，我當老師時常感到滿足，但當作家時，我從來沒有對我自己、對我的作品感覺到這樣就行了、滿足了。從來沒有。這樣的話，我也可以被稱為作家嗎？」

「兩者的目標不一樣。」

「是啊！」

兩人又好一陣子沒有說話。

「大哥，你是一個好人，我知道。」

「是嗎？妳知道啊？可是為什麼我自己都不知道？」

「什麼？」

「嗯……我對我自己是不是好人的問題沒什麼興趣。」

「所以呢？」

「今天我突然明白了。以前我一直覺得人類的苦悶是很抽象的，像人生、命運、政治這些東西。妳也知道，我不是喜歡數學嗎？」

「你以前經常說，那是純粹抽象的世界。」

「對，解題的時候，時間一下就過去了。我曾經相信別人也多少有這些層面。可是今天看來，大家……」

「大家？」

「都是為了活下去，只是為了活下去而瘋狂地生活。為什麼只有我不知道？」

兩名高中生從補習班下課回來，沿著小路走過基榮坐著的長椅。他停頓了一下。

「大哥，你知道亨利．大衛．梭羅吧？他曾經說過，如果靜靜地觀察，可以知道所有人都在拚命活著。」

「……」

「……」

高中生的談話聲漸行漸遠。

他覺得口乾舌燥。對於生命即將到來的終結和墜落，竟能如此清楚的感受，他感到十分驚訝。

「我可能……」

他把原本想說的話收了回去。

「算了，沒事啦！」

「……」

她什麼話都沒有說。

「妳多保重。我只是在離開之前，想打一通電話給妳而已。」

「……我知道大哥你的心情。」

「妳知道？」

他笑了。笑聲肯定會經由手機傳出去。也許聽起來會像是嘲笑。

「剛才，我是說剛才，我見過瑪麗了。」

「嗯……」

「我見過瑪麗了……」

他突然百感交集，說著停了下來。短暫的沉默流瀉，那一瞬間，他突然意識到蘇智根本沒問瑪麗和自己的決定。蘇智經由這個反應，悄悄告訴基榮她的決定。基榮察覺到她已經決定不再介入自己的人生、決定要從這個危險中抽身離開。他轉移了話題，即使是到了最後時刻，也有必要明智一點。

「啊，沒事，我差點就胡說八道了。那再見了。」

「好，我也該睡了。明天再聊吧！」

「這支手機馬上就會丟掉的，恐怕不能再多聊了。祝妳寫出好作品。」

「……大哥你也保重。」

他闔上手機，掛斷電話的時候，有人走近他的旁邊。那是他非常熟悉的男人。

「社長，原來你在這裡，你到底跑哪去了？我找了你好久。」

47

賢美蜷縮在床上，手裡不住摸著手機。家裡很安靜，只有蝴蝶在賢美旁邊閉著眼睛，舒服地睡著了。賢美伸腳去踢蝴蝶的腿，蝴蝶只是不耐煩似的蜷起腿，連眼睛都沒有睜開。賢美摸了摸蝴蝶的後腿，又用力按了牠柔軟的粉紅色腳掌。她的心情似乎好多了，下定決心打了電話。

「喂，嗯，是我，我回到家了。剛才謝謝你了，很有意思。小哲回來了嗎？是嗎？能見到他就好了，真的就差那麼一點點。我家？還沒有人回來，爸媽都還沒回來，他們經常這樣。我？我看了一下圍棋節目……什麼老人啊？很有意思，你不會下圍棋才那樣，真的很有意思，我不是開玩笑……雅英？怎麼了？她說她今天有別的事，啊，我不知道，為什麼問我？對不起，我沒發脾氣。是嗎？小哲說什麼？真的？他還真有意思。哦，哦，真的？真的？嗯，嗯，嗯，剛才？剛才什麼？剛才我們做了什麼？……不知道，算了。就這麼想吧！你怎麼想？嗯？……你說嘛，這個嘛，感覺有點奇怪，啊，我真的不知道啦！小哲不在旁邊嗎？說這種事情沒關係嗎？……是嗎？那也不好吧？五子棋？我也下五子棋，那個也是一樣，想下得好很難。當然，還有排名呢！嗯，你上網看看，高手如雲呢！跟圍棋不一樣，但也差不多，關鍵在於誰能估算到往後幾步……我媽？啊，她不久前手受傷了……嗯，嗯，但車還是開得很好。我就是放牛吃草吧……好什麼好？不過我爸爸今天來學校了，嗯，嗯，不過是蘇智去見他的。什麼？我國語很棒……嗯？蘇智……好像跟我爸爸年紀差不多吧？外遇？哼，我爸爸不是那種人。喂，你再說這種廢話試試看！好啦！你打電話的時候，小哲在幹嘛？啊，是嗎？他一個人也能玩得開心啊，他說不無聊嗎？那倒是，最近可以一個人玩的東西太多了，哦，是嗎？我媽好像回來了，再打電話，拜！晚安。」

賢美打開了玄關門。是媽媽沒錯。她蓬鬆的頭髮耷拉在臉頰旁。

「我的乖女兒還沒睡啊？」

瑪麗摸摸女兒的頭。

「嗯，現在才幾點就睡啊？」

「今天沒什麼特別的事嗎？」

「……沒有。」

「吃飯了嗎？」

「嗯，有個朋友生日，去他們家吃的。」

瑪麗把高跟鞋脫下來，放進鞋櫃裡。

「哪一個朋友？」

「就有嘛！」

「誰？」

「他叫振國，是雅英的朋友。」

「啊，那個玩什麼業餘無線電的孩子？」

「嗯，就是他。」

瑪麗脫下衣服，丟在椅子上，大概明天會送乾洗。

「可是，媽媽……」

「怎麼啦？」

瑪麗走進浴室，轉開水龍頭。

「那個振國啊，跟一個叫小哲的孩子住在同一個房間裡。」

「是他弟弟？」

「他說只是朋友。」

「房間大概很大吧？」

「不，跟我房間差不多。可是更好笑的是，振國的爸媽不知道他們住在一起。」

瑪麗將洗面乳塗在臉上，用右手接水，潑在臉上。用一隻手洗臉不太容易。

「晚飯吃了嗎？」

她的聲音被嘩啦啦的聲音蓋過，分成幾節。

「嗯。」

瑪麗用乾毛巾擦臉，然後又問道：

「晚飯吃了嗎？」

賢美不耐煩地說道：

「剛才我都說了，在他家吃的。」

「哦，知道了，早點睡吧！明天還得上學。」

瑪麗漫不經心地說完，拖著疲憊不堪的雙腿走進主臥室。方才短暫出現的活力消失了，令人窒息的疲憊從鼻尖發出臭味，她真想快點入睡。

「媽，可是……」

賢美拉住即將走進臥室的媽媽的衣襟，可是被瑪麗冰冷地打斷。

「賢美，媽媽現在真的很累，明天再說吧！嗯？」

賢美沒有回話，走回自己的房間，重重地關上房門。瑪麗再也沒有應付賢美的力氣了，但她還是關緊所有的窗戶，確認玄關的門鎖，把窗簾確實拉好，設法爬上了床。她雖想思考一些問題，卻事與願違，以飛快的速度進入夢鄉。

媽媽在混亂的夢境裡徘徊的時候，賢美在自己的房間裡仔細回想著今天的事情。那一瞬間，正如同冷水突然從蓮蓬頭噴出一樣，某種頓悟驟然浮現。

小哲根本就不存在。

小哲會不會根本就不存在，只是振國腦海裡的人物？這麼一想，就覺得越想越有道理，原本無法解釋的無數問題都能合理說明。振國的奇怪行為，以及不可能一起同住的狹窄空間。賢美閉上眼睛，眼前浮現出振國和想像中名為小哲的孩子，並排躺著有說有笑的面孔。可是賢美的心裡，更多的是對振國的憐憫，而非恐懼。不知不覺間，她開始想像自己緊緊抱住振國的情景。她下定決心，一定要殺死那個叫做小哲的孩子，也就是把他從振國的想像中抹去，再由自己填補那個空位。嗯，這應該不是什麼難事，她對自己說，然後將被子拉到眉梢。

PM 11:00

48 開心果

「原來如此。」

基榮戴著手銬，和魏成坤並排坐著。成坤好像剛結束公演從舞臺上下來的演員一樣，雖然還化著妝，但和在舞臺上時完全不同。唯唯諾諾的語氣消失了，彎曲的腰部也挺直了，雖然禿頭依舊，但現在看來似乎也呈現出勝利者的從容。

「怪不得，我什麼都不知道，還以為所有事情都輕易解決了。銀行絕對沒有那麼好對付。我還以為都是我厲害、我聰明、對於這個資本主義的世界適應得太好。一想到你們不知在背後如何嘲笑我，我就……」

他平靜地說著。成坤安慰他說：

「其實也不完全如此。社長您也做得很好，有幾部電影也很賣座，雖然沒有大紅大紫，但也算得上是中上程度了。」

「不，不是的，資本主義社會沒有這麼簡單的，不是嗎？可是，成坤啊，你戲演得真好，我徹底被你騙了。」

「我沒演戲，現在您看到的才是演戲。我在公司的時候就跟我在家裡一樣，看A片，挖鼻屎，打瞌睡。讀大學的時候，我曾經參加過戲劇社，那時我聽過這樣的話，演戲這碼事不是無中生有，而是發現自己內心的不同面貌。」

可是基榮沒有心情悠閒地聽成坤說這些無用之論。他覺得好像有一隻蜥蜴沿著食道往上爬。

「你真是王八蛋啊！」

「什麼？」

「我說你是王八蛋。」

「……」

「承認嗎？」

成坤的表情僵住了。

「我只是做我該做的事而已。」

「所以我說你是王八蛋，沒有任何想法，只是做自己該做的事，那正是王八蛋啊！」

他直視著成坤的眼睛說道。成坤的肌肉明顯的緊繃並發抖，即便在黑暗中，這些波動也清楚而細微地傳來。

「你們的圈套都設好了，只有我一個人什麼都不知道……」

「對此我感到非常抱歉。」

他的語氣中全然感覺不到歉意，語調只像是公務員在面對煩人的請願民眾。從他身上找不到任何信用不良者和A片上癮者的模樣。

「如果社長您處於我的立場，不也一樣會這麼做嗎？」

「大概吧！」

現在他才隱約理出頭緒。他想像著四號命令為何下達的原因。他之前相信，某個接任李相赫的人，偶然發現了基榮的檔案。這人是個無可救藥的工作狂、有著徹頭徹尾的黨性、同時罹患某種程度的強迫症，這男人心想這傢伙究竟為什麼還留在首爾？在萬分訝異之下，經由各種管道下達召回的命令。可是現在看來，也許這幾年以自己為中心，兩邊展開了相當激烈且可怕的無聲對決。他就像捕捉蟑螂的圈套，自以為在那幽深的洗碗槽角落裡與世隔絕，可是事實上，氣味已經飄散到四面八方。他本身對大局而言無足輕重，可是就在他不知情的時候，兩邊某種微妙的勢力均衡已然崩塌。

當然，這所有的推論也有可能是謬誤，但他能確認的只有一件事，過去他什麼都不知道，未來也仍繼續一無所知。

這時，從基榮的背後傳來另一個聲音。成坤從位子上起身，弓著腰打招呼。那是灰色背心。成坤沒有再坐下，灰色背心用下巴示意他離開。他走出藤蔓的樹蔭。

「你好！我姓鄭，大家都叫我鄭組長。」

他一屁股坐在基榮旁邊，然後從口袋裡拿出開心果袋子，遞給基榮。

「要不要吃一點？」

「不用了。」

「別這樣，吃吃看嘛！是加州生產的。這種東西在乾燥的地方生長得很好，只有外表堅硬、內裡濕潤才是好貨。」

「好吧。」

基榮從他那裡接過開心果，丟進嘴裡。

「你在這裡住很久了吧？」

「大概五年了。」

「房子應該漲了不少。」

「嗯……是漲了一點，但比起江南……」

「我大概四年前也在中溪洞買了一間房子，四十坪，不知道是不是因為那裡的補習班比較好，房價漲了不少。」

對話在此處暫時中斷，只聽到開心果袋子窸窸窣窣的聲音和嚼碎堅果的聲音。從補習班回來的國中、高中學生走過他們坐著的長椅前。

「我知道你有一個女兒。」

「是啊！」

「成績怎麼樣？還不錯吧？」

基榮把開心果殼扔在腳前。

「是啊，成績很好，像她媽媽一樣，聰明。」

「我兒子迷上籃球，老是坐不住。我真是擔心啊！」

「要是在那方面有天分的話。」

「若是那樣就好了……對了，尊夫人真是美女呢！」

「……？」

「啊，別誤會，我們想你可能會去找她，所以今天派人去她公司附近潛伏。她應該不知道。」

基榮閉上眼睛想著瑪麗。她張開雙腿接受了兩個男人。他睜開眼睛，也許這所有場面都像真人秀一樣，現場直播到某處去。

「如果我自首的話……」

「我們會像其他人一樣處理。」

「你們會怎麼處理？」

「你明明心知肚明，為什麼還問？這種事情跟申報所得稅一樣，當然你也可以自己來，但是會有很多不利的地方。你經營過公司，一定知道我在說什麼。你把我們當成會計師就好了，一切都交給我們來處理，只是需要多一點手續費，這樣想就行了。」

「手續費……」

「但是你在許多方面都會獲益。在貿易上，不是有比較優勢這個詞嗎？有這個東西吧？你把我們要的東西交給我們，我們會用自己的方式保護顧客。那就是我們最擅長的事情。」

「真的嗎？」

「就算有人從那邊下來——因為最近那邊的美元情況不太好，會不會這樣我也不知道；又或者就算檢調那邊聞出了什麼，只要我們彼此協助，絕對不會有什麼問題。你也知道，這不是一般的刑事案件。」

如果有人在旁邊偷聽兩人的談話，一定會以為是想共謀作假帳的違法企業主和會計師之間的對話。

「那麼韓正勳也去你們那裡了嗎？」

鄭組長咧嘴一笑，用門牙咬破開心果殼，咔嗒作響。

「他有什麼特別的地方嗎？」

「看樣子沒有人回去吧？」

「據我們所知沒有，可是我們也不知道，這個世界總是籠罩在霧裡。」

兩個穿著黑色夾克的男人走向鄭組長，在他耳邊說了悄悄話。鄭組長頻頻點頭，然後下達指示。

「嗯，讓他們守好現在的位置，這裡還沒有說完。」

兩個男人行注目禮後退去。

「我的屬下好像有點冷了。」

「你們會怎麼處理我？」

他俯視著自己手腕上的手銬說道。

「這就要看你怎麼做了，如果配合的話，所有過程很快就會結束。」

「如果調查以後，發現曾經犯下很多罪，那會怎麼樣？」

鄭組長的眼睛發亮。

「這裡不是教堂。」

「什麼意思？」

「我是說，我們不是那種可以赦免其餘未知罪行的地方。」

「那你的意思是？」

「如果有罪的話，我們會調查清楚，之後再進行下一步。」

基榮抬起頭。

「可是你們為什麼不把我帶走？為什麼跟我在這裡談話？」

鄭組長微微一笑。

「因為你還有一些必須做的事情，還得繼續演下去。」

魏成坤和鄭組長之間有某種共同點。為什麼他們這麼能言善道？是不是在用大學戲劇社那種不入流的玩笑愚弄自己？這是他們的遊戲嗎？或者是想讓他降低警戒的一種招數？又或者他們是想說服自己，這所有的一切只不過是一齣戲罷了？他們究竟為什麼這樣？不，或許他們正畏懼身為犧牲者的基榮也未可知。就好像古代奉獻燔祭的祭司長一樣，唯恐對犧牲者產生感情，因而受到傷害。他們用索然無味的玩笑、淺薄的警句和牽強的笑容，把自己從左右人生死的狀況下分離出來。啊，你們這些可憐的東西。這樣想過之後，基榮產生了非常微小的從容。他也首次從這一整天自己經歷的各種狀況洪流中脫離，有了俯視這一切的餘裕。你們如何能不畏懼呢？在這個陌生場所發生的這些破事，對你們來說也是很大的壓力吧？

「那是什麼？」

鄭組長從西裝內袋裡拿出一只黑色的電子錶，遞給基榮。

「請你戴上這只手錶。那是一種電子手環，一旦戴上，就很難再拔下來。不但不容易拔下來，你在試圖拔下的那一瞬間，信號就會傳達到我們那裡。你看，從外表看起來跟手錶一模一樣吧？因為很輕，戴起來也絕對不會造成不便。當然，可以當作手錶使用，還有鬧鈴功能。」

手錶的錶面印有「卡西歐」的字樣。

「為什麼不立刻把我帶去調查？」

「有那麼急嗎？慢慢來也行，你回去以後，跟平常一樣行動就可以了。」

他猛然從長椅上起身。花壇後方突然傳來忙亂的動靜，那是盆景的枝葉磨蹭到衣服的聲音，好像有幾個人正潛伏著。

「我不能那樣做。」

「為什麼？尊夫人和令嬡都在等你吧？」

「我剛才已經和妻子談過了。我都告訴她了。」

他堅絕說道。他回不去了。鄭組長將開心果扔進自己的嘴裡。

「對不起，我們也聽到了一部分。」

基榮的臉孔發紅。

「都已經聽到了，還能說出這種話？我不會回家的。」

「你必須回去，賢美不正需要父親嗎？」

基榮突然無言以對。賢美真的需要我嗎？

「我妻子會好好撫養她的。」

「她還在成長的階段。」

他又坐回了長椅。

「你剛才也聽到了，妻子希望我回北邊去。」

「那是一時說的氣話……而且正如你看到的，你已經不可能回去北邊了。」

「她不是你老婆，我比誰都了解她。」

基榮提高了音量。

「你當然最了解她，但是你也站在尊夫人的立場想想。你不是欺騙了她十五年嗎？她之所以這麼說，完全可以理解。人家不都說，夫妻吵架就如同抽刀斷水嗎？」

基榮沒有回話，鄭組長也暫時默默坐著，然後把空了的開心果塑膠袋隨手一扔。地上已丟滿開心果殼。他又從口袋裡拿出奶油麵包，撕開包裝紙。

「你吃吧！」

「對不起，我因為得過胃癌，切除了一部分胃部，所以好像餓死鬼一樣，要不停地吃東西。」

灰色背心嚼著奶油麵包。基榮把剛才拿到還沒吃的開心果放進嘴裡。堅果已經被汗水浸濕了，感覺不出什麼味道。

「組長，你好像還不了解我金基榮這個人。」

「這是什麼意思？」

「我還是中學生的時候，大概十六歲左右，也就是賢美現在的年紀吧。我回到家，發現母親出事了……啊，從那時候開始，回家對我來說，實在是……你大概不了解這種心情。家裡變成了地獄，那實在是太可怕了。我也不知道為什麼要告訴你這些話。直到現在，我在某些夜裡還是會驚醒，因為誤以為這裡是平壤我住過的公寓。在夢中，我還停留在那個時候。」

「你受苦了！」

「我認為父母最該做的事情，是盡量多給子女創造美好的回憶，可是不知道是不是因為我太沒用，沒能給賢美留下多少東西。另外，我覺得身為父母，更重要的是不要給子女留下恐怖的記憶。我現在回家，追問妻子的外遇，追究、攻擊她；妻子也會加以反擊、揭露我的祕密，互相詛咒。我實在不想給正在成長的女兒這些傷害。你懂我的意思嗎？我妻子說得沒錯，我一個人犧牲就行了……」

「我知道你的意思，不過這也要看你以後怎麼做吧？金先生，你一定得回去那個家裡。」

「我不是說過不行了嗎？」

他突然大聲喊叫。鄭組長以難堪的表情說道：

「好，好，冷靜下來。我被金先生你說服了，真的，相信我。但我也只不過是我們公司的小人物，你聽得懂我的話嗎？我只是個跑腿的。」

身體裡的血液猶如黏稠的粥緩緩流淌著，基榮被這幻想短暫吸引。嚴重的無力感就像濕透的衣服一樣，緊緊附著於皮膚之上。如同尋找城堡的測量技師K，完全不知道應該在哪裡、如何鬥爭，也無從揣測終點在哪裡。也許這正是開始，基榮有預感自己只要同意這些人的要求，就會像卡夫卡筆下的人物一樣，在某個複雜的閉合電路裡忙碌並反覆來回，自己急迫的悲劇會持續變為他人覺得可笑的喜劇。這些人會像研究動物行為學的生物學家一樣，從客觀角度俯視自己的行動，觀察他的交配、養育、工作和娛樂。

「反正我現在說什麼都是白費力氣了吧？」

「是的，你先回到家裡吧。事實上，家庭生活不就是有好事，也有壞事嗎？即便知道彼此的錯誤，也會加以掩飾，努力理解，然後繼續過下去。所以你現在回去解決你的問題，跟平常一樣生活就可以了。」

「跟平常一樣？跟平常一樣？你真的認為那可能嗎？」

他的聲音透著悲痛，但鄭組長似乎不為所動。

「當然。有件事說起來很丟臉，但我在結婚沒多久、我老婆懷孕的時候，你也知道，女人懷孕不就不能做那個了嗎？那時我找了別的女人，結果被抓到了。事實上，我和大姨子，也就是我老婆的姐姐上了床，唉！反正很意外的就這樣了。人活著不都有這種時候嗎？當然啦，當時亂成一團，我現在還是搞不清楚我老婆是怎麼知道的。她當時大叫說要把孩子拿掉，但現在就好像沒發生過那件事一樣。我虛長你幾歲，才跟你說這些話的。」

對話就此中斷，兩人無言地坐了許久。公寓社區旁邊大馬路的汽車噪音幾乎消失，鄰近的家裡傳出的電視聲音反而更大。基榮終於打破沉默。

「好。」

「什麼？」

鄭組長反問後，他淡淡地說道：

「……那個，卡西歐手錶，給我吧！」

「啊，那個呀？哎喲，你這麼想就對了。」

鄭組長發出信號，朴哲秀從後面走出來，解開基榮手上的手銬。鄭組長用道歉的語氣向基榮說道：

「這會比手銬舒服多了。」

鄭組長把電子手環遞給朴哲秀，他在上面按了幾個按鍵，然後又交給鄭組長。

「都設定好了。」

「啊，是嗎？不用再設定了吧？」

「是。」

基榮伸出左手。鄭組長將手環碰觸到他的手腕，手環立即喀嚓一聲扣到基榮的手上。基榮感覺好像蛇一樣的冷血動物接觸到皮膚，不自覺打了一個寒噤。鄭組長此刻似乎比較放心了，露出寬容的微笑，說道：

「好了，現在已經戴上手環了，在你回家之前，還有一件事得完成。」

他沒有回答，只是怔怔地俯視著左手腕。

AM 03:00

49 光之帝國

遠處可見伸向燈塔的防波堤。防波堤就像孩子們惡作劇折彎的竹子一樣，原本伸得很直，然後在中間呈十五度角彎向內港的浦口。距離基榮站著的地方大約四公里左右的浦口，似乎還有幾家商店在營業，依稀透著幾處燈光。黑色的海面上映照著暗淡的浦口燈光，形成殘影來回晃蕩。星月隱藏在雲層裡。基榮躲在岩石後方看著手錶。燈塔向海面射出光芒的同時，離浦口很遠的海岸上，探照燈敷衍地劃出不規則的軌跡，掠過海天交界之處。

基榮知道，在那遙遠的黑色海上，有人正用潛望鏡看著黑暗的海岸，連續幾天只啃著乾泡麵。在狹窄的潛水艇裡，連排泄的欲望都必須忍受，神經變得極度敏感的隊員會撫摸著口袋裡的毒藥膠囊，穿著蛙鞋的引導組正等待著艙門蓋開啟。

凌晨三點整，他從口袋裡拿出小型手電筒，向著黑暗的海洋發出間歇光信號，海洋像是能感覺到宇宙盡頭的那片漆黑。不久之後，多少有些不完整的應答越過波浪傳來。姑且不論信號的內容和主旨如何，這個交流本身已然令他興奮。有人不顧自己的安危前來帶他回去，而且正在海平面底下等著他。他們從很遠的地方到來，而且毫不懷疑自己任務的正當性。受過精實訓練的同志們就在那裡，這種思緒喚起他意料之外的鄉愁。無論如何，他在一三〇聯絡所的時候還很年輕，才二十歲，思念留在平壤的家人和女孩，無法得知自己的未來，每天身上充滿汗味，軍服裡總是散發出惡臭。他經常挨餓，但對於自己結實的肌肉和敏銳的神經充滿自信。他相信自己有著命運與共的同志，相信有必須和他們一起貫徹的畢生課題，也就是革命的志業。雖然很短暫，但他曾相信過人可以改變其他人，這些被改變的人將會改變世界。此刻，在這個泰安半島的一隅，他再次切實感受到自己距離那些記憶已有多麼遙遠。二十年前，從這個西海岸泅泳上岸的他，和現在的他是如何的不同。經由手電筒的信號，他陷入似乎正與二十年前的自己隔著海岸線相望的錯覺。

引導組正用肩膀劃開水流，全力踢水靠近海岸，或許他們會使用裝載有螺旋槳的動力推進器也說不定。基榮側耳傾聽，彷彿從遠處傳來的聲音並非規律的波浪聲，而是微細機械音的波動。他的身體也為之顫抖。海風越來越強，濕氣讓他的鼻尖變得冰涼。基榮用沒拿著手電筒的左手揉著鼻梁。

就在那時，原本懶洋洋地照射著海岸的探照燈，開始緩緩聚集於一處。起初看起來雖像似沒有規則，但探照燈射出的光柱沿著蜿蜒曲折的海岸，集中照射在連接基榮和潛水艇之間假想的線段上。緊接著，啪啪啪，咻咻咻，照明彈一起從沙丘後方射向空中。在一公里外的上空爆破的照明彈，瞬間將四周照耀得如同白晝一樣明亮。火力集中在探照燈光柱交錯的地方，嗒嗒嗒嗒嗒，機關槍的子彈穿過波濤，被照明彈照亮的海岸呈現非常超現實主義的場面。天空漆黑，但地上卻無比明亮，令人聯想起雷內．馬格利特（René Magritte）的《光之帝國》系列作品。明亮海岸的沙丘上沒有影子，子彈從沙丘後方的掩體直接射向海面。岩石上的探照燈光束在漆黑的海平面上蜿蜒，灑下光芒。基榮把視線從海邊的舞臺上轉開，回想起自己漫長的一天。嗒嗒嗒嗒嗒，他雖聽到從遠處傳來機關槍的聲音，但全然感覺不到威脅。不久之後，連槍聲也聽不見了，只有照明彈不停射向漆黑的天空，留下華麗的彈痕，然後落下。

耳機裡傳來鄭組長的聲音。

「好了，這樣就可以了，你現在可以出來了。」

基榮轉過身，避開岩石的稜線，走向陰影，離開了海岸。

「潛水艇應該已經回去了，做到這個程度，那邊應該也不會懷疑金先生你了。」

基榮不相信這句話，他堅信他們一定會再來的。一個探照燈捕捉到正走著的基榮，他似乎被強烈的光線包圍，站在原地不動。意外的是，他的臉龐露出舒心而溫和的表情，猶如此刻才終於成為擁有樂觀命運的人一樣。可是從某個角度看，似乎有眼淚順著鼻梁緩緩流下。因為光線太過強烈，臉上的陰影被抹去，看起來像是幽靈。探照燈再次轉向漆黑的大海。

AM 05:00

50　變態

朴哲秀下了車，大步走進「波希米亞旅館」的玄關。凌晨時分，蘊含濕氣的沉重空氣尚未褪去。他一進入玄關就毫不猶豫地轉向右側，朝走道的盡頭走去。雖然從天花板的音箱裡不知傳來什麼聲音，但他絲毫不以為意。他走到盡頭之後，輕輕用腳一推看起來好像牆壁的部分，門就立即開啟。他的動作迅速確實，如同對一切了然於胸的人。房間非常狹窄而簡陋，和旅館外表華麗的裝潢完全不同。一個戴著金框眼鏡的六十多歲男人睡在狹窄的房裡，突然坐起身來，慌忙拿著遙控器，大聲喊道：

「你在幹什麼？」

朴哲秀粗魯但快速地搶過遙控器，九臺十四吋的監視器填滿牆壁中的一面。金框眼鏡慌張不已，連忙抓住皮夾。朴哲秀從皮夾裡掏出身分證，遞到金框眼鏡的面前。

「晚上九點起有錄影的，全部交出來，搜查案件需要。」

「我沒有錄影。」

金框眼鏡用充滿懷疑的眼光看著朴哲秀。朴哲秀穿著鞋子直接進入房間，打量連接監視器的電線，輕易就找到幾捲錄影帶，然後以目光鎮嚇住金框眼鏡，看了看錄影帶。

「你這個老變態。」

朴哲秀將錄影帶掃進包裡。他走出房間，快步走過走道，通過玄關的自動門後，坐進停在旅館前面的車裡。他把裝有錄影帶的背包扔向副駕駛座，喀啦啦，錄影帶發出聲音，其中一個掉了出來。他將那捲錄影帶撿起來，再次塞進包裡，然後踩下油門離去。

AM 07:00

51 新的一天

賢美的房間朝東，刺眼的晨光透過掀開的窗簾照射進來。她皺著眉頭起床，穿著睡衣來到客廳。基榮正拿著報紙坐在沙發上。

「早安。」

「嗯，睡得好嗎？」

「爸，你看起來很累。」

「是嗎？」

「是啊。」

「昨天晚上有很多事。」

「那你通宵熬夜啊？」

賢美跨坐在沙發旁邊的凳子上，用還沒完全醒的聲音問道：

「對了，爸，你昨天有沒有來我們學校？」

「沒有。」

基榮不是想說謊，而是那一瞬間，他真的忘了去過學校這回事。

「真的？」

「怎麼了？」

「真的很像你，車子也一樣。」

直到這時，基榮才想起和蘇智的事情，但他沒有改口。

「爸爸的車子本來就很平常嘛！」

賢美搔著脖子，白嫩的脖子上留下紅色的痕跡。

「我就說嘛……」

「什麼？」

「如果你來學校的話，一定會去看我的，對吧？」

「當然。」

「媽媽還沒起床嗎？」

「嗯，別叫她，媽媽可能很累。」

「可是她也得上班啊！」

賢美察覺到爸爸和媽媽之間一定發生什麼事了，會不會是半夜進行了激烈的房事？每當那樣的清晨，她都會感知某種獨特的氣氛。爸爸看起來稍微有些沉悶，但與此相反，媽媽則非常明朗而和藹可親。媽媽在睡懶覺的時候，爸爸有時會早些起床準備早餐或看報紙，對話雖然比平常少，但多了笑意和玩笑，還會瀰漫著不知從何而來的平和氣息。可是今天不是。雖然無法說出是什麼，但今天跟昨天不同，和昨天以前的任何一天也都不相同。

賢美抱起正用臉蹭著她腳背的蝴蝶，突然發現整齊折疊好的羊毛毯子放在沙發的角落。爸爸很明顯是在沙發上睡的。他的左手腕上戴著一只以前沒有見過的黑色手錶。雖然有一些好奇的事，但她沒問，如果再磨蹭的話，上學可能就要遲到了。賢美走進浴室，把門鎖上，和平常沒有不同的一天正等著她。她將牙刷塞進嘴裡，突然想起昨晚振國強而有力的舌頭溫柔地伸了進來。她的臉頰發紅，使勁搖搖頭。可越是如此，那種感覺的餘韻就越執著地滲進來，她的身體也因而發抖。她伸長舌頭，用塗著牙膏的牙刷用力刷著舌面，喀喀，噁心想吐的感覺湧了上來，脖子和肩膀上的肌肉都為之緊繃，腦袋也充血了。她洗了牙刷，用水漱了口。噗喀噗喀噗喀。她將漱到喉嚨的水吐到洗臉臺裡，用冷水再次漱口後，拿乾毛巾擦了擦嘴角，心情變得很爽快。今天一整天又會有什麼事情等著自己呢？她這樣想著，打開浴室的門走到客廳。媽媽望著坐在沙發上的爸爸，臉色蒼白。她打開冰箱門，向媽媽打招呼：

「早安！」

「嗯。」

瑪麗似聽非聽，心不在焉地回答，然後又走進臥室。兩個人大概又大吵一架了。賢美拿出牛奶，倒在杯子裡喝。在冰箱裡放了一夜的牛奶太過冰涼，少了濃郁的香味。她放下杯子，扭動身體，伸了一個懶腰，精神清爽了許多，感覺到從體內生出一股強大的力量。不要擔心，所有的一切都會好好的。她走進自己的房間，取下掛在衣架上的校服，關上門。新的一天開始了。

【譯後記】（編按：此為譯者二〇一九年繁體中文首次出版時所寫）

光明與黑暗的共存

自去年接獲《光之帝國》的翻譯委託後，有長達數月的時間與該小說形影不離。得感謝作家金英夏說故事的功力，在閱讀、翻譯這本小說的時間裡，非但不覺艱苦，反而時刻受小說的情節吸引，甚覺享受，不得不讚嘆作家具豐富想像的敘事能力。

《光之帝國》是金英夏二〇〇六年以從北韓派遣到南韓臥底的間諜為主角寫下的小說。主人公金基榮在過去十年間未曾接到來自祖國的任何指令，原因在於上線的高層失勢以及北韓經濟衰微，無法支付情報活動費用所致。金基榮在韓國生活了二十一年，從某一瞬間起，他甚至已經忘了自己是間諜的事實。

但是在某一個如常日子的清晨，他接到北韓下達的指令，要他在二十四小時內回歸，體內沉寂已久的特務本能又開始甦醒。金基榮開始陷入苦悶，在過去二十一年間，他的南韓生活已經超越了單純定居的程度，甚至已結婚生女，紮下根基。他對於自己是否要拋下這些再次回到北韓，或者無視指令的存在，繼續在南韓生活而苦悶不已。

間諜當然應該按照祖國的指令行動，但金基榮作為家長，他初嘗幸福的滋味，也因此極度想否認自己間諜的身分，他對於身為間諜的事實產生動搖，對自己行動、生命的優先順序也產生懷疑。

《光之帝國》一書均衡地結合歷史與個人的問題，整個小說的內容講述二十四小時內發生的事，穿插主人公金基榮自幼及長在平壤、在首爾的回憶，書寫的速度感、力度與廣度均令人驚豔。小說不但在探討現代人的社會和溝通問題，同時從文學的角度將目前南、北韓膠著的問題以小說方式形象化，可看性極強。

書名《光之帝國》取自雷內・馬格利特（René Magritte）《光之帝國》系列作品之名，觀賞畫作，可見在晴朗的藍天白雲之下，竟然出現幽暗的家屋和氣氛詭譎的樹蔭。小說中的基榮、瑪麗、賢美，乃至朴哲秀、魏成坤、高成旭等人都具有與生俱來的兩面性。基榮是平凡的家長兼電影進口業者，但真實身分卻是南派間諜；瑪麗雖是平凡的汽車銷售員，但也是與大學生外遇的失格妻子；女兒賢美看似早熟、懂事，卻也將利用密友的本事發揮得淋漓盡致。小說情節即是圍繞此一家庭的一整天時間進行。父親基榮的角色設定最為戲劇化，他雖然是間諜，但事實上卻處於停業的休眠狀態。他的主要任務是幫助其他間諜能儘快適應、紮根於南韓社會，但經過二十多年，他也早已習慣南韓的生活，甚至如現代社會的大多數人一樣，對資本主義感到倦怠和虛無。他回憶自己初到南韓之時，始終無法理解對於資本主義的倦怠感。「他初次見到的資本主義的倦怠，是有重量和質量的。那就像壓榨、窒息生命的毒氣，即便只是單純地存在於身邊，也會令人心生畏懼。偶爾，有些人會讓看到他的人立即產生最基本的警惕之心，心想『啊，我可不希望像他一樣活著』。不知從何管道吸收進來的那位事務所職員正是這種人。他身上混合著倦怠、憂鬱、虛無、憤世嫉俗、寒酸的服裝和毫無魅力的容貌，哪怕只是和他相處片刻，都會令人覺得不舒服。」然而曾幾何時，他已完全接受、臣服於這種狀態，但此時突然接到返回北韓的指令，於是北韓的「我」和南韓的「我」開始產生矛盾，間諜和家長身分的衝突也不可避免地浮現。

雖已年過四十，但仍擁有亮麗外貌的妻子瑪麗具有某種程度的自卑感，她工作穩定、也有家庭，但在其內心仍一直存在遭到埋沒的怨憾。她經常受到來自於自我的壓力，依賴巧克力和香菸，她尋覓到的出路卻是與二十出頭的大學生出軌。看似平穩的生命，為何會選擇如此危險的關係？她經常對於過去的選擇和意志後悔，類似「如果當初……現在就不會……了」。事實上，她認為過去的選擇和決定都是不可信的，只是因當時的環境而決定，不過是偶然而已。或許她的出軌行為是她唯一能品嘗完全自由意志的方法也未可知。

開始進入青春期的女兒賢美，剛體會到人生的黑暗面。她希望自己成為法律人，實現社會正義，盡全力保護受到不當待遇的密友雅英。但她為了讓自己能在與其他同學的對話中占據優勢，又可以做出責難、出賣雅英等連自己都無法理解的行為。

這個家庭成員都有自己的「光之帝國」，但這種光明與黑暗共存的狀態是否只是不自然樣貌的呈現？作家至終沒有給出答案，只是在結尾用「新的一天開始了」代替回答，說出這種樣貌甚至是極為平凡的現象。雖只是小說角色的設定，但他們的影響可說擴及整個社會，亦即個人的「光之帝國」終究營造出家庭的「光之帝國」，最終成為整個社會的「光之帝國」。反諷的是，「光」之帝國如果沒有「黑暗」的對照是無法被凸顯的。但何者為光明？何者為黑暗？則取決於讀者各人賢明的判斷。

此外，本書相當特別的是構成的方式，它不像大部分的小說一樣以事件為核心，而是以時間為單位展開，讓讀者閱讀小說時更能感受到速度感。

小說寫成於二〇〇六年，對照如今南、北韓全力化解恩怨的時空，許多人事際遇均不可同日而語。金英夏在本部小說的布局上，除自身豐富的想像力之外，應還動員了他大學時期參與學生運動的經驗。小說中有以下的內容：「平壤注意到當時正快速成長的南韓學生運動，認為有必要改變情報員的養成方式。過去是以偽裝海外僑胞、臥底間諜和本地共產主義者為主，現今則索性將訓練好的情報員以新生的身分植入學校，與學生運動份子一起成長。這是充滿野心的計劃。時值一九八六年，首爾大學學生金永煥掀起的主體思想狂潮席捲全國。」這除了作家的想像以外，應含有某種程度的真實性。在參與祕密左傾社團時，基榮目睹了成員的稚嫩和不堪一擊的戰鬥意志，但在這樣的氛圍中，他也戀愛、結婚，徹底融入南韓的資本主義社會裡。然而他不知道的是，他的行跡、所屬、意圖、任務等，早已被南韓情報當局掌控，只待適當時機收網。而出賣他的，卻也是他在平壤受訓時的同志。

譯完此書已有數月之久，小說情節經常在我腦海裡迴旋。此時突又憶起《莊子・內篇》〈齊物論〉「昔者莊周夢為胡蝶，栩栩然胡蝶也，自喻適志與！不知周也。俄然覺，則蘧蘧然周也。不知周之夢為胡蝶與？胡蝶之夢為周與？周與胡蝶，則必有分矣。此之謂物化。」我們現在活著的生命，抑或自己現在的面貌是否可謂「真實」？其實貫穿《光之帝國》全書的主題就是光明與黑暗、真實與虛無這兩種生命的對立，在不同的時刻，我們的選擇或被選擇，其實都與意志無關。

【新版作者的話】

這本小說二〇〇六年在文學村出版社首次出版，這個版本具有多種實驗性質。首先是在書衣上開了一個方形的窗口，在內封印上雷內．馬格利特的畫，然後將小說書名直排放在書衣上。透過窗口能稍微看到馬格利特的畫，這也許是封面設計師的無奈之舉，既要盡可能完整呈現大師的作品，同時又得讓小說和作家的名字清楚可見。但後來很快就發現，為何到當時為止，其他的書籍沒有如此施行的理由。帶有方形窗口的封面在發貨的過程，以及在書店陳列期間發生大量破損。沒有人想買封面破損的書，也許退貨的情況也相當多。即便購買回家時封面完好如初，但讀者的書經常在書架上扯破（我就是如此）。那時只要是新鮮、陌生的東西，大家都會無條件喜歡，所以設計師的特殊設計才會輕易地中選。

除此之外，另一個具有實驗精神的嘗試，即為初版《光之帝國》的封底沒有任何文字，完全空白。這是我提議的，但出乎意料的是編輯部沒有任何抗拒，就決定如此施行。其結果就是小說封面上只有書名、作家的名字、四方形窗口之間隱約看到的馬格利特的畫，這就是全部。此外，是沒有韓國小說中極為普遍的「作者的話」。英美圈和歐洲的小說除了特殊情況外，書中都不會加入「作者的話」（這就是為什麼我們在世界文學全集中看過「譯者的話」，但沒見過「作者的話」）。其原因不得而知，但讀者不受作者的意見與感想的影響，只面對文字這一點是滿好的。

因此我當時決定從《光之帝國》開始，作品一律不添加「作者的話」。

然而，這一系列實驗的結果並不理想。我們的讀者並不喜歡容易破掉的封面、空蕩蕩的封底，以及沒有「作者的話」就草草結束的書。我很快體會到，每個國家都有自己悠久的傳統，那並非對錯的問題。脫稿後，我以輕鬆的心情坐在書桌前，雖然不知今後該原稿在走向世界後，會經歷怎樣的命運，但身為作者，在祈願祝福的同時，將當時的心情寫成信寄給讀者，這也是非常棒的傳統。所以在那之後，我一直都會寫「作者的話」，現在也正在寫著。

封面容易破損，內容無法預料（當時《光之帝國》的廣告詞是「無論您如何想像，結果都會看到不同的東西」）。雖然沒有「作者的話」，但這本小說還是妥善地克服了自己的命運。出版後立即售出了電影版權（但未能製作），在海外也有多種語言翻譯出版。剛出版時，之所以努力隱藏小說的內容，是因為男主角是派往韓國的間諜。我們這一代是看著「舉報間諜打一一二」、「再看看走去那邊的那個男人是不是間諜」等標語長大的世代。從二十世紀七〇年代開始，由於製作了無數反共電影和電視劇，大家對間諜出現的所有敘事都抱有成見。也許正因為如此，據我所知，間諜這個職業是二十世紀八〇年代以後，在嚴肅的文學中沒有任何作家加以觸及的。我因為不希望這本小說看起來像是忠於類型規則的間諜小說，所以盡量不暴露小說的情節。我在寫這本書的時候，見到的人一聽說我在寫間諜故事，大家都會露出難以理解的表情。但我還是想寫這本小說，而且也寫了。

起初，我覺得應該要寫一個故事，男主角是很久以前被派往南韓後遭遺忘的間諜。一開始在《文學村》季刊上連載，但只寫到第二回就中斷了。因為覺得這個故事還沒準備好展開成長篇故事。當時南、北韓和解的氣氛正熱，作家們也在準備參加在平壤舉行的「南、北韓作家大會」，我也獲邀參加。雖然還接受了訪問北韓的行前教育，但我在最後一刻決定缺席。因為感覺跟着導遊參觀平壤市區反而對小說不好，我決定改和脫北後定居在南韓的人見面。我在以脫北者為主的網站上傳了「尋找二十世紀六〇年代出生、在平壤上大學的人」的啟事，不過三十分鐘後，就有人跟我聯絡。那男人和我同歲，畢業於平壤電影大學，曾留學莫斯科。當時距離他逃離北韓還不到幾個月。我透過採訪，聽到了很多珍貴的內容。在草稿脫稿後，我將原稿發給一位脫北詩人，並詢問他描寫北韓情況的部分有沒有需要修改的部分，並直接和他見面交談。多虧了這些人的幫助，我才能在未曾踏上北韓土地的情況下，在一定程度上描繪出他們這些人，在上一世紀八〇年代在平壤度過青少年時期的情景。

小說的題目從一開始就定為「光之帝國」，在出版之後，我曾接受《作家世界》季刊的訪談，當時曾有如下的對話：

問：「光之帝國」這個書名是如何定下來的？

答：那個人物「進入」我腦海中的時候，我同時想到了兩件事情。一個是保羅・瓦勒里（Paul Valéry）的詩句。雖然記不清是在哪首詩裡讀到的，而且現在用來當成什麼警句一樣使用，原文是「如果你不按照自己所思考的去生活，最後就會按照你所生活的去思考」。我小說中的主人公相信自己把人生控制得很好。但不知從何時起，戒心和感覺都變得遲鈍，只是過著每一天的生活。但是在某一天，他對人生的感受達到頂點，覺得圍繞在自己周遭的一切都顯得不同和陌生，而且突然意識到自己每天都過著無感的生活。因此，那個回歸命令在某些方面，起到喚醒他精神睡眠的作用。

另一個是雷內·馬格利特的系列作品。那個系列中的世界悄悄地翻轉了。不像馬格利特的其他畫作一樣有明顯的不合理，而是要仔細觀察，才能知道哪裡奇怪。天空晴朗，但地面陰暗。路燈照亮的街道，樹木卻被黑影掩埋。房子的窗戶裡隱隱約約地透出燈光，但外面儼然是白晝。我小說的主人公生活的世界不就是這樣的地方嗎？獨自存活在黑暗中或者獨自生活在白晝的那種世界。但是突然某一天，連這個也必須轉變。所以書名就定下來了，很難再想到其他的。

小說中「如果你不按照自己所思考的去生活，最後就會按照你所生活的去思考」的句子，當時以為是保羅·瓦勒里的詩句，小說出版後受到廣泛引用，於是得知了正確的出處。不是保羅·瓦勒里，而是保羅·布爾熱（Paul Bourget）。現在上網搜索的話，誤以為是保羅·瓦勒里詩句的情況還是很多（我的責任很大）。我一般都是在脫稿後定書名，但這本小說卻是定好題目之後開始執筆的。當時的情況也留在《作家世界》的採訪中。

一個夏天的夜晚，我躺在床上構思新的小說。當時只是茫然地定下「這次要寫愛情故事」，但突然想起了間諜，而且還是被派到南韓超過二十年的男人。二十年間一直堅信自己只是從事稍微危險的工作的南派間諜，有一天突然接到回國的命令。剩下的時間只有一天，他必須在那一天內把一切都整理好。要拋下家人、愛情、職業和回憶，以及其他一切離開。這個開始看起來不錯，我猛然起身，打開筆記本，寫下構想。雖然是間諜的故事，但不能就此止步，應該將其引向一個普遍的人生故事。

在這個採訪中，我把基榮稱為「一種永遠無法滲透的非法移民」。小說中出現了「移植人」的說法，實際上，這個詞是我採訪畢業於平壤電影大學的脫北知識份子時，從他口中聽到的。《光之帝國》出版後，在韓國大家將其解讀為一種經由「被遺忘的間諜」之視角所看到的幕後故事，或者是二十一世紀重新書寫的分裂故事。與此相反，國外則將其解讀為移民者敘事。從這個意義上而言，也許這部小說之所以成為《黑色花》的下一部作品也不是偶然的，也許我寫的小說中有很多作品都在談論「在陌生的世界裡想盡辦法生存」的內容。

不覺間，《光之帝國》問世已過了十六年，值得感謝的是，至今為止，依然持續有人閱讀。這部以間諜、非法移民為主人公的奇怪小說，在保守的韓國文學界中占有一席之地，且存活至今，我想和讀者一起慶祝此一成就。

雖然在此次修訂版中沒有進行非常大的修改，但有幾處是初版發行時遺漏的部分，因此根據文脈進行了修正。蝠福書架（bokbokseoga）版的系列書名是「最終版」，今後身為作家的我可能不會再修改了。希望現在真正離開我的《光之帝國》，能夠長長久久的讓現在和未來的讀者閱讀下去，並進行多樣的解釋。

二〇二二年五月

光之帝國

作　　者　金英夏
譯　　者　盧鴻金
美術設計　萬勝安
內頁排版　高巧怡
行銷企劃　蕭浩仰、江紫涓
行銷統籌　駱漢琦
業務發行　邱紹溢
營運顧問　郭其彬
責任編輯　吳佳珍
總 編 輯　李亞南
出　　版　漫遊者文化事業股份有限公司
地　　址　台北市103大同區重慶北路二段88號2樓之6
電　　話　(02) 2715-2022
傳　　真　(02) 2715-2021
服務信箱　service@azothbooks.com
網路書店　www.azothbooks.com
臉　　書　www.facebook.com/azothbooks.read

發　　行　大雁出版基地
地　　址　新北市231新店區北新路三段207-3號5樓
電　　話　(02) 8913-1005
訂單傳真　(02) 8913-1056
二版一刷　2024年10月
定　　價　420元

ISBN　978-626-409-009-4

This book is published with the support of the Literature Translation Institute of Korea (LTI Korea).

國家圖書館出版品預行編目 (CIP) 資料

光之帝國/ 金英夏著 ; 盧鴻金譯. -- 二版. -- 臺北市 : 漫遊者文化事業股份有限公司出版 ; 新北市 : 大雁出版基地發行, 2024.10
368 面 ; 14.8X21 公分
譯自 : 빛의 제국
ISBN 978-626-409-009-4 (平裝)

862.57　　113011722

金英夏

金英夏作品集　|長篇小說|

我有破壞自己的權利

獨自在城市裡尋找委託人的自殺嚮導；遊走於C與K兩兄弟之間、只能依附他人填滿靈魂空虛的朱迪絲；拒絕自己的表演被複製、卻無法拒絕命運被複製的行為藝術家柳美美……這些獨特的人物，交織出一幅現代社會愛與死亡的浮世繪。

殺人者的記憶法

天才型殺人犯金炳秀，在連續作案三十年後決定退隱，二十多年來和養女恩熙住在偏僻山村，相依為命。然而隨著年紀增長，他罹患了阿茲海默症。與此同時，村裡有年輕女人接二連三遇害，彷彿有個新的連續殺人犯在此地出沒……

猜謎秀

李民秀雖然擁有高學歷與豐富知識，卻因為出身不好，找不到理想工作。渾渾噩噩度日的他，在陰錯陽差之下加入了「公司」，一個匯聚各方菁英、以參加猜謎秀為業的組織。他在這裡找到歸屬，也被迫參與競爭，必須起而迎戰這世界的規則，努力和自己的命運對弈……

黑色花

1905年，日俄戰爭正激烈，一艘英國輪船載著1033名出身各異的朝鮮人，朝着他們心目中的世外桃源墨西哥駛去，但其實他們是「大陸殖民公司」為了提供墨西哥農場短缺的人力而被賣掉的奴隸。四年過去，他們的合約期滿、得到「解放」，但他們的國家已然滅亡，再沒有地方可以回去……

金英夏作品集　｜長篇小說｜

我聽見你的聲音

故事以飆車族首領傑伊為核心，讓不同的聲音彼此呼應：罹患失語症的童年玩伴東奎、對傑伊一見鍾情的富家女木蘭、靠援交買食物的翹家少女、送披薩外賣維生的少年等，以及記錄下這些生命痕跡的作者，讓我們看到傑伊的憤怒、東奎的悲哀、孤兒們的暴力，還有在野生世界中流浪的青少年與成年人寂寞而荒涼的生活中，所有的悲傷。

告別

金英夏最人性的科幻故事！

「人」究竟是什麼？「意識」（mind）可以和「軀體」（body）分別與切割嗎？ 17 歲的哲和父親崔振洙博士生活在與世隔絕的「智人麥特斯」高科技園區，他從來不曾與外界接觸，直到有一天，他為了給父親驚喜而偷溜到園區外……從此再也回不了家。

金英夏人間劇場　｜短篇小說集｜

只有兩個人

7 個關於「失去」的中短篇故事，7 種人生的拋物線

本書的每一篇故事都在描寫「失去了」什麼的人，以及這些人「失去之後過著什麼樣的生活」。這些人不只是外在發生變化，連內在也遭到破壞，小說敘述他們設法求生的每一天，如何填補或承受那份空缺，在世上生存下去。